neue frau
herausgegeben von
Angela Praesent

Ulla Isaksson
Die Seligen

Roman

Aus dem Schwedischen von
Brigitte Kicherer

rororo
Rowohlt

Die Originalausgabe erschien unter dem Titel «De två saliga»
bei ALBA, Stockholm
Umschlagentwurf Isa Petrikat-Velonis
Foto auf der Umschlagvorderseite von Ove Wallin:
Harriet Andersson und Per Myrberg in der
Fernsehverfilmung des Romans von Ingmar Bergman
Foto der Autorin: Ove Wallin
Deutsche Erstausgabe

Veröffentlicht im Rowohlt Taschenbuch Verlag GmbH,
Reinbek bei Hamburg, November 1986

Satz Bembo, LibroSatz, Kriftel
Gesamtherstellung Clausen und Bosse, Leck
Printed in Germany
980 – ISBN 3 499 15882 5

263! Trotz des Rüttelns des Zuges sollte er sich die Zahl wohl lieber gleich notieren, solange er sie noch im Kopf hatte. Er hatte sie im Krankenhaus aufgeschlagen, war jedoch unterbrochen worden, und in letzter Zeit konnte er sich nie auf sein Gedächtnis verlassen. In seiner Jugend –

Christian Dettow öffnete die eine der beiden Aktentaschen, zog ein Papierbündel hervor, angelte den Füller aus der Jackentasche und begann zu schreiben, wobei er die quer über die Knie gelegte Aktentasche als Schreibtisch benutzte.

Fall 263

Die beigefügten, noch unbearbeiteten und lediglich flüchtig kommentierten Aufzeichnungen enthalten Material aus Krankenblättern, Briefen und Gesprächen und hinterlassenen Papieren, die Zeichenlehrerin VIVEKA BURMAN betreffend. Der größeren Klarheit wegen wurden offensichtliche Unwesentlichkeiten in den überlieferten Angaben und Tagesberichten ausgelassen. Außerdem wurde das Material in eine gewisse chronologische Ordnung gebracht. (Anm. Dettow)

So! Das mußte als Einleitung genügen. Vorläufig ging es ja nur darum, die Tatsachen so anschaulich wie möglich darzulegen. Eine reine Sache des Redigierens, die kein tieferes Nachdenken erforderte. Danach würde man weitersehen –

Der kleine Vorortzug ging ruckelnd in die Kurve, und ohne den Kopf zu heben, wußte Christian Dettow, daß sie gerade an Svickla vorbeifuhren. Mit dem Papierbündel in der Hand lehnte er sich zurück. Der Wagen roch nach Staub wie an einem Sommertag, er war fast leer und Dettow hatte ohne Schwierigkeiten den Platz bekommen, der ihm der liebste war: ganz vorn und mit dem Rücken zu den Mitreisenden. Hier gab es nur eine Sitzbank, so brauchte er keinem Unbekanntem Knie an Knie gegenüberzusitzen, dessen Gesicht ihm doch jedesmal bekannt vorkam, oder aber einem Bekannten, den er lieber nicht gekannt hätte. Außerdem war die Sitzbank so kurz, daß eine Person mit zwei umfangreichen Aktentaschen sie mit einem gewissen Recht für sich allein beanspruchen konnte. An einem Werktagsabend natürlich nicht, aber heute war Sonnabend, und er war früh dran. Er hatte es sich angewöhnt, das Krankenhaus sonnabends immer früher zu verlassen. Das Wochenendfieber brach unter Personal und Patienten schon nach dem Lunch aus, und um sich nicht zu sehr darüber ärgern zu müssen, pflegte er die Papierberge auf seinem Schreibtisch in seine Aktentaschen zu stopfen und statt des üblichen Zugs um 18 Uhr 30 einen Nachmittagszug zu nehmen.

Die Einweisung lag zuoberst im Krankenblattbündel. Er legte sie beiseite und überflog rasch die erste Seite der Krankengeschichte. Der Fall war so lange liegengeblieben, daß ihm der Hintergrund nicht mehr geläufig war.

Die Zeichenlehrerin Viveka Burman, 39 Jahre, wurde am 26. 2. 1960 in das Krankenhaus Forsberga eingewiesen. Aus der Einweisung geht hervor, daß der Arzt vom Hausmeister im Haus der Patientin gerufen wurde. Schon früher am selben Abend hatte der Ehemann (Sune Burman, Lehrer) den Hausmeister aufgesucht, um mit dessen Hilfe in die Wohnung hineinzukommen. Bei dieser Gelegenheit sagte Burman, er habe sich aus Versehen ausgesperrt und die Patientin sei krank und könne nicht aufmachen. Der Hausmeister versuchte, das Schloß mit einem Dietrich zu öffnen, da er keinen Wohnungsschlüssel besaß. Daraufhin begann die Patientin drohend zu schreien, daß sie jedem, der in die Wohnung zu kommen versuche, *ein Messer in den Rücken stechen werde* (Zitat des Hausmeisters). Der Ehemann versuchte, seine Frau durch den Briefkastenschlitz zu beruhigen, doch nachdem dies mißlang, forderten Nachbarn, die sich seit geraumer Zeit von den Absonderlichkeiten der Patientin gestört gefühlt hatten, den Hausmeister auf, einen Arzt und die Polizei zu rufen. Auf die Aufforderung des Arztes hin brach die Polizei die Wohnungstür auf. Daraufhin unternahm die Patientin den Versuch, sich vom Balkon zu stürzen, wurde aber daran gehindert und in Gewahrsam genommen, da eine stationäre Behandlung erforderlich schien. Der Ehemann protestierte gleichwohl gegen die Einweisung und weigerte sich, diese zu unterschreiben, daher wurde die Patientin laut Antrag II, unterzeichnet von der Polizeibehörde, eingewiesen.

Zum Zeitpunkt der Einweisung ins Krankenhaus war die Patientin nach außen hin klar, in bezug auf Raum und Zeit voll orientiert, allerdings wortkarg und mürrisch; Fragen, die ihre Krankheit betrafen, beantwortete sie in der Regel ausweichend. Äußere Erscheinung: vorzeitig gealtert, affektiertes Benehmen. Stößt ab und zu ein ironisches Lachen aus. Ohne wirkliche Krankheitseinsicht. Fühlt sich offensichtlich verfolgt, möchte aber keine weiteren Einzelheiten darüber mitteilen. Weigert sich, mit ihrem Mann zu sprechen, der sie in ihren Augen an den Hausmeister verraten hat. Behauptet, sie habe *«der Welt nur zeigen wollen, daß Gott die Liebe ist»*.

Nach ihren Drohungen, Gewaltakte zu begehen, befragt, antwortete sie mit einem Lachen und den Worten: «Ist es nicht das Recht eines jeden Menschen, sein Leben zu verteidigen?» Wischt dabei mit den Händen durch die Luft, als wollte sie gewisse Zwangsvorstellungen verjagen. Gibt zu, daß sie ihr Leben seit längerer Zeit bedroht fühle. Sagt, es sei «eine organisierte Verfolgung, deren Ziel es sei, sie zu vernichten». Vertritt die Ansicht, daß auch ihr Mann dieser Verfolgung ausgesetzt sei.

In somatischer Hinsicht nichts Auffälliges, bis auf eine gewisse Lichtstarre in der rechten Pupille, auf die die Patientin selbst eifrig hinweist und auf die sie großes Gewicht zu legen scheint. Ablehnendes Verhalten während der Untersuchung.

Auf Grund des suizidalen Risikos und ausgesprochen paranoider Wahnvorstellungen Behandlung dringend erforderlich.

Mit einem Seufzer legte Christian Dettow die steifen Papiere auf die Bank. Der Fall war unangenehm, und die Tatsache, daß er ihn so lange hatte liegen lassen, machte ihn auch nicht gerade angenehmer. Er hatte weder Viveka noch Sune Burman helfen können, und die Erinnerung daran nagte an ihm.

«Ein hoffnungsloser Fall!» hatte seine Stationsärztin gesagt, als die Todesnachricht eingetroffen war. Ihre Stimme hatte ungewöhnlich bestimmt geklungen. Einen Augenblick lang hatte er das Gefühl gehabt, als hätte sie ihm die Hände auf die Schultern gelegt und ihn geschüttelt, damit ihre Worte besser in ihn eindrangen. Ein hoffnungsloser Fall! Er mochte diese Klassifizierung nicht, aber in jenem Augenblick, als die wollüstigen Schlagzeilen der Abendzeitungen sich in sämtlichen Aufenthaltsräumen der Klinik breitmachten (*Aus Nervenheilanstalt entlassene Patientin tötet* . . ., hatte er sie akzeptiert und die in dem Tonfall versteckte Warnung dankbar angenommen: Sieh dich vor! Verlier den Mut nicht! Halte dich an die Fakten!

Er erinnerte sich deshalb daran, weil es das erste Mal war, daß sie sich mit voller Autorität gegen ihn gewandt hatte, eine fünfunddreißigjährige Frau, klug und tüchtig, wenngleich sie in beruflichen Dingen eher von unten nach oben mit ihm zu sprechen pflegte. Eingedenk des Alters- und Erfahrungsunterschiedes, der zwischen ihnen bestand, war dies wohl ganz natürlich, doch damals hatte sie den unnötigen Respekt fallengelassen, ihre Stimme hatte einen autoritären, mütterlichen Tonfall angenommen, während er selbst ohne Autorität dagestanden war. Das umgekehrte Verhältnis zwischen ihnen – ihr Blick war beobachtend gewesen, seiner ausweichend, sie war die Beratende gewesen, er der Ratlose – hatte nicht lange gewährt, aber er erinnerte sich gut daran. Und er hatte seine Haltung ihrer Warnung angepaßt: hatte die notwendigen Formalitäten leicht und routinemäßig behandelt, hatte die Zeitungsberichte vermieden, die Papiere beiseite gelegt. Die ganze Geschichte lag ungefähr zwei Jahre zurück. Seither hatte der dicke Dokumentenstapel unberührt und notdürftig abgestaubt auf einem Regal geruht. In Christian Dettows Papieren herrschte keine Ordnung mehr. Seit Elisabets Tod hatte er die Freude an der Arbeit verloren. Die Arbeit kam ihm nicht mehr entgegen, sondern er schleppte sie hinter sich her, schwer und zäh. Der Fall Burman war durch Zufall heute morgen während der Visite zur Sprache gekommen. Anschließend war er in seinem Zimmer sofort zum Regal hinübergegangen, hatte das Papierbündel gepackt und in seiner Aktentasche verstaut. Aber schon jetzt empfand er dieser

Aufgabe gegenüber Unlustgefühle. Vielleicht hätte er die Burmans doch lieber für immer ruhenlassen sollen? Sie ins Krankenhausarchiv stecken und vergessen sollen?

Unschlüssig starrte er auf die schmutziggelbe Zugwand. Die Versuchung war da, aber schon dies, daß es eine Versuchung war, veranlaßte ihn zu dem Versuch, sie zu überwinden. Seit bald dreißig Jahren hatte er alle interessanteren Fällen abschreiben lassen und sie in einem privaten Archiv gesammelt. Im Grunde genommen war der Fall Burman wohl gar nicht so sehr bemerkenswert – eine recht gewöhnliche Paranoia, wobei die folie à deux-Komplikation natürlich an und für sich interessant genug war. Aber es war die Vollständigkeit des Falles, die ihn zu dem Entschluß veranlaßt hatte. Bei der Vielfalt von Dokumenten war es einer der komplettesten Fälle, die er je gehabt hatte. Diesen Fall zu verdrängen wäre für ihn außerdem gleichbedeutend damit gewesen, sein Versagen zu vertiefen . . .

Er blickte auf die Papiere hinunter. Die Lebensgeschichte lag zuoberst, Sune Burmans umständliche Beschreibung des Lebens seiner Frau, seinerzeit der Große Liebesschmöker genannt. Angesichts dieser Erinnerung runzelte er die Stirn vor Unbehagen. Über das Paar Burman war stets gekichert und gewitzelt worden. Bemerkungen, Anekdoten, lächerliche Verzerrungen, ein ununterbrochenes Gesumme sowohl beim Personal als auch unter den Patienten. Er hatte nie begriffen, wie so etwas eigentlich entstand, aber bei gewissen Menschen schien es unvermeidlich. Er selbst hatte nie die geringste Lust verspürt, die beiden Burmans zu belächeln. Nicht einmal jetzt, so lange Zeit danach, konnte er etwas Lächerliches darin sehen, daß Sune Burman die üblichen Formulare für die Lebensgeschichte verschmäht und sich statt dessen vorgenommen hatte, mit dem Eifer und der kurzsichtigen Umständlichkeit der Liebe alles sorgfältig niederzuschreiben, was ihm vom Leben seiner Frau bekannt war. Honni soit qui mal y pense.

Christian Dettow strich mit der Handfläche über das dicke unlinierte Papier und überlegte einen Augenblick lang, ob seine Sekretärin die ungewöhnlich feine kleine Handschrift wohl würde entziffern können oder ob er das lange Aktenstück würde diktieren müssen. Er hielt den Kugelschreiber bereit, um eventuell besonders schwer lesbare Stellen zu verdeutlichen, doch dann fesselte die Lektüre ihn so sehr, daß er die Spitze des Stiftes nach einer Weile automatisch wieder zurückschnappen ließ.

Zwischen den Zeilen tauchte Sune Burmans Gesicht auf: ein ängstliches, jungenhaftes Altmännergesicht, mager und viel zu strapaziert für sein Alter. Er war nicht älter als 34 oder 35 gewesen. Aber eine ungewöhnlich schöne Kopfform, soweit er sich erinnern konnte. Zarte, weiche Züge, über der ganzen Gestalt lag etwas Schwereloses, Vogelähnliches. Das Jungenhafte saß in dem schmalen Nacken, dem dichten Haar, dem weichen Profil, das Altmännerhafte in dem Bedrückten und Geschrumpften, dem ängstlichen Verharren. In den Augen, wenn man ein seltenes Mal seinen Blick erhaschte, saß das Kind: hellblau, hilfesuchend unter den leicht hängenden Lidern.

Christian Dettow schüttelte den Kopf. Er spürte, wie die Geschichte in ihn eindrang, wie die Erinnerungsbilder erwachten. Nein, er war nicht frei von diesen Menschen, irgendwo in seinem Inneren waren sie mit ihm verschlungen, er wußte nicht wie.

Viveka Burmans Lebensgeschichte, am 1. März a. D. 1960 dem Krankenhaus überreicht

Dies ist Viveka Burmans Lebensgeschichte von der Geburt bis zur Aufnahme ins Krankenhaus, aufgezeichnet von ihrem Mann. Wie Sie verstehen werden, Herr Doktor, war es mein Wunsch, ein so umfassendes Bild wie nur möglich nicht nur von meiner Frau zu geben, sondern auch von ihrer Familie und von mir selbst, der ich seit acht Jahren innig mit ihr vereint bin. Die Ärzte, die Vivekas seelische Gesundheit jetzt beurteilen werden, müssen ja auch von ihrem Milieu und den Personen, die ihr nahegestanden haben, eine Vorstellung erhalten.

«Ein jeder ist seines Glückes Schmied» heißt es so siegesgewiß in dem alten Sprichwort, aber im Leben ist es wohl doch nicht so, Herr Doktor. Leben und Wille, Denken und Ansichten anderer Menschen (insbesondere der Angehörigen) lenken das, was als unser Leben bezeichnet wird. Vor allem trifft dies meiner Meinung nach auf jene Menschen zu, die auf Grund der Güte ihres Herzens den Meinungen und Ansichten anderer nicht zu widersprechen vermögen. Oder die auf Grund von Minderwertigkeitsgefühlen der eigenen Meinung keinen Wert beimessen, sondern lieber versuchen, sich zu fügen und sich zu unterwerfen, als anderen (oft Angehörigen) zuwiderzuhandeln.

Dies war in hohem Maße bei Viveka der Fall. Für das, was ich jetzt mitteile, verlange ich eine vollkommene, absolute Diskretion. Lediglich die Ärzte, die Viveka behandeln, haben das Recht, diese Lebensgeschichte zur Kenntnis zu nehmen, und sobald die Gesundschreibung erfolgt ist (was nicht lange dauern kann), muß dieser Bericht mir unter allen Umständen unmittelbar wieder übergeben werden.

Es ist meine feste Überzeugung, daß meine Frau *im vollen Besitz ihrer geistigen Kräfte ist.* Sie ist ein leidender Mensch, aber *krank ist sie nicht.*

Dies möchte ich festgestellt haben, obwohl mir die Kompetenz fehlt, mich darüber zu äußern, ob sie einer Behandlung bedarf. Schließlich kann eine Frau für ihren Mann ja nie zu einem «Fall» werden. Aber ich bitte die Ärzte zu bedenken, wie wichtig es ist, daß Vivekas Vertrauen in die Menschen und ins Leben nicht erschüttert wird. Es ist schon allzuoft auf die Probe gestellt worden.

Ich beginne jetzt von Anfang an. Was die Kindheit und Jugend betrifft, kann ich nur das mitteilen, was meine Frau selbst erzählt hat. Wir haben jedoch so oft und mit so vollkommener Offenheit darüber gesprochen, daß meine Angaben sich ziemlich genau mit der Wahrheit decken dürften.

Viveka kam in Norrköping zur Welt; sie hatte wohlhabende, gesunde Eltern. Der Vater war Geschäftsmann, hart, aber sehr tüchtig, die Mutter war Hausfrau, eine stille und vielleicht nur allzu nachgiebige Gattin. Irgendwelche Geisteskrankheiten kommen, soweit ich weiß, in der Familie nicht vor.

Als Viveka auf die Welt kam, gab es schon ein Kind in der Familie, ein vierjähriges Mädchen namens Annika. Man kann Viveka eigentlich nicht als ein unwillkommenes Kind bezeichnen, aber Vorurteile und mangelndes Verständnis hatten zur Folge, daß sie selbst sich mit der Zeit als unwillkommen empfand. Die Eltern hatten nämlich mit einem Sohn gerechnet, damit das Familienidyll komplett würde. Insbesondere die Enttäuschung des Vaters war groß, und er scheint es Viveka nie verziehen zu haben, daß sie kein Junge war. Auch entsprach sie keineswegs dem Familienmuster, wie ein Mädchen «zu sein habe». Sie war nicht blond, hübsch und häuslich wie die älteste Tochter (dies ist Vivekas Ansicht, nicht meine!), sondern «ängstlich, schwarz und still». Dies plagte sie während ihrer ganzen Jugend sehr. Auch wurden allzu deutliche Unterschiede zwischen ihr und der älteren Schwester gemacht, der trotz ihrer geringeren Begabung sowohl ein Studium als auch Auslandsreisen finanziert wurden, Dinge, von denen bei Viveka nicht einmal die Rede war. Zweifellos wurde hier der Grund für einen schweren Minderwertigkeitskomplex gelegt, der sie seither ihr Leben lang gequält hat. Schon im Alter von vier Jahren waren diese Gefühle so stark, daß Viveka zum Beispiel als Kind nie wagte, ihre große Angst vor der Dunkelheit zu gestehen, sondern sich lieber den fürchterlichsten Qualen unterwarf, als vor dem strengen Vater als nicht mutig dazustehen.

Dennoch war sie zweifelsohne ein begabtes, zärtliches Kind. Aber äußerst sensibel. Schon als Zweijährige brach sie in Tränen aus, wenn sie eine Tonfolge in Moll hörte. Besonders groß wurde ihre Verzweiflung, wenn man aus einer Dur-Melodie abrupt in Moll überging.

Obwohl es mir widerstrebt, muß ich hier als Beispiel für die Einstellung der Familie zu Viveka die «Methode» erwähnen, mit der diese Sensibilität «behandelt» wurde. Sowohl die Schwester als auch die Eltern machten sich ein Vergnügen daraus, durch «Mollspielen» oder «Mollsingen» das Weinen des Kindes hervorzurufen. Sie lachten darüber, wie man über einen Zirkusclown lacht, ohne einen Augenblick lang zu bedenken, daß die Verzweiflung des

Kindes echt war. Welcher Art die Spuren sind, die solche Erlebnisse in einem empfindlichen Kindergemüt hinterlassen, das herauszufinden überlasse ich den Ärzten. Aus diesem Grund wurde Viveka auch «Mollvivi» getauft, sie ist seither von ihren Angehörigen nie mehr anders genannt worden. Wie sehr mag wohl ein solcher «Kosename» das Geschick eines Menschen beeinflussen, Herr Doktor? Ich kann nicht umhin, mich das zu fragen.

Vivekas künstlerische Veranlagung wurde sehr früh deutlich. Schon von der Sechsjährigen gibt es Zeichnungen, die eine haushoch über das Mittelmaß herausragende Begabung zeigen. Die Familie brachte gleichwohl wenig Interesse für diese Begabung auf. Wenn man den harten Materialismus berücksichtigt, der Vivekas Zuhause prägte, ist dies noch verständlich. Wie man es jedoch fertigbrachte, die Gefühle des Kindes dadurch zu verletzen, daß man seine Lieblingszeichnung im Sommerklohäuschen der Familie inmitten von Fliegendreck, herausgerissenen Illustriertenbildern und unflätigen Witzzeichnungen an die Wand pinnte, ist allerdings schwer nachvollziehbar. Die Familie bezeichnete sich als religiös, aber die Religion war lediglich Attitüde und ein Mittel zur Erziehung. Hier herrschte das Gesetz und nicht das Evangelium. Gott saß auf einem Sofa und verurteilte das geringste Vergehen, und der Vater führte die Urteile aus. So entsteht der Geist der Knechtschaft, Herr Doktor, und der zeugt nichts Gutes.

Ein einziges Beispiel dürfte genügen, um zu beweisen, wie weit dieser Drill getrieben wurde. Als Viveka im Alter von elf Jahren an einem Karfreitag in der Kirche über Christi Tod am Kreuz in Tränen ausbrach, wurde sie für «ihr schlechtes Benehmen» mit Zimmerarrest bestraft.

Wenn die Entwicklung eines sensiblen Kindes in solch einem Milieu und unter solchen Umständen innerhalb normaler Grenzen bleibt, dürfte das Kind fast als *übernormal* bezeichnet werden. Viveka vollbrachte diese Leistung. Während ihrer ganzen Kindheit und Jugend hielt sie es für ihre oberste Pflicht, die Sohnesenttäuschung ihres Vaters durch größtmögliche Tüchtigkeit ihrerseits zu kompensieren. Während der ganzen Schulzeit (vierjährige Volksschule, siebenjährige Mädchenschule) gab es keinen einzigen Tadel, keine einzige schlechte Note, hingegen aber Preise für Fleiß und insbesondere für gute Leistungen im Zeichnen. Was die beigefügten Zeugnisabschriften zur Genüge belegen dürften.

Schon früh war es Vivekas Traum, Künstlerin zu werden. Sie sehnte sich danach, «die Güte Gottes» zu malen, da sie inzwischen schon das Licht des Evangeliums Christi erfahren hatte. Ihr stammelndes Geständnis dieser Sehnsucht wurde von der Familie mit einem unerbittlichen Nein beantwortet. Kurz nach dieser schweren Enttäuschung bekam sie eine so schwere Halsentzündung, daß sie ins Krankenhaus mußte. Als sie entlassen wurde, machte der Arzt sie auf den Defekt an ihrem rechten Auge aufmerksam. Ohne Selbstvertrauen und ganz ohne seelische Stütze, wie sie war, traf diese Information sie wie ein Gottesurteil. Sie hielt sich ihrer Träume für unwürdig und fühlte sich dazu verurteilt, in Unterwerfung und Demut zu leben. Dies war die Frucht des geknechteten Geistes, Herr Doktor. So geht es, wenn uns nicht eindeutig klargemacht wird, daß alles, was geschieht, entsprechend der Vorsehung der Höchsten Gottheit geschieht, da Gott der Herr der einzig Lebendige ist. Da wir in Ihm leben, handeln wir auch in Ihm. Und wenn wir in Ihm leben und handeln, sind wir auch in Ihm!

Nun folgen zwei unerhört schwere Jahre, vielleicht die dunkelsten ihres ganzen Lebens. Sie kämpfte, um in diesem neuen Dasein ohne Hoffnung Halt zu finden, lernte Maschineschreiben und Stenographie und arbeitete in verschiedenen Büros. Doch die Arbeit schenkte ihr keine Befriedigung, genau wie zu Hause wurde sie auch im Büro gehänselt, und es fiel ihr schwer, sich in der oberflächlichen Atmosphäre zurechtzufinden. Nachts malte sie, um für die Arbeit am nächsten Tag Kraft zu finden.

Seit dieser schweren Zeit trägt Viveka in Zeiten von Unruhe und Sorge stets eine dunkle Brille. Dem Uneingeweihten mag dies «krankhaft» erscheinen, aber man muß hier bedenken, daß einem sensiblen Menschen das Recht zugestanden werden sollte, jede nur mögliche Stütze für seine Schwäche zu suchen.

Während dieser Jahre reifte in ihr dennoch der Entschluß heran, sich zur Zeichenlehrerin ausbilden zu lassen. In ihren Augen schien dies der richtige Mittelweg zu sein – so würde sie weder ihr Pfund ganz begraben noch voller Hochmut höher zielen, als ihre Flügel sie zu tragen vermochten. Die Familie hielt diese Berufswahl jedoch für so «verrückt», daß der Vater sich weigerte, ihre Ausbildung zu finanzieren.

Ein schwächerer Mensch wäre durch diesen äußersten Widerstand höchstwahrscheinlich vernichtet worden. Aber Viveka gehört nun ein für allemal nicht zu den Menschen, die sich von Rückschlägen und Widerständen zerstören lassen, die aufgeben und am Wegesrand liegenbleiben. Die Hoffnung erwacht ständig neu in ihrer Brust, ständig erkennt sie selbst im unbedeutendsten Lichtblick die Güte Gottes. Mut, Geduld und wahre Zuversicht sind Worte, die mir in den Sinn kommen, wenn ich an Vivekas Leben denke. Ein solcher Mensch mag in finsteren Zeiten voller Verzweiflung unter der Unerbittlichkeit seines Geschickes fast zusammenbrechen, aber *geisteskrank ist er nicht*!

Viveka zog nun daheim aus; es gelang ihr, ein Darlehen zu bekommen und ihr Lehrerinnenexamen mit sehr schönem Ergebnis abzulegen, ein unwiderlegbarer Beweis ihrer Willenskraft und geistigen Gesundheit.

Manche Menschen scheinen für härtere Schicksale und tieferes Leiden als andere ausersehen zu sein. Insbesondere gilt dies für Menschen, die nicht auf ihren Traum verzichten wollen, Gottes Liebe zu den Menschen darzustellen. Mit welchen Erwartungen hatte Viveka sich die empfänglichen kindlichen Gemüter vorgestellt, die jetzt in ihre Obhut kommen würden!

Doch in unserer Zeit wollen die Menschen nichts von Gottes Liebe hören. Sie leben in so großem materiellen Überfluß und ihre Herzen sind so verhärtet, daß sie glauben, ihrer nicht zu bedürfen. Sowohl das Wort als auch das Gefühl haben «keinen Markt», um mich in der Sprache der Zeit auszudrücken. Folglich werden auch die Menschen, die die Sprache der Liebe zu sprechen versuchen, verdächtigt und verfolgt. Aber der rechte

Glaube kann ebensowenig ohne Liebe sein wie das Feuer ohne Wärme, sagt Luther.

Viveka versuchte den Kindern beizubringen, die Liebe Gottes in der Schöpfung zu sehen, die Liebe, die in allem und allen wirkt, vom Niedersten bis zum Höchsten, durch die alles lebt und sein Dasein hat. Sie gab sich große Mühe, aber es nahm immer ein schlechtes Ende. Selbst ihre Kollegen, die mehr Verstand hätten haben sollen, trieben oft ihren Spott mit Vivekas «Ideen».

Aber wie können wir ohne Liebe leben, Herr Doktor? Das frage ich nur in aller Bescheidenheit. Wie können wir überhaupt leben, wenn die kindliche Einfalt uns verlassen hat und die Grausamkeit des Lebens uns entgegengähnt? Wie finden wir Trost für etwas, für das es keinen Trost gibt? Zu dieser Zeit –

Der Zug fuhr langsamer, und das gelbbraune hölzerne Bahnhofsgebäude glitt ins Fenster. Mit einem Seufzer klappte Christian Dettow die Lebensgeschichte ausgerechnet an dem Punkt zusammen, wo sie Sune Burman selbst erreichte. Das ärgerte ihn, da er sich während des Lesens auf diesen Abschnitt gefreut hatte. Obwohl es hätte umgekehrt sein müssen, interessierte ihn der Mann mehr als seine Frau. Das lag am Typ und an der Situation, dachte er. Der schwärmerisch-idealistische Zug in Sune Burmans vogelleichter Persönlichkeit und die beengte Lebenssituation: eine angsterfüllte, ständig schuldbereite Seele, der die Fähigkeit fehlte, sich gegen die Umwelt zu wehren. Ein Mensch, der nie etwas für sich suchte und der gerade deshalb besonders schwer bedrängt und eingeengt worden war –

Wie leben wir, wenn uns die kindliche Einfalt verlassen hat? Ja, wie lebten diese Menschen?

Christian Dettow blieb auf seinem Sitz sitzen, während der Wagen immer leerer wurde. Er ließ sich Zeit mit seinen Papieren und Aktentaschen, um nicht aufgehalten und vielleicht in zeitraubende und sinnlose Gespräche verwickelt zu werden. Er spürte die verstohlenen Blicke, hörte die Schritte, die unschlüssig und voller Neugier zögerten. Er wußte, was sie dachten:

Christian Dettow, «dieser feine Mensch», wurde von Jahr zu Jahr wunderlicher. Er war natürlich schon immer wunderlich gewesen, das waren wohl alle Psychiater! Zu Lebzeiten seiner Frau hatte er wenigstens noch gegrüßt, es war sogar vorgekommen, daß er stehengeblieben war, einem die Hand gegeben und ganz normal gewirkt hatte. Aber jetzt? Schroff und abweisend, und kaum versuchte man sich ihm zu nähern, tauchte ein hochmütiger Ausdruck in seinen Augen auf!

Er seufzte, verschloß die Aktentasche und ging langsam und in beruhigendem Abstand von den Mitreisenden das steile Trittbrett hinunter. Erst als er aus dem Schatten des Bahnhofsgebäudes hinaustrat, hob er den Kopf. Das Licht überrumpelte ihn. Er hatte gar nicht gemerkt, wie es von Woche zu Woche zugenommen hatte, er befand sich immer noch in dem langen Wintertunnel, war auf das Dämmerlicht und die nachmittäglichen Straßenlampen eingestellt. Nun scheute er unwillkürlich zurück, blieb auf der Sonnenschwelle stehen, stand da und starrte winterlich fahl in das flammende Licht hinaus. Überrascht, aber zugleich auch aufgewühlt, ohne zu begreifen, warum.

Das Licht stellte sich demonstrativ zur Schau. Es sprühte und funkelte voller Koketterie, glitzerte auf den struppigen Büschen längs der Bahnlinie und fuhr die Schienen entlang, die mit kurzen, aufzischenden Lichterbündeln zur Sonne zurückblitzten. Mit unwillkürlichem Widerwillen dachte er an Viveka Burman und ihr ekstatisches Gerede über die Liebe.

Aber manche Dinge wurden durch das Licht erst hervorgehoben, erhielten dadurch erst ihre Bedeutung – mit diesem Gedanken versuchte er sich zu beruhigen und gerecht zu sein. Häßliche, gleichgültige, sonst ungesehene Dinge: ein rostiger Fahrradlenker, ein zusammengeknülltes Stanniolpapier, die Balkenenden eines nachlässig abgeladenen Holzstapels und die ringsum verstreuten Rindenabfälle. Die ganze triste, abfallübersäte Bahnhofsgegend badete in einem Licht, das man früher als himmlisch bezeichnet hätte. Heutzutage war das Wort unbrauchbar – und das war wirklich auch besser so! Der Glanz kam ja nicht von oben, er war nur die eigene Antwort der Dinge auf die Strahlen, die auf sie aufprallten. *Auf seinem Weg durch den Raum ist das Licht unsichtbar.*

Christian Dettow lächelte über den alten Lehrbuchsatz und über die Verwirrung des Schuljungen, die sich fünfzig Jahre lang in seiner Erinnerung festgebissen hatte. Ja, doch, im Dunkeln bewegt sich das Licht durch den Raum, erst durch die Brechung an einem Gegenstand wird es hell. Erst im Augenblick des Zusammenstoßes geschieht es!

Plötzlich empfand er das Gewicht des Wintermantels auf seinen Schultern als drückend. Er knöpfte ihn auf, zog die Handschuhe aus, verspürte einen Impuls, nach seinem Hut zu greifen, den er jedoch verstreichen ließ. Er hatte ja keine Hände frei, und die Wärme war natürlich trügerisch, obwohl jedes Steinchen im Kies so liebevoll umflutet im Licht badete.

Seufzend straffte er den Rücken und setzte sich in Bewegung. Sogar der Asphalt glänzte sonnenpoliert, und in der Übergangsmulde von der Landstraße in «seinen» Weg hinein war die breite Wasserlache weggetrocknet. Er starrte auf die Stelle, wo die Pfütze sich so lange befunden hatte, den ganzen Winter lang hatte er sie täglich gesehen: zugefroren, voll mit braunem Schneematsch, wasserblank und jetzt plötzlich – nicht mehr da. Mit einem Kopfschütteln, das seinem eigenen Mangel an Präsenz galt, überquerte er die Stelle. Er wurde allmählich alt. Zerstreut, ungeschickt, ohne innere Ordnung. Verärgert nahm er die Schultern zurück und machte längere Schritte. Im nächsten Augenblick hatte er das Ganze vergessen. Der kiesvermengte Sand knirschte unter seinen Schuhsohlen, und der Weg strömte auf ihn zu, ihm unter die Füße, seit dreißig Jahren derselbe, ein Band, das ihn von der Wohnung zur Arbeit und wieder zurück trug, ein ununterbrochenes, unveränderlich rollendes Band.

Der Vogelgesang ringsum schwoll an und ab, drang dicht neben ihm aus Hecken und Büschen, um dann wieder aus einem noch nicht gerodeten Waldstück herauszuflöten. Aber er hörte nicht darauf. Düfte strichen ihm entgegen, aber er weigerte sich, irgendwelche Solopartien zuzulassen. Dies war seine Zeit für Ruhe und Entspannung, einst mühselig erobert, nunmehr so selbstverständlich wie das Pochen des Herzens und der Gang der Füße. Seine Versunkenheit war so tief, daß sie an Schlaf erinnerte.

Aber schon bald wurde er erneut aufgehalten. Diesmal von innen her, aber ebenso unerwartet wie vorhin vom Licht, ebenso heftig. Vielleicht war es der unberührte Waldstreifen seitlich des Weges, der Anblick der hohen Kiefern im Heidelbeerkraut oder Sune Burmans Frage nach der kindlichen Einfalt? Er wußte es nicht, fühlte nur die Erinnerung, ihren Geruch, ihren Geschmack und den Kampf und Krampf des Herzens. In letzter Zeit träumte er selten, auf jeden Fall keine Träume von Bedeutung; die Erinnerungen dagegen waren sehr stark geworden, stärker als das Jetzt. Dies stimmte ihn weder wehmütig, noch erschien es ihm verkehrt. Eher als wäre dies etwas, was er angestrebt hatte: das Leben wie eine eigenartige, endlich vollendete Pflicht hinter sich zu haben. Sich umdrehen zu können, um erneut zu kosten, doch diesmal mit geübter Zunge, um mit geübten Händen zu wägen und die Gewichte ein letztes Mal zu justieren . . .

Vielleicht, dachte er und blieb am Wegrand stehen, um der Erinnerung Platz zu machen, vielleicht waren Imperfekt und Plusquamperfekt das wirkliche Leben des Alters: war, war gewesen. Und die Gegenwart bedeutete sehr wenig, ein leichter Nebel nur, aus dem man zurückblicken konnte. So: Er stand im Wald, im Wald der Auerhähne, es war Nacht – Aprilnacht mit dunstig leuchtenden Sternen und Eiseskälte in der Luft. Voller Trotz stand er da: die Schultern im Trotz an einen Kiefernstamm gepreßt, die Füße zwei Eisklumpen in dem gefrorenen Preiselbeerkraut. Und dann so: «Du bist doch an Vögeln interessiert?»

Die Augen des Vaters hatten die seinen kaum gestreift, dann waren sie zum Regal hinübergeglitten, wo die Vogelbücher standen. Überrumpelt hatte er die Frage bejaht. Erst hinterher hatte er bemerkt, daß in der Frage ein Tempusfehler enthalten war: «*warst* interessiert, hätte es heißen müssen. Schon damals ein

Imperfekt! *Warst*, in einer Welt, die früher einmal existiert hatte. Seit jenem Tag, als die Welt der Kindheit zusammengestürzt war, hatte er kein Vogelbuch mehr angerührt, hatte es nicht gekonnt. Würde es nie mehr können!

Doch der Vater hatte seinen Plan schon ausgebreitet: ein alter Studienfreund, ein Landarzt mit vogelreichem Wald gleich hinterm Haus, und dieses Jahr lag Ostern früh, genau die richtige Zeit für die vielbesungene Auerhahnbalz . . .

«Ich will aber an Ostern zu Hause sein!»

Er war erst fünfzehn Jahre als gewesen, und seine Verzweiflung hatte ihre Form nicht wählen können, war weder zu Rücksicht noch zu Deckung in der Lage gewesen, war einfach hervorgebrochen. Natürlich auch schuldbeladen. Eine einzige Bewegung des Vaters hatte genügt, um sie beiseite zu fegen: die Schultern, die unter dem weißen Arztkittel plötzlich zusammengesunken waren, die bleichen Lippen, die ratlos an dem unerwarteten Hindernis gekaut hatten, der weiße Schleier über seinem Gesicht, der wie Totenblässe in der Luft hing. Er hatte es nicht ertragen. Er hatte den Kopf in den Nacken geworfen und den Vater freigegeben.

«Geht in Ordnung, Papa, ich fahre.»

Das rasche, erleichterte Aufleuchten des sonst so beherrschten Gesichtes – das war das einzige, was er seinem Vater hatte geben können. Das einzige, was er ihm hatte geben dürfen! Aber der Gram darüber, daß es so sein mußte, hatte in dem Jungen weiterbestanden. Aus diesem Gram war der Trotz hochgeschossen – daß der Vater ihn ausgerechnet jetzt wegstieß, jetzt, da sie einander am nötigsten brauchten; daß er die Trauer nicht teilen wollte, die sie beide heimgesucht hatte; daß er ihm das nicht zutraute. Statt dessen war er wie ein kleines Kind weggeschickt worden, um über etwas hinweggetröstet zu werden, für das es keinen Trost gab. Mit dem Vater zusammensein zu dürfen, ihm entgegenzugehen, wenn er aus dem Krankenhaus kam, mit ihm Kaffee zu trinken, zu reden – das wäre Trost gewesen, aber nein! Kaum, daß der Vater gehört hatte, was er gesagt hatte, kaum, daß er ihm seine Frage beantwortet hatte! Meinte der Vater etwa, daß Vogelgesang die Welt wieder ganz machen konnte? Oder was bildete er sich ein? Nichts! Blind, taub, tot war er. Eingemauert in seinen Schmerz, unerreichbar. Und der Sohn ein Kind, das man einfach irgendwohin wegschicken konnte wie einen Koffer! Die Eisklumpen der Füße im Preiselbeerkraut, das Gesicht halb erstarrt nach unten gesenkt – was machte es dem Vater schon aus, wenn sein Sohn im Auerhahnwald erfror?

Christian Dettow an seinem Wegrand fünfzig Jahre später lächelte schwach. Ja, das waren die Gedanken des Jungen gewesen, so war seine weiße Trotzlust gewesen. Er hatte sich geweigert, die Hände an die Wangen zu heben, um sie warm zu reiben, hatte sich geweigert, die Zehen in den Skistiefeln zu bewegen, um sie vor der Kälte zu schützen. Unbeweglich war er am Kiefernstamm gestanden, während die bitteren Erinnerungen in ihm schmerzten und er sie hin und her wälzte, als hätte es eine Möglichkeit gegeben, die Zeit umzukehren, eine Möglichkeit, etwas anderes geschehen zu lassen als das, was geschehen war.

An die Augenblicke, bevor die Welt unterging, erinnerte er sich ebenfalls: an den schlechtbeleuchteten Bahnsteig, den Schnee, der schräg durch die Dunkelheit fiel, den Zug, der mit windschiefen Eiszapfen an der Dachkante herangeschnaubt kam. Wie immer hatten der Vater und er ganz vorne gewartet, jetzt wanderten sie Seite an Seite den Zug entlang, suchten von Abteilfenster zu Abteilfenster das lächelnde Gesicht der Mutter, ihre erhobene Hand –

Wie gern hielt er sich bei diesen klaren, ruhigen Erinnerungsbildern auf, um dieses letzte Stück der alten sicheren Welt Minute um Minute auszudehnen! Die Mutter saß mit Vorliebe weit vorn – sie hatte ihre Gewohnheiten. Aber sicher konnten sie nie sein – sie hatte auch ihre Launen. Die beiden Wartenden befanden sich, was die Gewohnheiten und Launen der Mutter betraf, in lächelndem Einvernehmen: sie wußten bestens Bescheid! Doch diesmal gingen sie bis ans Ende des Zuges, ohne sie zu finden. Verdutzt drehten sie sich zueinander um, standen sich Blick in Blick gegenüber, verwirrt, aber vereint. Eine Minute noch, eine Minute! Dann hallte ihre Stimme hinter ihnen, eine losgelassene, fahrige Stimme, die Vater und Sohn auseinanderriß. Der Strom der Reisenden war dünner geworden, und da stand sie in einem geöffneten Abteilfenster, winkend und gestikulierend. Sie und dennoch nicht sie. Irgend etwas an ihr war verkehrt, ganz und gar verkehrt. Ihr Haar hing aufgelöst herab, die Pelzmütze saß schief, ihr Körper hatte keinen Halt, und hinter ihr gestikulierte ein aufgeregter Schaffner.

Entsetzt war der Blick des Sohnes zum Gesicht des Vaters geflohen und hatte dort ebenfalls Entsetzen gefunden – wie eine Flamme war es vorbeigezuckt, dann hatten sich die Kiefer aufeinandergepreßt, der lächelnde Blick war erloschen, war zu einem Steinblick geworden, grau, hart, tot, und der Stein war weiter über das Gesicht hinabgewandert – vor den Augen des Jungen war es geschehen! –, weiter über den Körper hinab, einen Augenblick lang spreizten sich die Hände in offener Verzweiflung, die Finger bewegten sich zum Widerstand, dann waren sie ebenfalls vom Stein eingefangen worden, und mit einem Ruck hatte der neue Steinmensch sich in Bewegung gesetzt, auf das zappelnde Menschenbündel im Abteil zu . . .

Die hilflose Überquerung der Bahnhofshalle, der Weg auf die Straße hinaus –. Er hatte es nicht gewagt, ihren schwarzen Pelzärmel fest genug anzufassen, war aber dazu gezwungen worden. Sie hatte gezappelt und gezerrt, und ihr losgelassenes Lachen war in die starrenden Menschentrauben hineingeschossen.

Und dann – im Auto! Grauen über Grauen, wie die Sturzseen einer stampfenden Sturmflut. Ihre Kleider waren aufgeknöpft gewesen, die Kostümjacke, die Bluse, ein Strumpf heruntergerutscht, und das hatte sie nicht einmal gekümmert – sie, die stets so Elegante, stets so Schöne! Die wohlvertrauten Hände, die wohlvertrauten Ringe – aber die Hände hatten nicht friedlich im Schoß geruht, sie hatten wild herumgefuchtelt und die Ringe hatten geklirrt. Übers Lenkrad gebeugt, hatte der Vater immer wieder gefragt: «Schaffst du es, Christian?» – «Klar, Papa», hatte er geantwortet.

Ihre gurrende Stimme an seiner Wange: «Wie groß du geworden bist, mein Liebling, ich muß dich unbedingt küssen, nein, auf den Mund!» Die Kraft der kleinen mageren Hände – am Tag danach war er voller blauer Flecken gewesen –, die eifrigen Finger, der verzweifelte Kampf seines eigenen Körpers, die Berührung mit jenem Körper zu vermeiden, der den seinen nicht berühren durfte. Es war wie ein Traum, ein fürchterlicher, unmöglicher, völlig unglaubwürdiger Traum, und sie triumphierte die ganze Zeit über seine atemlosen Versuche, sich zu wehren, schamlos wie eine Äffin, mit kratzenden Fingern und klirrenden Ringen. Und immer wieder wurde er von der Unglaubwürdigkeit des Traumes gehindert: daß er, der Sohn, sich gegen sie, die Mutter, wehren mußte!

Als sie ihre Lippen auf die seinen gepreßt hatte, war sie einen Augenblick lang ruhig geworden, voll gurgelnder Zufriedenheit, und seine eigenen Lippen – machtlos, trocken, verzweifelt. Ihre Zunge hatte er gespürt, wieselflink und naß, und er hatte sich später deshalb übergeben, aber was half es schon, alles, was er im Magen hatte, bis hinunter zur grünen Galle, auszuspeien – die Erinnerung brannte immer noch schändlich auf seinem Mund, würde bis an sein Lebensende dort brennen . . .

Christian Dettow starrte auf den braunen Weg hinunter und fuhr sich langsam mit der Zungenspitze über die Lippen, erinnerte sich aber nicht mehr an die seit langem tote Zungenspitze der Mutter. Nur die Erinnerung an die Erinnerung lebte noch.

Aber der Junge im Auerhahnwald hob sein kältestarres Gesicht voller Schmerz nach oben, ließ den Kopf über die Schultern nach hinten fallen, so daß der Blick geradewegs in die Kiefernkrone über ihm hinaufschoß, in die Äste, die gegen den langsam grauer werdenden Himmel noch kaum sichtbar waren. Es gab keine Hilfe! Im tödlichen Schwarz des nächtlichen Waldes, in der eisigen Kälte der Dunkelheit wurde es ihm bewußt. Also gut, von ihm aus. Also gab er sich selbst frei, löste sich selbst mit einem Schnitt von der morgendlichen Qual, aufzuwachen und sich zu erinnern, weiterzuleben und sich weiter zu erinnern. In der nächsten Nacht, wenn der Onkel Landarzt schliefe, würde er den Schlüsselbund von seinem Haken an der Wand nehmen, den Giftschrank aufschließen und für immer in den Auerhahnwald verschwinden!

In diesem Augenblick drang ein Laut wie ein Seufzer aus der Tiefe des Waldes, löste sich schwerfällig aus der nächtlichen Stille. Oder hatte der Seufzer sich aus seinem eigenen Inneren befreit? Er wußte es nicht, horchte aber unwillkürlich genauer hin. Dann hörte er es wieder, ein dumpfes und gleichzeitig dünnes Seufzen, das nicht aus seinem Inneren kam, sondern aus dem Wald!

Selbst die sonderbare Zähigkeit dieses Seufzers lebte noch in Christian Dettows Erinnerung. Und der Widerwille des Jungen gegen den plötzlich aufglimmenden Lebensfunken in seinem Inneren, gegen den Eifer, der etwas über das wissen wollte, worüber er gerade erst nichts hatte wissen wollen. Das konnte der Hauptschlag eines Auerhahns sein, aber der Hauptschlag sollte doch nicht als erstes kommen – als erstes kam das Knappen, dann kamen der Triller, der Hauptschlag und zum Schluß das Wetzen! So stand es in den Büchern, den gerade noch verachteten und abgelehnten Büchern.

Im nächsten Augenblick hatte sein Trommelfell auch die fernen Axtschläge des Knappens aufgefangen. So klang das also, oh, so klang das! Der Seufzer war also ein Hauptschlag gewesen. Jetzt hörte er auch das Zischen des Wetzens. An das ganze Auerhahngerede, mit dem man ihm die Ohren vollgestopft hatte, hatte er nicht geglaubt. Er hatte sich auch nicht dafür interessiert, aber jetzt war es anders. Gegen seinen Willen war es anders.

Ein Schnepfenstrich zog knarrend irgendo in der Dunkelheit vorüber, und weit hinten in der Stille des Waldes ließ das Rotkehlchen seine Silbertriller erzittern. Der Junge begann, die Hauptschläge zu zählen, mußte es aber aufgeben. Jetzt, nachdem die Waldesstille erst einmal durchbrochen war, ertönte es aus allen Richtungen. Wie ein Brand flog das heilige Fieber von Baum zu Baum, bald war der Wald ringsum von Seufzern, Knappen und Trillern erfüllt.

Er versuchte einen einzelnen Hauptschlag auszumachen, ihm zu folgen – doch da stürzte sich ein metallisch hartes Knappen direkt von oben auf ihn herab. Der Hauptschlag hallte, das Wetzen zischte. Der Junge stand jetzt wie zu einer Statue erstarrt und atmete kaum. Saß womöglich ein Auerhahn direkt über ihm in der Kiefer? Er wartete das nächste Wetzen ab, bevor er seinen Kopf noch weiter nach hinten zu neigen wagte. Methodisch erforschte sein Auge Zweig um Zweig, schied Dunkles von Dunklem, und plötzlich sah er, wie der angeschwollene Auerhahnhals sich zwischen zwei Zweigen bewegte, in der Entrücktheit des Wetzens hin und her schaukelnd. Es wurde immer heller, bald sah er den ganzen Auerhahn, den ausgebreiteten Dreiviertelkreis des Schwanzes, den ausgespannten Kinnbart. Der Rhythmus des Knappens schien sich mit dem zunehmenden Licht zu steigern, die Töne knatterten gegen das Trommelfell, der Hauptschlag wurde tiefer, das Wetzen schärfer. Er atmete jetzt im Takt mit dem Vogel, zog die Luft während des Knappens ein, atmete beim Wetzen aus. Der grobe Kiefernstamm an seinen Schultern erbebte, der ganze Baum zitterte . . .

Einen Augenblick lang wollte er fliehen, er war ein Buchkind, ein Stadtkind, ein Einzelkind. Jetzt wurde seine Welt aufgebrochen, seine bis vor kurzem so einmalige Welt, jetzt wurde sie wie eine Haselnuß im Sturm geknackt, er selbst wurde aufgelöst, wurde ein anderer. Seine Kehle schmerzte vom Trommelfeuer des Knappens, seine Brust hob sich in seufzenden Hauptschlägen, sein Atem pfiff zischend durch die Zähne. Entsetzen flammte in ihm auf, so daß er bald nicht mehr wußte, was Baum war, was Vogel, was er selbst. Irgend etwas drängte sich an ihn heran, rücksichtslos entblößt, hemmungslos, rasend. Und das hemmungslos Entblößte machte ihm angst.

Es macht mir immer noch angst! dacht der Fünfundsechzigjährige, von der krampfhaften Umarmung der Erinnerung am Wegrand festgehalten. Obwohl die Vernunft nunmehr in der Lage war, die Angst an die Hand zu nehmen und ihr in ihre seltsamen Reiche hinein zu folgen, sie zu zügeln, sie in eine Dienerin, eine Wächterin zu verwandeln. Irgendwie hatte der

Fünfzehnjährige im Auerhahnwald schon dasselbe Wissen gehabt. Sein Instinkt hatte ihm geraten, die Angst beiseite zu schieben, und er war seinem Instinkt gefolgt. Gott sei Dank war er ihm gefolgt! Anstatt davonzulaufen, hatte der Junge seine Handflächen fest an den bebenden Baumstamm gepreßt und sich der Verzückung des Vogels hingegeben. So war das besinnungslose Schaukeln des angeschwollenen Vogelhalses zugleich das seinige geworden. Sein war die heiße Fieberekstase. Er war ein Heimgesuchter, ein Mitlebender!

Da krachte es durch den Wald, die Kiefern stürzten mit heftigem Dröhnen auf ihn zu, der Boden hob sich, und sein Herz schlug, als wollte es zerspringen. *Jetzt sterbe ich!* flog es ihm durch den Kopf, und unwillkürlich packten seine Hände den rauhen Baumstamm noch fester. Eine Minute darauf begriff er, was geschehen war: ein paar Auerhähne waren von ihrem Nachtzweig herabgefallen, aber keine Kiefern waren geknickt, keine Herzen zersprungen. Das Rotkehlchen ließ immer noch seinen Silbertriller erzittern, und die klammen Hände des Jungen kniffen in die Rinde, krallten sich hinein, als ginge es ums Leben.

Es gelang ihm, sein Lachen zurückzuhalten, bis das Wetzen einsetzte, doch da drang es ihm schnaubend über die Lippen. Ich sterbe, dachte er, ich sterbe, und spürte im selben Augenblick, wie der Baum erbebte, Kiefernnadeln und abgebrochene Zweige stoben auf ihn herab, und nur ein paar Meter von ihm entfernt krachte der Auerhahn zu Boden. Urzeitlich grob, den gebogenen Schnabel gen Himmel gereckt, raste er den Holzweg entlang, machte eine Kehrtwende und kam, hingebungsvoll balzend, zurück. Blind und taub, aber lebendig. Entrückt und wahnsinnig, aber selig. Seine Füße wirbelten im Takt mit dem Knappen, und mitten im Wetzen machte er plötzlich einen Sprung. Hauptschlag und Sprung, Hauptschlag und Sprung.

Erneut war die Angst da: der Vogel war so groß, so ungeschlacht – die Füße des Jungen machten unwillkürlich ein paar Fluchtschritte. Da wurde der gestreckte Auerhahnhals geknickt, der Schwanz fiel zusammen, und aufs neue krachte es durch den

Wald. Schneller, als der Junge sie zu zählen vermochte, hob Hahn um Hahn ab, und nach nur ein paar Minuten lag der Waldweg totenstill und leer im Licht des Morgengrauens.

Die langsame Wanderung heimwärts: die Rauchfetzen des Morgennebels zwischen den Bäumen, die starken klaren Töne der Singdrossel, der Jubel der Finken, als die Sonne endlich hochschoß, die Rufe der Tauben aus der Tiefe des Waldes, der Atem immer noch wie Dampf aus der Kehle, und das Herz zum Bersten gefüllt. Auf einem sonnigen, von Rentierflechte überzogenen Felsen kam die Reaktion. Blindlings warf er sich auf den Boden, die Tränen spritzten ihm aus den Augen, die Hände zerrten am eisigen Moos. Es war die plötzliche Einsicht, die Frustration, die sich schmerzend ihren Weg bahnte: Er würde die Schlüssel nicht stehlen, kein Gift aus dem Schrank nehmen, nicht im Auerhahnwald sterben! So war das Leben nicht. Man starb weder an diesem noch an jenem, man wollte sterben, aber man starb nicht. Und das Leben, das man so unerbittlich leben mußte, war das eigene Leben, nicht das irgendeines anderen. Sein Leben war sein eigenes Leben. Nicht das des Vaters, nicht das der Mutter – *sein eigenes.*

Wieder hoch aus dem Moos, die Auerhahnbalz brennend im Blut. Die Schultern an einem Kiefernstamm gelehnt, die Augen in der Sonne geschlossen, die Wangen noch naß von Tränen, so berührte er zum erstenmal sich selbst. Offen, hemmungslos, während ihm das Wetzen durch die Zähne zischte. Und die Lichtung im Auerhahnwald explodierte –

Christian Dettow lächelte grimmig und bohrte die Schuhspitze in den losen Sand am Rand des Grabens. Das erste Mal von zehntausend! Aber nie mehr würde eine Lichtung explodieren. Alles würde sich einfinden – Elend, Angst, Überdruß, gute Vorsätze und schlechte, Verachtung, Triumph, gleichgültige Gewohnheit – aber nie mehr diese wilde Entdeckung der Seligkeit, die die Welt zum Explodieren brachte.

Vornübergebeugt blinzelte er in die Sonne, seine winterlichen Augen tränten und trieften. Ein Amseltriller strich gegen sein

Trommelfell, aber er hörte nicht mehr zu. Irgendwo in seinem Inneren, bis zur Unkenntlichkeit verwandelt, ruhte jetzt das Wissen, das er der Hingabe seiner Vogeljahre abgewonnen hatte, das kleine Stück transformierten Wissens, das vielleicht die ganze Zeit, ohne daß er sich dessen bewußt gewesen war, sein Ziel gewesen war.

Er starrte zum Hang hinauf, der trocken und warm aussah. Ein Kiefernstumpf leuchtete einladend mitten in der Sonne. Erneut klang ihm Sune Burmans Frage im Ohr, die ängstlich leise Stimme, der er mit der gleichen Geduld hatte zuhören müssen, die er für die scheuesten Vögel des Waldes aufgebracht hatte: Was machen wir, wenn uns die kindliche Einfalt verlassen hat, Herr Doktor?

Wir nehmen den Trost, den der Augenblick und die Umstände uns in die Hand drücken! dachte er grob und wider besseres Wissen. Er wußte ja, daß die Umstände nicht alles bedeuteten, daß *der Mensch selbst* für das, was geschah, genauso entscheidend war. Daß das, was entstand, immer aus einem Zusammenstoß entstand. Konnte man da behaupten, es sei «der Augenblick» gewesen, der Viveka damals Sune Burman entgegengereicht hatte, als sie sich im Dom von Uppsala begegnet waren? Oder war es Sune Burman gewesen, der seine Hand ausgestreckt hatte?

Christian Dettow schüttelte den Kopf und machte einen langen Schritt über den Graben, ins Heidelbeerkraut und den trockenen Kiefernhang hinauf. Nein, Sune Burman war kassiert worden, ein allzu mageres Hähnchen, das von einer allzu lüsternen Hand gerupft worden war. Gelockt und gerupft, bis auf die bloße Haut gerupft, ja, bis ans nackte Leben.

Aber sie waren zu zweit! ermahnte er sich selbst, während seine Füße den trockenen, weichen Boden genossen. Das Zusammenleben spielte sich stets zwischen zwei Personen ab, das war seine ständige These. Diese Art von Feuer wurde aus zwei Richtungen mit Brennstoff versorgt. Dennoch blieben ihm im Falle von Sune Burman Zweifel.

Die Oberfläche des Kiefernstumpfes unter seiner Hand war

trocken und harzfrei. Mit den Aktentaschen zwischen den Füßen ließ er sich im Sonnenschein nieder, knöpfte den Mantel auf, schob den Hut in den Nacken und hielt sein Gesicht in die Sonne. Vorsichtig zog er den armen Sune aus der Aktentasche.

Wie leben wir, wenn die kindliche Einfalt uns verlassen hat? Wie finden wir Trost für etwas, für das es keinen Trost gibt?

Zu diesem Zeitpunkt kommt auch mein eigenes Schicksal mit ins Bild.

Viveka war inzwischen 29 Jahre alt, ich 25. Sie hatte vor kurzem eine Stellung in Uppsala angetreten, war fröhlich und voller Erwartungen. Ich dagegen befand mich in einem Zustand völliger Verzweiflung. Mein Studium schien endgültig abgebrochen, und zwar durch meine eigene Schuld. Früh verwaist, hatte ich dank der großzügigen Unterstützung eines Onkels an der Universität Griechisch und Astronomie studieren können (mein Physiklehrer hatte mein Interesse an den alten Pythagoräern geweckt). Doch das Geld hatte nicht bis zum Examen gereicht. Von wohlwollenden Lehrern ermuntert, hatte ich mich daraufhin um ein sogenanntes Lappenstipendium bemüht und es auch erhalten. Gegen die Verpflichtung, später in Lappland als Pfarrer tätig zu sein, garantierte dieses Stipendium den Lebensunterhalt für die Zeit bis zum theologischen Abschlußexamen. Dies war jedoch gegen das Gebot meines Gewissens geschehen, da mein persönlicher Glaube, der sich zu dieser Zeit einen Weg suchte, kaum der lutherischen Lehre entsprach. Aus Eitelkeit und um weiterhin in der Stadt der Gelehrsamkeit bleiben zu können, mühte ich mich dennoch damit ab.

Kurz vor der Dogmatikprüfung war ich mit den Nerven jedoch total am Ende. Ein Kommilitone steckte mir direkt vor der Prüfung etwas Brom zu, allerdings war die Dosis vermutlich zu hoch für ein daran nicht gewöhntes Nervensystem. Dies hatte zur Folge, daß mir die Fragen des Professors fern und gleichgültig erschienen. Ich selbst wirkte bestimmt ebenso auf den Professor. Das heißt, wenn er mich nicht einfach für betrunken hielt; ich mußte mich nämlich die ganze Zeit an den Stuhllehnen festhalten, um nicht völlig zusammenzusinken. Dies war das Ende meines Theologiestudiums. Es war meine eigene Schuld, und ich gestand mir keine Existenzberechtigung mehr zu, weder in dieser noch in der zukünftigen Welt.

So saß ich nach der Prüfung in einem Zustand unbeschreiblicher Angst im Dom von Uppsala und überlegte, wie ich mich am besten umbringen könnte. In diesem Augenblick kam die Frau, die später meine Gattin werden sollte, in die Kirche, um ihr Abendgebet zu sprechen. Durch Zufall setzte sie sich neben mich. Wir glauben jedoch, daß es Gott war, der ihre Schritte an meine Seite lenkte, ihr meine Not offenbarte und sie dazu bereitmachte, sich meiner anzunehmen. Reich an eigener schwerer Lebenserfahrung, nahm sie mich an der Hand wie ein Schutzengel, brachte mich dazu, meine unglückliche Existenz mit den liebenden Augen des Unendlichen Vaters zu betrachten, und beschenkte mich mit ihrer eigenen Hoffnung und ihrem eigenen Glauben.

Ein *seelisch schwacher* Mensch hätte dies *nie* vermocht, Herr Doktor. Im Gegenteil, ein seelisch schwacher Mensch wäre selbst an der Seite des Schwachen zusammengebrochen, wäre in seinen negativen Sog geraten und verloren gewesen. Ich glaube kaum, daß Sie einen stärkeren Beweis als dies für Vivekas seelische Kraft finden können, Herr Doktor!

Kurz danach heirateten wir, seither haben wir acht Jahre Seite an Seite gelebt. In Freud und Leid, Herr Doktor, und ich glaube, sagen zu können, daß wir beides erlebt haben. Das Leid ist manchmal sehr groß gewesen, aber unsere Liebe und Christus, der die Kraft aller Dinge ist, die Unendlichkeit, aus der alles kommt, haben uns hindurchgetragen. Unsere Liebe ist unser Schutz und unsere Burg, und wenn die ganze Welt gegen uns anstürmt. Darin finden wir Heilung und Trost. Wir verlangen nicht viel von der Umwelt, nur, daß man uns in Ruhe zusammenleben läßt.

Wir erwarten auch nicht mehr, daß die Menschen uns verstehen sollen, nur, daß es uns gestattet sei, in aller Stille und fern vom Trubel der Welt ein Leben der wahren Gottgefälligkeit –

das heißt der Liebe – führen zu dürfen, so, wie es uns richtig erscheint. Dennoch scheint sich nicht einmal ein so einfacher Lebensplan ohne Widerstand und Komplikationen durchführen zu lassen. Hoffnung und Mutlosigkeit haben einander im Laufe dieser acht Jahre abgelöst, aber Viveka ist immer die Stärkere gewesen, diejenige, die Worte der Hoffnung und Zuversicht gefunden hat, als die Kräfte nachzulassen drohten. Hätte sie dies vermocht, wenn ihr Gemüt *krank* gewesen wäre? Das glaube ich nicht, Herr Doktor!

Oh, doch! dachte Christian Dettow und erhob sich von seinem Baumstumpf am Kiefernhang. Trotz der Sonne war es kühl, und außerdem kehrte die Lebensgeschichte jetzt wieder zu Viveka Burman zurück, und für diese Lektüre empfand er das plötzliche Bedürfnis nach der Stütze des Schreibtischstuhls im Rücken. Paranoiker sind oft erstaunlich widerstandsfähig, logisch und von nicht zu verachtender Intelligenz. Und Sune Burman hatte ein allzu empfindliches Gewissen gehabt, war eine sich selbst auslöschende Person gewesen, in allzu hohem Maße ein gefundenes Fressen für Viveka Burmans kranke Ichbezogenheit. Geliebt hatte sie ihn nie, trotz des Wustes an romantischen Requisiten, mit denen sie sich umgeben hatten. Doch, als Peripherie natürlich! Als Peripherie war er verdammt wichtig für sie gewesen! Wer sonst hätte den Versuch ausgehalten, ihren himmelstürmenden Ansprüchen zu genügen?

Schnuppernd hob er den Kopf. Der scharfe Geruch nach Feuer stach ihm plötzlich in die Nase. Doch dann beruhigte er sich wieder. Es war schon April, und ringsum waren die Menschen mit ihren Gärten beschäftigt; sie rechten Laub und Reisig und alte, schwarzverfaulte Äpfel zusammen, die unterm Schnee überwintert hatten.

Einen flüchtigen Augenblick lang glitten ihre Leben ihm entgegen. Ausgerüstet mit Rechen, Spaten, Scheren und Messern arbeiteten sie in der klaren Nachmittagsluft eifrig daran, auf dem kleinen Fleckchen Erde, das ihnen gehörte, sämtliche Überreste des Todes auszumerzen, die die Natur hinterlassen hatte.

Dürre Rosenzweige, morsche Obstbaumäste, alte Baumstümpfe, die sich noch im vergangenen Jahr in der Erde festgesaugt hatten, die toten grauen Heidekrautbüschel und die zähen Wurzeln der Heidelbeersträucher in den bewaldeten Gartenecken – alles wurde dem Feuer geopfert. Ihr Eifer war grenzenlos und rührend. Sie hackten und stemmten, hieben und zerrten, rechten und schleppten zusammen. Mit dem Ärmel wischten sie sich den Schweiß aus ihren glühenden Gesichtern, die Luft trug die Rufe ihrer klaren Stimmen, sie waren im Besitz ihrer flüchtigen Zeit, und um sie herum loderten die Frühlingsfeuer. Die Kinder warfen ihre Bürden, die sie angeschleppt hatten, mit lautem Gejohle in die fauchenden, gierig leckenden Flammen.

Er stand in der Kurve, von wo aus es zum See hinunterging. Der Nachmittag war windstill und klar leuchtend, die Rauchsäulen stiegen gerade in die blaue Luft hinauf, er zählte bis zu einem halben Dutzend. Langsam drehte er den Kopf zur Seite. Er hatte plötzlich das Gefühl gehabt, jemand nähere sich ihm von hinten – die leichten, vertrauten Schritte klangen ihm noch im Ohr. Eine Hand hatte sich in seine Ellbogenbeuge geschoben, ganz selbstverständlich, voller Vertrauen. Durch die Kleider hindurch hatte er den festen Griff der schmalen Hand gespürt, den speziellen Druck des Mittelfingers und Ringfingers gegen seinen Oberarmknochen – aber hinter ihm war niemand.

Mit einem Seufzer nahm er seine Wanderung wieder auf, wurde selbst zu seinem Bestandteil des Bildes, das er soeben betrachtet hatte: ein langer, kantiger Astheniker im fischgrätgemusterten, aufgeknöpften Überzieher, einen alten, gesprenkelten Wollschal um den Hals, in Schuhen mit dicken Sohlen und mit einem Filzhut oberhalb der kräftig abstehenden Ohren, dessen Krempe von vielen ungeduldigen Griffen verbogen war: Doktor Christian Dettow, Oberarzt an der Nervenklinik Forsberga.

Der Weg wand sich vor ihm dahin, er kannte jede einzelne Biegung. Im Laufe von dreißig Jahren hatte er beobachtet, wie dieser Ort mutwillig und ruckhaft im Takt der Zeit gewachsen war und sich verändert hatte. Die Erinnerung hatte überall ihre Bilder aufgestellt; manchmal bedeckten sie das Gegenwärtige, und er sah nicht, was war, sondern das, was gewesen war: Schrebergärten am Waldrand mit Sonnenblumen, die höher waren als die Häuschen, und schmiedeeiserne Tore vor Veranden, auf denen mit knapper Not eine Bank Platz fand, von der aus die geschmiedete Pracht sich bewundern ließ. Das alte Gewächshaus unten am See, die funkelnde Reihe der Frühbeete in der Sonne und der graue Verkaufsschuppen mit dem Lehmfußboden, Wand an Wand mit einem stampfenden Grauschimmel . . . Dort hatte man jederzeit frisch aus den Beeten einkaufen können. Jetzt hatte der Gärtner eine verputzte Villa, einen von Rosenbäumchen gesäumten Gartenweg und verkaufte nicht einmal mehr Blumen.

«Aber du bist doch nicht hier draußen geboren?»

Elisabets kräftige helle Stimme war voller Staunen gewesen. Für sie, die ständig Umherflackernde, nie Verwurzelte, war es unbegreiflich gewesen, daß jemand sein halbes Leben mehr oder weniger an ein und demselben Fleck verbracht hatte und offensichtlich plante, auf dieselbe Art und Weise weiterzumachen.

«Beinahe!» hatte er geantwortet, aber sehr widerstrebend, als schämte er sich. Ihre beneidenswerte, selbstverständliche Beweglichkeit war ihm entgegengeschlagen, und er hatte sein eigenes verzweifeltes Gewicht gespürt, seine starrköpfige Begrenztheit. Natürlich waren ihr die äußeren Umstände zu Hilfe gekommen: «Quer durch Asien und den russischen Kontinent, als ich ein Jahr war, mußt du wissen!» Aber die Leichtigkeit, die Beweglichkeit waren eins mit ihrem Wesen gewesen. Es war, als hätte ihr die ganze Welt gehört, dem Mädchen mit den schrägen Augen und den schwarzen Haaren, der «kleinen Chinesin». Auf selbstverständliche und sorglose Art war sie mit allem und allen vertraut. Und im Vergleich dazu schrumpfte seine eigene Welt, sie wurde stecknadelgroß und langweilig, eingeschlossen und unzulänglich –

«Du hast doch gesagt, du seist auf Söder, im Süden Stockholms geboren!» Ihr Lächeln war so hell gewesen, so aufmunternd, als

hätte er eine richtige Leistung vollbracht, weil er die zwanzig, dreißig Kilometer weggezogen war.

Ja, er war auf Söder, in Stockholms Süden geboren! War in einer der kleinen steilen Straßen aufgewachsen, die zu Mosebacketorg hinaufführten, war dort Kind gewesen, Junge, Erwachsener, aber kein Mann, war viele Jahre lang Erwachsener gewesen, fertig ausgebildet und angestellt, früh geachtet und beachtet, aber kein Mann. Hatte seinen festen Wohnsitz dort gehabt, auch als fertiger Arzt, hatte die Wohnung mit dem Vater geteilt, bis dieser gestorben war, und danach noch ein paar weitere Jahre . . .

«Aber wir redeten immer davon, aufs Land hinauszuziehen», sagte er und bemühte sich, seine Schwerfälligkeit zu überwinden, leicht zu werden wie sie. «Jeden Sonntag machten wir lange Ausflüge, oft hier heraus. Wir gingen die ganze Strecke von der Stadt zu Fuß. Damals gab es noch keine Zugverbindung hierher. Zuerst Papa mit dem Rucksack, dann Mama, und zum Schluß ich. Das Wetter spielte keine Rolle. Ungefähr da, wo jetzt der Bahnhof liegt, gab es ein kleines Café. Dort pflegten wir zu essen, wenn das Wetter schlecht war. Es hatte eine niedrige Decke, war geblümt und braungebeizt, mit einer Kuckucksuhr an der Wand.»

«Aber deine Mutter, Christian, die war doch kränklich? Hatte sie dazu wirklich Lust? Jeden Sonntag?»

Christian Dettow schüttelte den Kopf, sowohl dort in Elisabets Zeit als auch hier in der Unwirklichkeit der Gegenwart. Die Frage war damals unmöglich zu beantworten gewesen, daran erinnerte er sich. Es mußte in einem sehr frühen Stadium ihrer Bekanntschaft gewesen sein. Vielleicht, als er sie das allererste Mal hier herausgebracht hatte? Um sich selbst und sie zu prüfen, um sich versuchsweise in die schwindelerregende Möglichkeit hineinzudenken, daß er hier mit ihr leben könnte, hier das Haus bauen könnte, von dem seine Eltern geträumt hatten; das Leben führen könnte, das er bisher für unmöglich gehalten hatte: das Leben der Ehe, der Liebe . . .

35 Jahre alt war er damals gewesen und hatte die Liebe noch

nicht kennengelernt. Keine Frau hatte ihn bisher entflammt, er war zu langsam und zu eigenbrötlerisch. Wenn eine Frau je einen Funken in ihm erweckt hatte, war sie auch schon verschwunden gewesen, bevor er sie überhaupt erreicht hatte. Und für die Aufdringlichen, die sein Profil so schwärmerisch angestarrt hatten, hatte er nur Kälte empfunden. Also hatte er seine Konsequenzen daraus gezogen und es so am besten gefunden. Am besten für sich und seine Träume. Bis Elisabet kam und bei ihm einbrach, ihn aufbrach und ihn mit sich zog. Der fremde Hauch, den sie mitbrachte: fremdes Volk, fremdes Land, fremde Kultur, und ihr Wesen, das sich so von dem der anderen unterschied: so liebreizend und zugleich so offen, so ohne alle Verstellung. Und inmitten des Liebreizes eine ganz unerwartete Kühnheit, die einfach die Hand ausstreckte und sich nahm, was sie haben wollte. Einen Augenblick lang tauchte sie vor ihm auf, wie sie damals gewesen war: der dünne Körper, die zarten Glieder, die leichte Mongolenfalte im Augenwinkel, die stille Versunkenheit des Gesichts, wenn sie lauschte und wenn sie danach aufsah und lächelte, wenn die langgezogene Bogenlinie der Lippen sich über dem Schimmer der Kinderzähne öffnete . . .

Sie hatte ihn mit hilflosem, heftigem Verlangen erfüllt und gleichzeitig mit Erschrecken. Er hatte fliehen wollen, war aber geblieben. Eine schwere Zeit war das gewesen, eine schwere Zeit voller Wunder. Beinahe sofort hatte er ihr von seiner Mutter erzählt. Wahrheitsgetreu und brutal, als hätte er sie warnen wollen. Doch als er die Ehe der Eltern und das Bild, das er von ihnen im Herzen trug, schildern wollte, verstummte er. Plötzlich starrte ihn die Fremdheit mit verwunderten Mädchenaugen an.

Es war das viktorianisch Altmodische in der Beziehung der Eltern gewesen, das er plötzlich von außen gesehen und dessen er sich geschämt hatte, dachte Christian Dettow. Der Mut hatte ihn verlassen, er hatte nicht die richtigen Worte gefunden, um dem belustigten Blick des Mädchens das Bild dieser beiden präsentieren zu können, die aneinander angepaßt waren wie der

Ruderer an die Ruderbank, geduldig und treu im Laufe des Alltags aneinander abgerieben, kaum noch zwei Menschen, sondern einer, nicht exaltiert und gefühlvoll, sondern in lebenslänglicher, selbstverständlicher Treue ...

Erst viel später, als Elisabet ihre Hand im Ernst ausgestreckt und ihn an sich gezogen hatte und er ihr sein Leben hatte vorstammeln dürfen, war er in der Lage gewesen, mit ihr über seine Auffassung von der Liebe zu sprechen.

«In der Liebe muß man tief unten anfangen, Elisabet. Man muß frierend anfangen, sich langsam nähern, wie sich das gebrannte Kind dem Feuer nähert, um nicht zu erfrieren. Seine Hände sachte ausstrecken, ohne große Hoffnung, und die ganze Zeit bereit, sie zurückzuziehen.»

«Warum?» hatte sie verwundert gefragt, einen Augenblick lang in ihrer lächelnden Sicherheit verwirrt.

«Darum!» hatte er ihr aus seiner Angst und schweren Einsicht heraus geantwortet. Ja, er hatte sich über die Grenze zwingen müssen. Und er hatte seine Bedingung gestellt: nichts hatte über seinen wahren Wert hinaus vergrößert oder erhöht werden dürfen. Das Dettowsche Herz war tief eingefroren gewesen, und der Sieg war erst nach vielen Jahren eingeheimst worden. Doch dann für immer und so, wie er es gewollt hatte: auf der Ebene des gemeinsamen Ichs, des vollen Zusammenlebens.

Die Erinnerung daran ruhte in ihm, umschlossen von einer anderen Erinnerung, unabhängig von den Jahren, die sie einst getrennt hatten. Sie wehte ihm entgegen wie das Schattenmuster der Zweige auf dem Weg und versank ebenso rasch in den umgebenden Licht- und Geräuschkulissen. Er legte das letzte Wegstück bis zu seinem Gartentor völlig versunken zurück, wobei ihm die Aktentaschen leicht gegen die Waden schlugen. Doch dann verlangsamte er seine Schritte. Sachte öffnete er das schmale Eisentor. Hier drinnen brannte kein Feuer, wurde kein Laub gerecht, wurden keine Büsche gestutzt. Nach jahrelangem, stummem Tauziehen mit dem Gärtner hatte der alte Garten es endlich geschafft, beinahe so zuzuwachsen, wie Dettow es haben wollte: die Kieswege immer schmaler, immer unregelmäßiger und weiter hinten unter den Bäumen vom ständigen Vormarsch der Gräser völlig besiegt; das einst Angepflanzte, Angelegte jetzt halbverwildert wuchernd, so daß sich im Sommer Büsche und Blumen im Schatten der Bäume dicht an seine Beine drängten.

Er ließ den Garten nicht aus Geiz verfallen, auch nicht aus einer Art posthumen Protestes gegen Elisabet. Der Garten war ihr Stolz gewesen, ein glücklich gefundener Ausdruck für ihre kreativen und hegenden Instinkte – nachdem es ihnen nicht vergönnt gewesen war, Kinder zu bekommen. Aber er selbst hatte keine solchen Bedürfnisse. Er war 65 Jahre alt und würde in sechs Monaten pensioniert werden. Außerstande, den Menschen anders als auf beruflicher Ebene zu begegnen, lebte er allein in dem alten Haus, und so würde es bleiben bis zu seinem Tod. Gelähmt? Vielleicht. Seit jenem Tag, als Elisabet leblos durchs Tor hereingetragen worden war, das Opfer eines sinnlosen Autounfalls auf dem nassen Waldweg, hatten die Jahre ihre Bedeutung verloren. Genaugenommen bedeutete nichts mehr etwas, aber zwischen den alten Büschen und Bäumen, in dem altmodisch zugewachsenen, vor Menschenhand geschützten Garten fühlte er sich wohl.

Dort konnte er mit der Hand an einem Baumstamm lange stehenbleiben, konnte in dem hohen Sommergras auf einem Stein sitzenbleiben, während die Zeit verstrich. Woran dachte er dann? Das wußte er selten, er wußte nur, daß er mit einem Seufzer wiederkehrte, wie von etwas Kostbarem, und daß ihm dabei stets ein seltsamer Spruch durch den Sinn ging, der nicht von ihm stammte, aber auch von sonst niemandem: *Wachse über mich, deck mich zu, laß mich vergessen . . .*

Dann pflegte er diese Worte von sich abzuschütteln wie etwas, das nicht zu ihm gehörte: ein Glühwürmchen, das an seinem Hosenbein hängengeblieben, ein Marienkäfer, der aus Versehen auf seiner Hand gelandet war. Er ließ sie im Gras zwischen den Hummeln und den raschelnden Glockenblumen zurück.

Wie sollte die Umwelt ein solches Dasein verstehen können?

Jahr für Jahr verzog er sich immer tiefer in den Schatten dessen, was gewesen war. Und die Nachbarschaft, die altmodische, gutsituierte und auf ihre menschenfreundlichen Traditionen bedachte Nachbarschaft behielt ihn im Auge. Als Elisabet noch lebte, hatte er wenigstens ab und zu an Mittsommerfeiern und Lucia-Umzügen, Basaren und Gartenfesten teilgenommen, jetzt hingegen mied er solche Anlässe. Die Nachbarschaft beobachtete den Garten voller Kummer. Sein Verfall konnte in ihren Augen nichts anderes bedeuten als das Zeichen eines Schmerzes, der an Lebensüberdruß grenzte. Anderen konnte der Doktor helfen, sich selbst aber nicht! Daß er Elisabet immer bei sich hatte, trotz des Todes, daß sie trotz der Asche in der Urne auf dem Friedhof in seiner Erinnerung und seinem Gefühl mit ihm lebte, daß er immer noch mit ihr sprach – das war etwas, was sie nicht wußten und was sie nicht verstanden haben würden. Sie sahen lediglich, was ihr Auge sah: einen verfallenen Garten, ein dunkles, stilles Haus, einen gebückten wandernden Schatten, der selten grüßte und nie stehenblieb.

Einmal hatten sie sogar die Köpfe zusammengesteckt, einen kleinen Plan geschmiedet und schließlich eine Vorhut ausgeschickt. Eines Abends hatte er sich plötzlich von lächelnden, hutgeschmückten Damen umringt gesehen, die ihm freudestrahlend mitgeteilt hatten, daß sein Garten im jährlichen Wettbewerb um den «natürlichsten Garten» einen Preis gewonnen habe.

Christian Dettow gluckste leise vor sich hin, hier innerhalb seines Gartentores konnte er sich das gestatten. Selbstverständlich war dies außerhalb des Wettbewerbs geschehen. Er hatte von nichts gewußt, bis er einen Preis in den Händen gehalten hatte: eine seltsam gewundene und verzierte Urne, in der man Zimmerpflanzen ins Freie stellen konnte. Ein fürchterliches Objekt. Er hatte versucht, Bengtsson die Urne zu schenken, was dieser jedoch sehr übelgenommen hatte.

«Das ist ein wertvolles Stück, Herr Doktor.»

«Aber ich habe doch keine Zimmerpflanzen, Bengtsson.»

«Es gibt doch keinen Vertrag, daß man Zimmerpflanzen hineintun muß, Herr Doktor.»

«Aber wir beide haben einen Vertrag, Bengtsson, nicht wahr?»

Die leberblümchenblauen Augen blinzelten, der Blick erstarrte, der Kopf wurde zur Seite gedreht, so daß sich die Kerben in dem braunen Hals vertieften.

«Keine neumodischen Sitten, Bengtsson! Nur das absolut Notwendige!»

Die Bemerkung hallte durch die Jahre. Bengtsson seufzte und trat von einem Fuß auf den anderen. Er hatte den Garten von Anbeginn an geplant, die Zeit seiner Größe mit Elisabet erlebt – diese Frühlinge voller Eifer, diese prunkenden Sommer, diese ernteschweren Herbste! –, und jetzt dieser sinnlose, unaufhaltsame Verfall. Christian Dettow lächelte erneut. Er hatte den Gärtnerlohn viele Jahre unverändert gelassen, in der Absicht, daß die Arbeit der Geldentwertung entsprechend weniger werden sollte. Die ersten Jahre hatte Bengtsson seinen Anweisungen verächtlich getrotzt. Es war eine Ehrensache für ihn gewesen, den Garten genau so zu pflegen, wie Elisabet und er ihn all die Jahre zuvor gepflegt hatten. Doch der Doktor war unerbittlich, die Jahre verstrichen, und der Doktor änderte sich nicht, kam nicht zur Vernunft.

«Dieses Jahr legen wir das große Beet still, Bengtsson. Von jetzt an werden wir jedes Jahr ein paar Beete stillegen und den Rest so wachsen lassen, wie er will.»

Einen Augenblick lang waren sich ihre Augen begegnet. Bengtsson hatte nicht geantwortet, aber Klartext war Klartext, und nach und nach hatte er weniger getan. Aber die Geldentwertung hatte er bestimmt noch nicht eingeholt. Jeden Herbst und jedes Frühjahr stapfte er unweigerlich in seinem besten Anzug den Gartenweg hinauf, um abzuholen, was ihm zustand, und blieb hartnäckig draußen in der Dämmerung stehen, während die Brieftasche geholt wurde. Nachdem die Scheine den Besitzer gewechselt hatten, räusperte er sich in die Luft hinaus, Christian Dettow hob warnend die Hand, aber Bengtsson ließ sich nicht bremsen. Zweimal jährlich mußte er das in Worte fassen, was unbedingt getan werden mußte, damit der Garten auch weiterhin anständigerweise die Bezeichnung Garten verdiente.

Und Christian Dettow hörte zu – oder auch nicht. Er sah Bengtsson an oder an ihm vorbei. Der Tonfall drang in ihn ein, die Worte blieben leer. Mit den Jahren kam immer mehr Müdigkeit in die Stimme des Gärtners. Eigentlich hatte er weder für die Vorhaltungen noch für seinen Berufsstolz noch die nötige Kraft. Dennoch konnte es immer wieder vorkommen, daß er sich wie früher ereiferte, die blauen Augen sich belebten, die Arme mit den großen braunen Spatenhänden mit begeistertem Schwung durch die Luft flogen, blühende Pläne ihm durch den Kopf zogen: Randbeete längs des Gartenweges, Kletterrosen vor der Veranda, robuste Stauden ins große Beet, so geplant und gepflanzt, daß vom zeitigen Mai bis zum späten September Farbe um Farbe aufflammen würde. Lateinische Namen holperten zwischen ihnen durch die Luft: Viola cornuta, Clematis Atragene . . .

«Die Johannisbeerbüsche», pflegte Christian Dettow dann friedlich zu bemerken, «und die Himbeeren, Bengtsson!»

Und so standen sie auf der Treppe oder auf dem Kiesweg oder unten am Tor und stießen gutmütig und ohne eigentlichen Ernst ihre Hörner aneinander.

«Das sind doch weiße Johannisbeeren, Herr Doktor, das Beste, was es gibt! Und Sie pflücken doch so gerne Himbeeren, Herr Doktor!»

Pflückte er gerne Himbeeren? Die Kühle und der Duft der hohen Büsche – während der Sommernächte kam es häufig vor, daß die Vogeljungen, die den Drang nach oben in die schützenden Zweige noch nicht hatten, dort drinnen auf der Erde schliefen. Er hatte manchmal versucht, sie in sicherere Regionen zu bringen, aber sie kehrten unverdrossen zurück. Wenn er früh genug kam, hüpften sie noch pickend und piepsend drinnen im Schatten der Blätter umher. Die süßen Früchte, die im Laufe der Nacht heranreiften und die sich nur schwer pflücken ließen, da sie sich unter den Blättern versteckten und oft nur von unten gesehen werden konnten – sie sacht mit der Zunge gegen den Gaumen zu drücken, so mit dem Mund voller Sonne dazustehen, während der Himmel immer blauer wurde und die weichen Kadenzen des Laubsängers durch die Luft fielen – ja, er hatte gern Himbeeren gepflückt, aber jetzt ließ sich den abgelagerten Erinnerungen in seinem Inneren nichts mehr hinzufügen. Nichts.

Plötzlich blieb er stehen, die schaukelnden Aktentaschen sanken auf seine Beine zu, er stand wie angewurzelt, dann begann sein Herz wie rasend zu schlagen. An dem kahlen Hang zwischen dem Himbeerbeet und der Fliederhecke leuchtete eine über den Boden gebeugte rote Strickjacke. Seine Finger ließen die Aktentasche los, sie blieben in stummem Staunen auf dem Kiesweg stehen, während seine Schuhe den dunklen Rasenboden überquerten. Er konnte die rhythmischen Bewegungen der Schultern erkennen, als sie die Erde aufhackte. Wie gewöhnlich kroch sie unbekümmert auf dem Boden, ohne einen Gedanken an die winterliche Kälte zu verschwenden, die immer noch dicht unter der tagsüber notdürftig aufgewärmten Erdoberfläche steckte.

«Elisabet», wollte er warnend rufen, «Elisabet!»

Im selben Augenblick hob sie den Kopf, und er sah, wer es war. Kaum 20 Meter trennten sie voneinander. Er blieb jäh stehen, zuerst unfähig zu begreifen, doch dann kam der Zorn, hart und heftig: *sie* hatte kein Recht, hatte weniger als kein Recht!

Um sich zu beruhigen, rammte er beide Hände in die Taschen, so daß der Mantel über den Schultern spannte. Die rechte Tasche hielt die Belastung nicht aus, die Hand fuhr direkt durch das Futter, doch das einfache Mißgeschick beruhigte ihn. Langsam ging er näher.

Eine Gartenschaufel in der Rechten und die Finger der Linken noch in der Erde, hockte sie unter ihm. Wirkungsvoller noch als das Aufreißen der Manteltasche brachte ihn ihr Erschrecken zur Besinnung: der große Leib, der so deutlich Angst vor Prügel ausdrückte, der Blick, aus dem alles Bewußtsein gewichen zu sein schien, der halboffene Mund, das Zucken des Kinns. Das Kopftuch war nach hinten auf die Schultern geglitten, der eiförmige Kopf mit dem schwarzen, straff nach hinten gezogene Haar zitterte heftig.

«Was tun Sie hier, Sissi?»

Kaum wahrnehmbar sank sie immer tiefer auf den Erdboden hinunter. Er beruhigte sich noch ein paar weitere Augenblicke lang. Die Erde lag aufgelockert und schwarz unter ihr, der Rock umfloß den unförmigen Leib in schlaffen Wellen. Er hob den Fuß gegen sie, erinnerte sich wie aus weiter Ferne daran, daß dies die Bewegung war, die sie seit jener Zeit, als die Nazis ihre Stiefel nach ihr geworfen hatten, am allermeisten verabscheute, zog den Fuß jedoch nicht zurück, sondern berührte ihre Schulter mit der lehmverschmierten Schuhspitze, berührte die rote Strickjacke. Da hob sie den Blick voller Trotz.

«Der Mohn ist am Aussterben!»

«Das ist eine Wildpflanze, die braucht ihre Freiheit.»

«Ich habe im Herbst Samen gesammelt und getrocknet.»

Genau wie *sie* es immer zu tun pflegte, durchzuckte es ihn schmerzhaft. Wie Elisabet es ihr beigebracht hatte. Oder wie sie es Elisabet beigebracht hatte. Sie hatten immer so viel Weibergewäsch, so viel Weiberkram ausgetauscht.

«Der Mohn ist sehr giftig, es wäre besser, wenn er aussterben dürfte.»

«Die Samen nicht!» sagte sie. Sein Zorn hatte sich inzwischen gelegt, und das spürte sie sofort, ihr Körper erhob sich mit erstaunlicher Geschwindigkeit vom Boden, der Mund war nicht mehr aufgesperrt, ihre Augen begegneten den seinen, ohne zu blinzeln. «Die Mohnsamen auf dem Brot haben Ihnen doch immer so geschmeckt, Herr Doktor.»

Spürte sie die Qual in ihm? Bereitete es ihr Genuß, das Messer umzudrehen? Er wußte es nicht, aber er wußte, daß er sie nicht sehen wollte, nicht hören wollte, nichts mit ihr zu tun haben wollte. Sie war das einzige in diesem Leben, wofür ihm die Kraft fehlte.

«Habe ich nicht gesagt, daß ich Sie hier nicht sehen will, Sissi? In der Stadt, im Krankenhaus, wenn Sie Hilfe brauchen, aber hier draußen nicht.»

Das Ohnmachtsgefühl ließ seinen Mund trocken werden, er vermochte kaum die Lippen zu bewegen. Sie gab das Verbot zu, indem sie das Kinn auf die Brust preßte, doch dann hob sie es sogleich wieder voller Trotz.

«Sie kommen zu früh, Herr Doktor.»

Mit aller Gewalt schob er den Gedanken an das beiseite, was also hier draußen zu geschehen pflegte, während er in der Stadt war.

«Es ist Sonnabend, Sissi», sagte er müde. Weit hinten in den schwarzen Augen leuchtete kurz die Angst auf, und er begriff, daß sie den Überblick über die Tage verloren hatte. Fragen stiegen in ihm hoch. Wie schlecht ging es ihr? Hatte sie bei Ströms aufgehört? Es war doch höchstens ein Jahr her, seit er ihr diese Stelle besorgt hatte, eine der besten, die er jemals für sie ausfindig gemacht hatte. Würde er jetzt wieder von vorne anfangen müssen? Er machte abrupt kehrt, wollte nichts davon wissen, schnitt es jäh ab: «Im Krankenhaus, Sissi. Rufen Sie Schwester Lisa an!»

Papaver somniferum, papaver somniferum – der lateinische Name hallte ihm monoton durch den Schädel, während er zu den Aktentaschen zurückmarschierte. Wenn irgendeine Person auf den Genuß von Mohnsamen auf frischgebackenem Brot verzichten und sich statt dessen dem bitteren Saft der Kapsel widmen müßte, dann doch Sissi van Dorn. «Von welchem man so viel nehmen kann, daß man nicht aufwachet, bevor die Posaune Gottes einen erwecket.» Natürlich mußte sie einem leid tun! Das unschuldige Opfer (wirklich unschuldig?) einer Eruption des Bösen. Aber auch ein Opfer konnte zu einer Last werden, zu einem unerträglichen Verfolger, der nicht abgewiesen werden durfte.

Plötzlich fühlten sich die Aktentaschen bleischwer an, die Stufen der Haustreppe schienen unüberwindlich hoch. Das Auge suchte nach unbefugten Spuren, die Hand konnte es nicht lassen, voller Mißtrauen Türklinken und Riegel zu untersuchen. Das Schloß war simpel, und einen Extraschlüssel zu beschaffen wäre ein Kinderspiel. Seufzend trat er ins Haus. Das Flurlicht schien ihm blaß entgegen. Er streifte die Schuhe von den Füßen, hängte den Mantel auf und ging langsam die Schlafzimmertreppe hinauf. Die weißen Vorhänge wehten im Luftzug, sie waren dünn und fadenscheinig und an den Säumen ausgefranst. Er lehnte sich aus dem Fenster, doch die rote Strickjacke leuchtete nicht mehr unten zwischen dem Himbeerbeet und der Fliederhecke. Sissi war davongekrochen. Sorgfältig drückte er alle vier Fensterhaken zu, ging zu Elisabets Garderobe hinüber und öffnete die Tür.

Es war ein Trost, sich dort an die Wand zu lehnen. Immer wieder ein Trost. Das Halbdunkel hier drinnen hatte eine beruhigende Wirkung. Die gleichmäßige Reihe der Kleider. Der schwache Duft von Elisabets Parfum. Wenn er die Augen schloß und ihn sacht durch die Nase einzog, erinnerte er an den Duft ihrer Haut. Christian Dettow wußte, daß das nicht stimmte, doch für die Erinnerung waren der Duft des Parfums und der Duft der Haut ineinander geflossen. Manchmal pflegte er die Flasche aus der Schublade zu holen – zweimal hatte er bereits eine neue gekauft – und ein paar Tropfen in die Dunkelheit hineinzuspritzen. Um die Erinnerung zu stärken? Er seufzte, die Ironie verfing jedoch nicht, nahm dem Trost nichts von seiner Kraft.

Die Kleider hingen da, sie waren ein Stück Leben. Er streckte die Hand nach ihnen aus – besonders eines berührte er gern: ein dünnes, weiches, vermutlich aus Seide. Immer wieder gab es Nächte, in denen er sich mit unbeirrbarem Gefühl genau an dieses Kleid hintastete, es vom Bügel zog und gegen seine Haut preßte, nackt stand er dann in der Dunkelheit, das glatte, weiche Material um den Körper gewunden, die Seide, die noch immer nach ihr duftete, immer noch etwas von dem bewahrte, was gewesen war: das Hin- und Herwerfen des Kopfes auf dem Kissen, ihre Lippen, und ein seltenes glückliches Mal ihr Lachen, das in sein eigenes Keuchen hineinläutete. Hinterher, während des unerläßlichen Säuberns und Ordnens, hatte er einen bitteren Geschmack im Mund, eine Art stummer Raserei in der Seele – am liebsten hätte er geweint oder laut gerufen, doch das konnte er nicht.

So war es während der ersten schweren Jahre nach ihrem Tod

gewesen. Danach war es immer ruhiger geworden: eine bittere, quälende Gewohnheit, immer weniger bitter, immer weniger quälend und schließlich nur noch eine Gewohnheit, die immer seltener wurde.

Sein Blick glitt über die Kleiderreihe, aber er konnte nichts Ungewöhnliches entdecken, keine nachlässig auseinandergeschobenen Kleiderbügel, nichts *Berührtes*. Die Kleider hingen gerade, in gleichmäßigen Abständen, wie immer in den letzten Jahren, und er suchte vergeblich in den Erinnerungsbildern nach einer roten Wolljacke.

Langsam, mit präzisen, eigensinnigen Handgriffen, begann er sich umzuziehen. Die Jacke über die Stuhllehne, die Hose in ihren Stahlbügel, die Krawatte über die Schnur an der Garderobentür. Er ließ nichts hinter sich unaufgeräumt, kaum ein Stäubchen.

Aber das Mißtrauen wollte nicht weichen. Unten in der Küche ertappte er sich dabei, wie er die Schranktüren ohne Grund öffnete und schloß, mit der Hand über die Tischfläche fuhr und mit dem Blick auf dem Fußboden nach Lehm suchte. Verärgert öffnete er die Speisekammertür. Sein Essen stand auf dem üblichen Platz: eingelegter Hering, komplett mit Gräten und Kopf, und kalte, gekochte Kartoffeln mit Petersilie bestreut. Er aß im Stehen, mit gedankenleerem Kopf, biß die Heringsköpfe ab wie eine Katze und lutschte daran, bevor er sie auf den Tellerrand hinunterließ; in den Köpfen steckte der intensivste Geschmack. Hinterher schenkte er sich eine große Tasse Kaffee aus der Thermosflasche auf dem Herd ein. Auch hier hinterließ er nichts, weder Brösel noch Unordnung. Die Hilfe, die er im Haus benötigte, war auf ein Minimum reduziert: Saubermachen und Kochen. Im übrigen hielt er es für die Pflicht eines jeden, sein Bett selbst zu machen und seine Sachen in Ordnung zu halten.

Er kippte die Heringsabfälle in die Toilettenschüssel, wischte den Teller mit Papier ab, spülte ihn unter dem Warmwasserhahn und stellte ihn ins Trockengestell. Hinterher bürstete er Hände und Nägel unter fließendem Wasser, spülte sorgfältig das

Becken aus und trocknete die Hände an einem groben, rotgestreiften Handtuch, das einsam am äußersten der acht weißen Porzellanhaken hing. Der Kaffee begann schon zu wirken.

Ganz von selbst begannen seine Gedanken sich erneut mit Viveka und Sune Burman zu beschäftigen, und noch einmal gab er seiner jungen Stationsärztin recht. Die Burmans waren ein hoffnungsloser Fall gewesen, verschlossen, unerbittlich, hinterhältig. Ja, ausgesprochen hinterhältig, dachte er, auf eine sture, bis in den Tod hinein triumphierende Art hinterhältig. In den Zwangsjacke des Zweierwahnsinns waren sie ineinander verschlungen gewesen, und nicht einmal jetzt, zwei Jahre danach, wußte er, wer oder was sie hätte retten können ...

Lehrreich? Ungeduldig ließen seine Hände das Handtuch los. Nur die übliche alte Lehre, daß man nie vorsichtig genug, mißtrauisch genug sein konnte. Sie hatten mit dem Glanz der Liebe geblendet, und das dahinterliegende Zerrbild hatte er erst entdeckt, als es zu spät war. Die anderen Kollegen hatten keine Kommentare gegeben. Das Kichern und alberne Gelächter war genauso schnell erstorben, wie es entstanden war ...

Mit beiden Aktentaschen in der einen Hand durchquerte er rasch die aufgereihte Verlassenheit des Wartezimmers, schloß Tür nach Tür hinter sich, als letztes die schallisolierte Spezialtür. Das Arbeitszimmer war groß und kühl und strahlte Frieden aus. Langsam begann er den Inhalt der Aktentaschen zu sortieren: ein Stapel rechts, ein zweiter links, ein dritter auf einem Stuhl daneben. Das Mittagslicht fiel ungedämpft durch die hohen Terrassenfenster. Er unterbrach sich, um es mit dicken grünen Vorhängen auszusperren.

In weniger als einem Jahr würde er für immer hier draußen sein. Dann würde das Krankenhaus ihm verschlossen sein; die Visiten, die Gespräche mit den Patienten, die Sitzungen, das rollende Band der Straße, die ihn zur Arbeit und wieder zurück führte – all das würde es dann nicht mehr geben. Er würde hier sitzen mit seinen gesammelten Erfahrungen und seinen paranoiden Psychosen –

Rasch griff er nach der Stuhllehne und richtete sich auf. Er sollte nicht daran denken, aber die Gedanken kamen dennoch. Das Alter war es nicht, was er fürchtete, sondern den Verlust der festen Form der Arbeit. Und dabei war er besser abgesichert als die meisten anderen: 263 Fälle und noch ein paar mehr würden hinter den Glastüren des alten Bücherschrankes auf ihn warten. Er hatte nicht vor, auch nur einen einzigen Tag zwischen seine beiden Arbeitsformen zu schieben. Direkt vom Krankenhaus an den Arbeitstisch! Davon hatte er doch seit seiner Jugend geträumt, von der Möglichkeit, zurückzublicken, die Ernte, die im Laufe der Jahre so eilig eingebracht worden war, zu nützen. Er und auch Elisabet hatten auf dieses Ziel hingearbeitet. Wie oft hatten sie sich im gehetzten Arbeitsalltag damit getröstet, daß sie sich gegenseitig die Schelmenbilder des Alters ausmalten! Dann, wenn alles eingeholt, besiegt, verwandelt sein würde . . .

Er unterbrach sich. Diese Arbeit hatte er zusammen mit Elisabet anpacken wollen. Seine gesammelte Mühe hatte er in ihren Schoß legen wollen.

Plötzlich ekelte das Zimmer ihn an – die geschlossenen Türen, die zugezogenen Vorhänge, die wartende Arbeit. Schwere Erfahrung plus schwere Erfahrung plus schwere Erfahrung bis hin zur leeren Einsicht, daß das Brot, das man seinen Mitmenschen ein Leben lang gereicht hatte, zum größten Teil zerbröselt war, ausgespuckt worden war oder sich in Gift verwandelt hatte. Wovon lebte denn der Mensch? Was hielt ihn durch die ständigen Enttäuschungen, durch das Leiden und die Ungereimtheiten hindurch aufrecht? Dettow biß die Zähne um die Unlustgefühle zu – es kam immer darauf an, rasch zuzubeißen! –, zog das Diktiergerät heran, kontrollierte das Band, griff nach dem links zurechtgelegten Stapel mit den Krankenblättern, doch im selben Augenblick fiel ihm ein, daß er die Lebensgeschichte noch nicht zu Ende gelesen hatte. Zum drittenmal suchte er Sune Burmans handgeschriebenes Papierbündel heraus, das er aus Zerstreutheit schon weggelegt hatte. Er tröstete sich damit, daß die Schrift weniger schwer lesbar war, als er zuerst gedacht hatte – Fräulein Bring würde sicher damit zurechtkommen.

Erneut versank er in die Erzählung der dünnen, sanftmütigen

Stimme. Die Worte waren Sune Burman nur langsam und zögernd gekommen. Als hätte er es der Luft nicht zugetraut, sie zu tragen ...

... Ich nähere mich jetzt der letzten Krise und muß Sie hierbei erneut um die äußerste Diskretion bitten, Herr Doktor. Auch darf meine Frau nicht erfahren, daß ich hierüber berichtet habe. Kein Mißverständnis und kein Mißtrauen darf sich zwischen uns schieben, da jeder von uns in diesem Leben nur den anderen hat, auf den er sich verlassen kann. Ich erzähle dies ja nur, um, wenn möglich, die Ereignisse, die zu Vivekas Einlieferung ins Krankenhaus führten, zu erhellen. Vielleicht wird mein Bericht auch dazu beitragen, daß sie so bald wie möglich wieder aus dem Krankenhaus entlassen werden kann.

Ich glaube, es begann in jener Mittagspause, als ein Kollege – vielleicht nur im Scherz, doch wenn, dann mit einer Scherzhaftigkeit, die ein grobes Gemüt verrät – bemerkte, meine Frau scheine, obwohl sie Zeichenlehrerin sei, Rot nicht von Grün unterscheiden zu können. Dieser «Scherz» beruhte darauf, daß der Kollege tags zuvor beobachtet hatte, wie meine Frau die Kreuzung vor der Schule bei Rot überquerte, aus reiner Müdigkeit. Zu dieser Zeit war sie sehr müde.

Viveka nahm diese Bemerkung sehr ernst, was Sie vor dem Hintergrund, den ich hier zu schildern versucht habe, hoffentlich verstehen werden, Herr Doktor. Das Auge ist Vivekas «wunder» Punkt, das eigentliche Zeichen, ein Symbol für ihre große Lebensenttäuschung. Schon vor dieser Krise war sie sowohl vom Leben als auch von den Schülern tief enttäuscht. Dies hat wohl zu den folgenden Ereignissen beigetragen.

Gleich am folgenden Tag nach dieser Bemerkung des Kollegen suchte Viveka einen Augenarzt auf und erhielt dort ein Attest, daß ihr Farbsinn intakt sei. (Es handelt sich bei Viveka lediglich um eine verlangsamte Lichtreaktion der Pupille, die ich nur habe feststellen können, wenn ich auf Vivekas Wunsch hin genau verglichen habe, wie die beiden Pupillen sich zusammenziehen, wenn ein plötzliches Licht auf sie gerichtet wird. Dies beeinträchtigt die Sehfähigkeit in keiner Weise.) Dieses Attest überreichte sie dem Kollegen, doch scheint das nur zu weiteren dummen Scherzen Anlaß gegeben zu haben. Wie immer bei ähnlichen Gelegenheiten, wollte Viveka jetzt ihre blaue Brille aufsetzen. Ich bat sie, diese wegzulassen, und sie versuchte es auch, schaffte es schließlich jedoch nicht, auf diese Maßnahme der Barmherzigkeit sich selbst gegenüber zu verzichten. Das Gerede über ihre Augen kam jetzt erst richtig in Gang, bald hatte es auch die Schüler erreicht. Eines Tages stand das Wort «farbenblind» vorne auf der Tafel, als sie in den Zeichensaal kam. Man kann sich vorstellen, welch eine Qual es sein muß, vorne am Pult zu sitzen und den Versuch zu machen, Wissen zu vermitteln, während die Schüler sich flüsternd und tuschelnd über etwas unterhalten, was für einen selbst ein schweres Leid bedeutet. Und was für ein Mut gehört dazu, Herr Doktor, unter solchen Umständen Tag für Tag seine Pflicht zu tun!

Ich sah, wie sehr sie sich plagte, und bat sie, daheim zu bleiben, aber sie kämpfte tapfer weiter. Allerdings bekam sie jetzt Schlafstörungen und verlor den Appetit. Dann kam der schwere Tag, als der Rektor sie in ihrem eigenen Interesse dazu aufforderte, sich beurlauben zu lassen und sich währenddessen nach einer neuen Stellung umzusehen. So etwas war Viveka bisher noch nie passiert, und ich kann nicht umhin zu denken, daß der Rektor einen großen Fehler machte. Es wäre seine Pflicht gewesen, sich Viveka zur Seite zu stellen, die Mißverständnisse auszuräumen und sie sowohl vor den Kollegen als auch vor den Schülern in Schutz zu nehmen.

Als sie an diesem Abend von der Schule nach Hause kam, war sie völlig verzweifelt. Ich ging noch einmal fort, um ein paar Lebensmittel zu besorgen, und ließ in der Aufregung die Schlüssel daheim liegen. Als ich zurückkam, glaubte Viveka in ihrer Verzweiflung, ich hätte die Schlüssel absichtlich vergessen, da ich mit einer «so verkrachten Person» nicht mehr zusammenleben wollte.

Es ist nur ihrem tiefen Unglück zuzuschreiben, daß sie so dachte, Herr Doktor. In solchen dunklen Stunden steigen die ganzen Minderwertigkeitsgefühle der Kindheit in ihr auf, sie vermag nirgends mehr Licht zu sehen, sieht nur noch Finsternis und Unglück. Das hält jedoch nie lange an, Herr Doktor, und ich stelle mir vor, daß solche Perioden im Leben eines jeden Menschen vorkommen müssen.

Da ich so schnell wie möglich zu ihr hineinkommen wollte, begab ich mich sofort zum Hausmeister und bat ihn, mir beim Öffnen der Tür zu helfen. Bedauerlicherweise faßte Viveka dies als weiteren Verrat meinerseits auf. Anders kann ich es mir nicht erklären, daß sie, als die Tür unter so unglücklichen Umständen geöffnet wurde und wir zu ihr hereinkamen, so handelte, wie sie es tat, und sich außerdem weigerte, mit mir zu sprechen.

Ich protestierte vergebens dagegen, daß diese Verkettung unglücklicher Umstände zu einer Einlieferung meiner Frau in die Nervenklinik führte. Aber man will mir keinerlei Entscheidungsrecht zugestehen. Ich habe Verständnis dafür, daß ein Arzt, der nichts von den Hintergründen weiß, das, was geschah, falsch deutet. Für alles gibt es jedoch eine höchst natürliche Erklärung. Erstens hegt meine Frau seit ihrer Kindheit eine tiefe Abscheu vor Polizisten. Außerdem betrachtet sie alle Ärzte voller Mißtrauen. Des weiteren dürfte ein jeder, dessen Tür ohne zwingenden Grund von der Polizei aufgebrochen und der von einem fremden Arzt in eine Nervenklinik gebracht wird, sich «eigenartig» benehmen, ohne daß man deshalb eigentlich etwas anderes behaupten könnte, als daß der Betreffende nur höchst normal reagiert.

Ich versichere Ihnen, Herr Doktor, daß das Ganze *ein einziges entsetzliches, unglückliches Mißverständnis ist*, und beantrage daher, daß meine Frau, sobald die Formalitäten es erlauben, aus dem Krankenhaus entlassen wird.

Christian Dettow beugte sich zum Diktiergerät vor, das Tonband sauste durch die Stille.

«Nun, Elisabet», sagte er, «die Lebensgeschichte lassen wir so, wie sie ist, eine solche bekommt man nicht jeden Tag zu Gesicht. Das hier wird unser 263. –»

Er bemerkte seinen Irrtum, schaltete ab, lehnte sich zurück und sah die Hand an, die die Papiere hielt – sie zitterte auf seinem Knie. Die andere hielt die Stuhllehne fest umklammert. Er erinnerte sich an die Hände des Fünfzehnjährigen im Auerhahnwald, wie fest sie sich an die Rinde gekrallt hatten, wie sie sich angeklammert hatten, als ginge es ums nackte Leben – jetzt war es bald an der Zeit, den Griff loszulassen!

Gegen den Stuhlrücken zurückgelehnt, gab er sich selbst sowohl recht als auch unrecht. Er hatte das Recht, zu seufzen und zu zittern, da er ein Mensch war, aber unrecht hatte er auch, da weder das Seufzen noch das Zittern irgend etwas nützten. Langsam lockerte er den krampfhaften Griff der Finger um die Stuhllehne und strich sich ein paarmal über den Kopf.

«Elisabet», sagte er laut und so selbstverständlich, als stünde sie, mit den Händen auf der hohen Rückenlehne, hinter ihm. Vor wem sollte er sich hier noch verstellen? In seiner Einsamkeit unterhielt er sich ab und zu mit Elisabet, und das war kein «Versehen», sondern nur der Beweis einer ununterbrochenen Gegenwart, die zumindest in seinen Gedanken, in seiner Erinnerung existierte . . .

«Ich mag diesen Fall nicht», sagte er und hörte am klagenden Tonfall seiner Stimme, daß er sich auf Elisabet zusinken ließ. «Er ist irgendwie so stickig und dumpf, daß ich ins Schwitzen komme. Vielleicht werde ich tatsächlich allmählich etwas müde, obwohl du immer geglaubt hast, daß ich das nie werden könnte. Das Leben ermüdet mich, ja, die Menschen selbst ermüden mich, Elisabet. Es gibt lange Zeiten, da will ich nichts von ihnen wissen, da muß ich mich Tag für Tag dazu zwingen. Du weißt, wie es manchmal werden kann. Es geht ja vorüber, aber jetzt hat es lange angehalten. Und dann obendrein noch Sissi. Ich kann sie nicht ertragen, sie saugt alle Kraft aus mir heraus. Ich will ihr ja helfen, das weißt du, aber wenn sie vor mir steht, befällt mich dieses ohnmächtige Gefühl. Ich glaube, ich hasse sie, Elisabet. Ist das wohl der letzte Rest meiner alten Eifersucht, oder was kann das sein? Sie hat doch ebenfalls das Recht, dich zu lieben! Aber kaum denke ich an sie, schießt eine Art Wand in mir hoch, um die ich nicht herumkomme. Ich weiß ja, daß sie es schwer hat – aber dieses Wissen hilft auch nicht immer, Elisabet. Manchmal verhärtet man sich um so mehr, gerade weil man weiß, daß sie es schwer haben, daß sie das Recht haben, sich an einen zu klammern –»

Er machte eine Pause, seufzte, wartete. Neigte den Kopf nach hinten an die Rückenlehne und sprach an die Decke hinauf.

«Weißt du, was ich gerade jetzt am allerliebsten tun würde? In den Garten hinausgehen, um mir ein Frühlingsfeuer zu machen – jetzt ist die Zeit dazu, Elisabet. Mir ein Frühlingsfeuer machen und Fall 263 in Stücke reißen und dann in der Dunkelheit stehen und zuschauen, wie sie verbrennen. Aber so leicht kommt man ja selten davon. Das wissen wir ja. Oder sollten wir lieber sagen, nie, Elisabet? So leicht kommen wir nie davon! Und wenn wir nie gesagt haben, wollen wir dann den Schritt zu Ende gehen und sagen, wie es sich in Wahrheit verhält: so leicht kann der brummelnde, wiederkäuende, schwerfällige alte Bergtroll namens Christian Dettow es ganz einfach nicht nehmen! Nicht einmal jetzt, im Alter von 65 Jahren, hat er das gelernt. Er hat sich nicht sehr verändert, Elisabet! Also muß er es nehmen, wie es kommt, muß sich schön fügen – das ist schon immer sein kleines Privatrezept gewesen. Ein ängstliches, reaktionäres und kleinbürgerlich armseliges Lebensrezept – du hast ganz recht, Elisabet! Aber was Lebensrezepte betrifft, kann nicht oft genug wiederholt werden, daß sie mit der allergrößten Rücksichtnahme auf die Konstitution und den Lebenslauf des Individuums gewählt werden müssen.

Eine Hand, die anfänglich von einem so heftigen und rücksichtslosen Willen bewegt wurde wie die meine – so eine Hand muß in den Zuchthandschuh gesteckt werden, Elisabet, muß es lernen, dort drinzubleiben und nur dort, anstatt als Faust des Zorns über die Torheit der Menschen im Panzer der eigenen Torheit Himmel und Erde erschüttern zu wollen. Nein, sie muß eine Hand sein, die sich beherrscht, Elisabet, mit Fingern, die sich geduldig mit dem scheinbar Kleinen und Friedlichen beschäftigen: einem Mitmenschen dabei helfen, sich selbst zu finden –

oder seinen Platz in der Schöpfung, wenn du große Worte willst! Einer gequälten Seele eine möglichst große Macht über ihr Leiden geben, obwohl das Leiden kein Ende hat. Gemeinsam mit anderen klaglos die Schuld tragen, die unabwendbar mit unserem menschlichen Dasein verbunden ist. Für sich selbst und andere den gemeinsamen Plan finden. Nicht ich, sondern wir, nicht nur wir zwei, sondern wir alle. Und zuletzt dies, Elisabet: darauf vertrauen, daß dieses unser unbedeutendes Streben, diese beinahe immer ergebnislosen Willensansätze, diese armseligen Körnchen guten Willens, die wir aus unserem dahinfließenden und ins Nichts verschwindenden Leben herauszuwaschen vermögen, dennoch nicht dem Tod preisgegeben sind, sondern dem geheimnisvollen, ununterbrochenen Wachstum, das wir unter, über und um uns wahrnehmen –»

Er sprach, bis der Krampf nachgelassen hatte und er ganz entspannt im Stuhl saß, von seinem eigenen Wissen zurechtgewiesen. Da beugte er sich erneut vor, hörte das Band durch die Stille summen und die kühl angespannte Oberarztstimme:

«Fräulein Bring. Hiermit bitte ich Sie, die Auszüge aus Krankenblättern, Briefen und Gesprächen, die ich jetzt diktieren werde, ins reine zu schreiben. Das Einweisungsschreiben und die Lebensgeschichte können wie vorliegend abgeschrieben werden. Danach folgen die Krankenblätter. Meine eigenen Bemerkungen bitte rot schreiben. Wie immer wäre ich für zwei Ausfertigungen dankbar: eine für das Archiv und eine für mich persönlich. Überschrift: *Fall 263.*»

Auszüge aus den Krankenblättern der Patientin Viveka Burman

28. Februar 1960

Die Patientin wirkt auffallend deprimiert. Sitzt den ganzen Tag im Bett und kann nicht zum Aufstehen überredet werden. Weint manchmal. Hat sehr schlechten Appetit und kann nur mit Mühe zum Essen überredet werden. Weigert sich, Medikamente einzunehmen. Überreicht der Stationsschwester jeden morgen einen Zettel, auf den sie «Besuche verboten» geschrieben hat. Manche Buchstaben sind in Druckschrift, andere in Schreibschrift geschrieben. Einen ähnlichen Zettel überreicht sie dem Oberarzt bei der Visite.

2. März 1960

Widerspenstig, schweigsam und abweisend, antwortet kaum, wenn sie angesprochen wird, schüttelt nur manchmal den Kopf. Auf verordnete Medikamente hin ungefähr fünf Stunden Schlaf.

4. März 1960

Liegt still und ruhig im Bett. Zustand derselbe wie bei der Aufnahme. Antwortet immer noch nicht, wenn sie angesprochen wird, ißt jedoch und kümmert sich um ihre persönliche Hygiene, wenn dazu aufgefordert.

5. März 1960 Gespräch mit Oberarzt Dr. Dettow (aufgeschr. v. Dr. Franzén)

Schon als der Oberarzt das Zimmer betrat, schüttelt die Patientin abweisend den Kopf. Sie sitzt im Bett, schaut aber beharrlich eine Stunde lang in ein und dieselbe Richtung. Macht während des ganzen Gesprächsverlaufs, d. h. während der Fragen des Arztes, einen verstimmten, ja verbitterten Eindruck. Die Patientin beantwortet keine der Fragen, die an sie gerichtet werden, mit einem einzigen Wort. Auch dann nicht, wenn man sie darüber informiert, wie wichtig es ist zu erfahren, was ihr fehlt.

Reagiert nicht auf Fragen, wie es ihr im Krankenhaus gefalle, wie es um ihre Gesundheit bestellt sei, ob sie Hilfe wünsche und ähnliches. Die Frage, wieviel vier plus fünf sei, beantwortet sie jedoch, indem sie mit kurzem Lachen die richtige Anzahl Finger hochhält.

Auf die Frage hin, ob es vielleicht Gottes Stimme sei, die ihr zu sprechen verbiete, macht die Patientin die Andeutung einer Verneinung, indem sie den Kopf schüttelte.

Auf die Fragen, warum sie sich zu essen weigere, ob sie glaube, daß Gift im Essen sei, ob sie schon früher wegen ihrer Nerven ärztliche Hilfe gesucht habe, erhält man ebenfalls keine Antwort. Nach Suizidgedanken befragt, zuckt die Patientin zusammen, beherrscht sich allerdings gleich wieder und schweigt wie zuvor. Sie schweigt beharrlich, ganz gleich, was man sie fragt. Verzieht auch dann keine Miene, als der Oberarzt aufsteht und das Zimmer verläßt. – Hibernal in steigender Dosierung.

6. März 1960

Wirkt heute ganz und gar von ihren eigenen Gedanken in Anspruch genommen. Bettlägerig. Wirft das Bettzeug herum, fuchtelt mit den Händen, grimassiert und murmelt vor sich hin, wenn sie sich unbeobachtet glaubt. Faltet oft die Hände und zieht sie dann langsam mit verzerrtem Gesicht auseinander. Wenn ihr zum Toilettenbesuch aus dem Bett geholfen wird, ist es ihr sehr wichtig, den rechten Fuß auf eine ganz bestimmte Art und Weise auf den Boden zu setzen. Ebenso wenn sie ins Bett zurück soll, was mit einem Satz von einem bestimmten Punkt im Zimmer aus geschieht und immer von rechts. Weiterhin jeden morgen ein Zettel, der Besuch verbietet. Ein Zettel an die Stationsschwester und einen an den Arzt. Der Ehemann kommt täglich zu Besuch, wird aber nicht empfangen. Die Patientin weigert sich auch, Blumen und Bücher von ihm anzunehmen. Die Briefe, die der Ehemann täglich abgibt, legt die Patientin ungeöffnet in die Schublade des Nachttisches. Zeigt nicht das geringste Interesse, wenn ihr die Grüße des Ehemannes überbracht werden.

8. März 1960

Stark ablehnende Haltung der Medikamenteneinnahme gegenüber. Weigert sich, sich auf ihre Beine zu stützen; behauptet, keine Beine zu haben.

9. März 1960

Unverändert ablehnende Haltung. Legt sich auf den Boden, schreit und lärmt ununterbrochen. Beruhigt sich erst nach ein paar Stunden.

10. März 1960

Heute etwas ruhiger, aber immer noch verschlossen und abweisend. Wegen eines Geschwürs in die chirurgische Abteilung.

12. März 1960

Die Patientin ist heute freiwillig aufgestanden und hat sich angezogen. Zeigt eine auffallende Besserung. Äußert keine Vergiftungsängste im Hinblick auf Essen oder Medikamente. Am Nachmittag um Papier und Bleistift gebeten, um etwas zu schreiben.

«Fräulein Bring!» sagte Christian Dettow nach einer kurzen Pause. «Hier schieben wir Viveka Burmans Brief vom 13. März in direkter Abschrift ein. Die Schrift dürfte Ihnen keine Probleme bereiten.»

Brief an den Oberarzt Dr. Christian Dettow von Viveka Burman.
13. März 1960

Herr Oberarzt, Sie haben gesagt, wenn ich Hilfe wünsche und von hier wegkommen wolle, müsse ich sprechen. Aber mit einem Menschen, der mich so entsetzliche Dinge fragt wie Sie,

Herr Oberarzt, kann ich nicht reden. Daß ich den Wunsch hätte haben sollen, mir das eigene Leben zu nehmen, das Leben, das ich von Gott, meinem Unendlichen Vater erhalten habe – wie soll ich Ihnen beweisen können, daß ich niemals, unter noch so schwierigen Umständen, niemals diesem so schrecklichen und von der Gesellschaft verurteilten Gedanken nachgegeben habe? Wir müssen uns schützen, Herr Oberarzt, wir müssen uns gegen das Böse schützen, das uns bedrängen will. Bisher habe ich mich immer schützen können, aber wie soll man sich hier schützen? Dies ist kein Ort für gesunde Menschen, Herr Oberarzt, ich glaube, daß auch *sehr gesunde* Menschen hier krank werden können, wenn sie sich längere Zeit hier aufhalten müssen. Dann werden sie so krank, daß sie vielleicht für immer bleiben müssen, Herr Doktor.

Aber wie soll ich es Ihnen beweisen, daß ich gesund bin und nicht daran denke, mir das Leben zu nehmen, wenn ich nicht mit Ihnen reden kann? Sie müssen ja glauben, daß ich krank bin! Aber so ist es immer gewesen, Herr Doktor, mein Leben lang. Seit meiner Kindheit hat sich mir die Kehle verkrampft, wenn ich wegen etwas angeklagt wurde, was ich nicht getan hatte. Obwohl ich das Recht ganz und gar auf meiner Seite habe und alles sehr gut erklären könnte, vermag ich kein Wort herauszubringen. Erklären Sie mir das, Herr Oberarzt, erklären Sie mir das!

Sie müssen aufhören, mir solche Fragen zu stellen! Ich kann sie ja ausgerechnet deshalb nicht beantworten, weil ich unschuldig bin. Vom ersten Augenblick an, als Sie zu mir ins Zimmer kamen, habe ich darüber nachgedacht, wie ich es Ihnen beweisen könnte, daß ich nicht, wie Sie glauben, an so etwas denke. Jetzt habe ich den Beweis, Herr Doktor, aber erzählen Sie es bitte nicht den Schwestern und machen Sie ihnen auch keine Vorwürfe deswegen, sie können nichts dafür. Als ich unten in der Chirurgie war, nahm ich ein Messer mit, ein scharfes kleines Messer. Unter den Augen von Schwester Inez habe ich es mitgeschmuggelt. Jetzt habe ich es seit drei Tagen in meinem Zimmer, aber ich habe es nicht benützt. Ich habe dieses scharfe kleine Todeswerkzeug bei mir liegen gehabt und mich seiner nicht bedient. Glauben Sie mir jetzt, Herr Doktor? Es war nicht schön von mir, aber ich hatte keine andere Möglichkeit. Sie müssen einem Patienten gegenüber natürlich mißtrauisch werden, der so wichtige Fragen nicht beantworten kann, ja, der nicht einmal den Kopf schütteln kann. Das Messer liegt in der oberen rechten Ecke unter meiner Matratze, Sie können es jetzt hervorholen, wenn Sie mir glauben, oder es noch eine Zeitlang liegenlassen, wenn Sie einen noch sichereren Beweis haben wollen. Aber bitte holen Sie es selbst und lassen Sie es Schwester Inez nicht wissen. Wenn sie es erfährt, verbreitet es sich in Windeseile in der ganzen Station, und damit ist niemandem gedient.

Sie möchten, daß ich versuche, über «die Vergangenheit» zu schreiben, da ich nicht sprechen kann. «Kleine Märchen» oder so ähnlich haben Sie es ausgedrückt. Der Oberarzt einer Nervenklinik glaubt also noch an Märchen! Ich könnte lachen, wenn mein Gelächter – es würde ein ziemlich lautes Gelächter werden – dann nicht sofort als krank interpretiert werden würde. Aber natürlich will ich es versuchen, wenn es nur geht. Allerdings werden es wahrscheinlich keine *schönen* Märchen werden, Herr Oberarzt, sondern *unschöne*. In gewissen Zeiten erinnert man sich nur an das Unschöne, vielleicht ist man auch selbst unschön, was glauben Sie, Herr Oberarzt, der Sie alles wissen? Ich glaube unter allen Umständen, daß es für die Schönen gefährlich ist, mit den Unschönen in Berührung zu kommen. Daher eilt es sehr, Herr Doktor, es eilt sehr!

Wenn Sie wissen wollen, warum ich die Besuche meines Mannes ablehne – das ist zu seinem eigenen Besten. Er ist schwach, und ich bin nicht stark, daher ist es besser, wenn er nicht kommt, ja, ich verbiete es ihm zu kommen! Irgendein Recht wird man ja wohl noch haben, auch wenn man hier wie eine Verdammte und Verurteilte eingesperrt und bewacht wird!

Fortsetzung der Krankenblätter:

16. März 1960

Im Laufe der Nacht auffallende Verschlechterung. Konnte nicht schlafen, schimpfte und schrie. Am Nachmittag erneut unruhig. Fährt den Stationsarzt heftig an, schreit, daß er sie mit Hypnotismus umgebe.

18. März 1960

Etwas ruhiger, aber erneut autistisch und mutistisch. Ißt wenig, an manchen Tagen überhaupt nichts. Weigert sich immer noch, den Ehemann zu empfangen, obwohl dieser regelmäßig an jedem Besuchstag kommt. Nimmt die Pralinen nicht an, die er mitbringt, legt seine Briefe ungelesen beiseite.

20. März 1960

Fügsam, aber immer noch sehr schweigsam. Steht auf, zieht sich an und wäscht sich, wenn dazu aufgefordert. Möchte sich mit nichts beschäftigen, sondern sitzt den ganzen Tag beschäftigungslos da. Weigert sich, in den Speisesaal zu gehen, behauptet, dazu sei sie *zu erschöpft*.

22. März 1960

Zustand unverändert. Die Patientin wirkt sehr in sich versunken, spricht heftig mit sich selbst, wenn sie sich unbeobachtet glaubt. Wenn man sie anspricht, wirkt sie klar. Weigert sich jedoch, irgend etwas mit den anderen Patienten der Station zu tun zu haben. Beklagt sich über nächtlichen Lärm und Krach.

25. März 1960 Gespräch mit Oberarzt Dr. Dettow (aufgeschr. v. Dr. Franzén)

Die Patientin sitzt steif und abweisend auf einem Stuhl im Zimmer. Reagiert überhaupt nicht, als der Oberarzt an sie herantritt und ihr zum Gruß die Hand hinstreckt. Sie ergreift die Hand nicht, sondern schüttelt abweisend den Kopf. Die Patientin ist jedoch vollkommen klar, und nach langer, ruhiger, geduldiger Befragung kommt das Gespräch in Gang.

Danach gefragt, antwortet die Patientin, daß die Stimmen in den letzten Tagen weniger lästig gewesen seien. Dann erinnert sie sich daran, daß sie früher keine Stimmen hatte zugeben wollen und ändert ihre Äußerung geschickt in «Stimmen aus angrenzenden Zimmern» um. Auf die Frage des Arztes hin, ob sie befürchte, daß das Essen vergiftet sei, erwidert die Patientin, hier gebe es ja *andere Methoden*. Welche Methoden das sein sollten? Darauf möchte die Patientin jedoch nicht eingehen. Sie gibt gleichwohl zu, daß sie zu Hause das Essen für vergiftet gehalten habe. *Das Gift und die Mitgift, die man in die Ehe mitbringe, gehörten ja zusammen.* Als der Oberarzt der Patientin daraufhin zu erklären versucht, daß das Essen nicht vergiftet gewesen sein könne, da ihr Mann ja dieselben Speisen ohne Vergiftungssymptome zu sich genommen habe, antwortet sie verächtlich, ihr Mann sei ja schon *im voraus mit Gegengift präpariert gewesen.* Auf die Frage, ob sie befürchte, daß auch die Briefe des Ehemannes vergiftet seien, da sie sie nicht lese, antwortet die Patientin mit dem gleichen kurzen Lachen: Durch das Gift, das die Mitgift der Ehe sei, habe ihre Beziehung ja einen ganz neuen Charakter bekommen.

Zwei- oder dreimal wird auf diese Weise das Wort Gift mit der Ehe in Beziehung gebracht. Der Frage nach ihrem Mann, der an jedem Besuchstag herkomme, ohne hereingelassen zu werden, begegnet sie mit einer gewissen Kälte. Sagt plötzlich mit großer Heftigkeit, daß sie sich während der ganzen Ehe auf eine Art von ihrem Mann habe täuschen lassen, die sie für ausgesprochen infantil halte. *Der total gewissenlose und der total unschuldige Mensch könnten ein und denselben flehenden, bedürftigen Eindruck machen.*

Auf die Frage hin, was ihr Mann ihr denn ihrer Ansicht nach antun wolle, antwortet die Patientin, daß er seiner Frau eiskalt das rechte Auge ausstechen lassen würde, wenn er dafür von einem hübschen Mädchen gestreichelt würde. Zuerst würde er zwar mit vielen Worten und leeren Phrasen seinen Abscheu vor einem derartigen Vorschlag zum Ausdruck bringen, doch nach einer gewissen Zeit würde er zu dem Ergebnis kommen, es sei für sie das beste, wenn ihr das Auge ausgestochen würde. Danach verstummt die Patientin plötzlich und beantwortet weitere Fragen mit einem kurzen: «Das kann ich nicht beantworten.» Leugnet jedoch entschieden, Halluzinationen zu haben.

Als der Oberarzt schon das Zimmer verlassen will, bittet ihn die Patientin, ihrem Mann auszurichten, er solle Richard III. von Shakespeare lesen und Matthäus 5:29. Schließt ihren Wunsch mit einer kurzen Verbeugung.

Christian Dettow legte eine Pause ein, lehnte sich im Stuhl zurück und konzentrierte sich auf Richard III. Er wußte nur zu gut, auf welche Zeilen Viveka Burman anspielte, er hatte sie schon früh auswendig gekonnt, aber jetzt waren ihm nur die ersten Worte im Kopf geblieben.

«Fräulein Bring», sagte er, «würden Sie bitte König Richard III. von Shakespeare aufschlagen. Der Band steht in meinem Bücherregal. Schlagen Sie die erste Szene auf und fügen Sie dann oben an der entsprechenden Stelle die vierzehn Zeilen ein, die folgendermaßen beginnen: *Doch ich, zum Possenspielen nicht gemacht, noch um zu buhlen mit verliebten Spiegeln –*

Tun Sie dasselbe mit dem Bibelwort, das so lautet: *Ärgert dich aber dein rechtes Auge, so reiß es aus und wirf's von dir. Es ist dir besser, daß eins deiner Glieder verderbe, und nicht der ganze Leib in die Hölle geworfen werde.*

Wir setzen die Zitate in Klammern und fahren unmittelbar fort.»

27. März 1960

Klagt heute über Schmerzen in der Herzgegend, läßt sich ins Bett helfen. Weigert sich jedoch weiterhin, Medikamente einzunehmen. Keine erhöhte Temperatur. Nachts etwa vier Stunden Schlaf. Die restliche Nacht schwierig und aufsässig.

28. März 1960

Versuchte heute aufzustehen, fühlte sich dann aber schwach und schwindlig und ließ sich wieder ins Bett helfen.

29. März 1960

Während der Nacht *Herzschmerzen*, ist dennoch morgens aufgestanden und hat den größten Teil des Tages auf einem Stuhl sitzend verbracht. Appetit besser. Weigert sich zwar immer noch ab und zu, zu gewissen Mahlzeiten zu gehen, versorgt sich dann bei der darauffolgenden Mahlzeit allerdings um so reichlicher.

2. April 1960

Die Patientin sitzt völlig beschäftigungslos da. Behauptet, jegliche Arbeit rufe einen Herzkrampf hervor. Unregelmäßiger Schlaf, relativ guter Appetit, ruhig.

5. April 1960

Hat heute im Aufenthaltsraum mit einer Mitpatientin gesprochen: 72/60 Lydia Johansson. Nahm sie mit in ihr Zimmer und las ihr aus der Bibel vor. Überredete sie, nicht mehr fernzusehen, sondern statt dessen die Bibel zu lesen. Immer noch beschäftigungslos, wendet sich ab, wenn das Personal sie darum bittet, bei irgendeiner Kleinigkeit zu helfen. Behauptet, die geringste Beschäftigung verursache ihr Herzschmerzen. Schlaf und Appetit in Ordnung.

8. April 1960

Zustand unverändert. Die Patientin ist launisch und verschlossen. Manchmal beantwortet sie eine Frage, meistens wendet sie sich jedoch ab und schweigt. Zeigt keinerlei Hilfsbereitschaft, nur Lydia Johansson gegenüber, der sie jetzt täglich aus der Bibel vorliest.

12. April 1960 Gespräch mit Oberarzt Dr. Dettow (aufgeschr. v. Dr. Franzén)

Die Patientin wirkt immer noch schweigsam und verschlossen, ist aber völlig klar und spricht jetzt etwas bereitwilliger über ihre Krankheit, sie erinnert sich daran, daß sie zu Beginn ihres Krankenhausaufenthaltes sehr verstimmt war. Sagt, sie sei schon immer introvertiert und schweigsam gewesen, gibt aber zu, daß sie sich in den letzten Monaten vor der Einweisung ins Krankenhaus unwohl und verfolgt gefühlt habe. Sie habe so vollkommen den Mut verloren, daß *nichts mehr eine Rolle gespielt habe, alles wie zu Ende gewesen sei*. Ist der Ansicht, die Verfolgung sei organisiert gewesen. Man habe sie verschwinden lassen wollen. Die Kollegen hätten davon gesprochen, daß sie wegen ihrer Farbblindheit untauglich sei und ihre Schüler quäle. Wenn sie ins Lehrerzimmer gekommen sei, hätten alle zu reden aufgehört, beim Essen habe sie den schlechtesten Platz bekommen, und die Kollegen hätten sie zur Strafe nicht am nachmittäglichen Kaffeetrinken teilnehmen lassen. Wenn sie auf der Straße Eltern von Schülern begegnet sei, habe sie diese zueinander sagen hören: «Eigenartig, daß man eine Zeichenlehrerin mit einem Sehfehler einstellt!» Nachdem sie durch ein Attest nachgewiesen habe, daß ihr Farbsinn intakt sei, sei es besser geworden, aber nur eine Zeitlang. Danach hätten die Verfolgungen wieder angefangen, allerdings *mehr hinter den Kulissen*. Immer wieder sei es vorgekommen, daß ihr Pausenbrotpaket geöffnet und präpariert worden sei, so daß sie ein paar Stunden nach der Frühstückspause Magenschmerzen und Schüttelfrost mit Sehstörungen bekommen habe. Das Wasser in der Karaffe auf ihrem Pult sei trüb gewesen, und die Schüler hätten nur darauf gewartet, daß sie dieses getrübte Wasser austrinken würde. Dann hätten die Eltern der Schüler begonnen, ins Haus der Patientin einzuziehen und durch Klopfen, Telefonanrufe und ähnliches nächtliche Erpressung auszuüben. Selbst die Katzen seien dazu abgerichtet worden, nachts vor der Tür der Patientin zu miauen.

Befragt, warum man wohl so viel Böses gegen sie geplant habe, antwortete sie, damit sei bezweckt worden, sie zum Zusammenbruch zu führen.

Und warum wünsche man ihren Zusammenbruch?

Weil man ihren Mann von ihr trennen und ihn *in die Gewalt der anderen* bringen wolle. Schon immer habe man ihn von ihr trennen wollen. Alle Verschwörungen seien darauf hinausgelaufen, ihren Zusammenbruch vorzutäuschen und sie als Geisteskranke einweisen zu lassen.

Befragt, wie diese Verschwörungen sich denn geäußert hätten, antwortete die Patientin, kaum hätten ihr Mann und sie sich schlafen gelegt, hätte es wie Hagel in den Wänden geknackt. Die Türklinken der Wohnung hätten so heftige elektrische Schläge von sich gegeben, daß die Patientin an manchen Tagen habe dicke Gummischuhe und Handschuhe anziehen müssen, um hinaus- und hereinzukommen. Unter den Steckdosen seien tintenfaßgroße Löcher ausgehöhlt worden, die das Ehepaar dann mit Holzmasse ausfüllen mußte. Durch die Zimmerdecke seien ebenfalls kleine, fast unsichtbare Löcher gebohrt worden, durch die nachts spioniert worden sei. Das Ehepaar sei zum Schluß darauf angewiesen gewesen, in einem Wandschrank zu schlafen, wo der Mann als Schutz gegen die Spione ein breites Gummiregal einmontiert hatte. Das sei eng und unbequem gewesen, aber die einzige Möglichkeit, nachts zur Ruhe zu kommen. In der letzten Woche habe das Gummi allerdings angefangen, angebrannt zu riechen, morgens sei der Wandschrank voller übelriechendem Gummiqualm gewesen. Das Gummi sei gewiß mit Strahlen angebohrt worden.

Das Ehepaar habe gemeinsam beschlossen, die Verfolgungen

durch die Polizei aufklären zu lassen, doch am selben Tag, als die Patientin diesen Beschluß in die Tat habe umsetzen wollen, sei ihr Mann mit *aufgeschwollenem Gesicht* zu ihr gekommen und habe sie gebeten, es zu unterlassen. Die Patientin habe ihn daraufhin zum Spiegel geführt, um ihm sein Gesicht zu zeigen, und während sie beide vor dem Spiegel standen, habe das Gesicht der Patientin begonnen, anzuschwellen und sich zu verändern.

Auf die Frage, warum ihr Mann keine polizeiliche Untersuchung gewünscht habe, antwortete die Patientin, ihr Mann habe gesagt, das könne gefährlich für sie sein. Darauf sei er natürlich nicht selbst gekommen, das hätten andere ihm eingeredet, um das Ehepaar zu entzweien und um zu erreichen, daß sie sich gegenseitig schadeten, anstatt sich zu helfen. Auf die Frage, ob sie mit ihrem Mann darüber gesprochen habe, antwortete die Patientin, ihr Mann sei ein Hasenfuß, der nichts von den Finten der Spione verstünde. Er sei wie ein Kind, das nicht begreift, daß Freundlichkeit nichts anderes ist als getarnte Erpressung. Am Tag ihres Zusammenbruchs habe sie gespürt, wie brennende Strahlen auf ihr rechtes Auge gerichtet wurden.

Auf die Frage hin, was sie von diesen Strahlen halte, wer die Strahlen auf sie gerichtet habe und wie das bewerkstelligt werde, antwortete sie, das sei ihr völlig gleichgültig. Hier im Krankenhaus könne man *sie ja mit einer Spritze umbringen.*

Als ihr versichert wurde, daß man ihr nichts Böses antun, sondern ihr nur helfen wolle, wieder gesund zu werden, stieß die Patientin ein ironisches Lachen aus, um allerdings gleich darauf zu betonen, wie traurig es sei, daß man die Schwierigkeiten nicht mit dem eigenen guten Willen überwinden könne. Sie wisse, daß sie krank gewesen sei, und gebe zu, daß man seine Erlebnisse dann leicht übertreibt. Die Patientin will dennoch nicht zugeben, daß sie sich geweigert hat, ihrem Mann die Tür zu öffnen, oder daß sie am Tag der Einweisung mit dem Messer gedroht hat. Behauptet, sie sei nie gewalttätig gewesen, glaubt, ihr Mann habe sich *so manches eingebildet.* Will auch nicht zugeben, daß sie hier im Krankenhaus oder vorher zu Hause die Nahrung verweigert hat. Fügt jedoch entschuldigend hinzu, der nervliche Schock habe sie in einen Zustand versetzt, in dem sie Dinge geäußert haben könne, die man dann falsch verstanden habe. Gibt zu, daß sie in der Phantasie halbe Wörter und losgerissene Sätze zu drohenden Äußerungen zusammengesetzt haben könne. Da sie krank gewesen sei, habe sie möglicherweise gewisse Dinge, die passiert seien, übertrieben. Sie spüre deutlich, daß es ihr jetzt besser gehe.

Als ihr der Vorschlag gemacht wird, ihren Mann jetzt versuchsweise zu empfangen, antwortet sie ausweichend, daß sie das nicht verkrafte. *Das Grübeln beansprucht zu viel Kraft.* Verspricht gleichwohl, den Versuch zu machen, ihre Grübeleien aufzuschreiben, da sie nicht darüber sprechen könne. Versichert ein weiteres Mal, daß sie sich jetzt viel besser fühle.

15. April 1960

Die Patientin ist heute der Mitpatientin Lydia Johansson gegenüber drohend aufgetreten. Hinterher erklärte sie, der Grund hierfür sei gewesen, daß Lydia Johansson das Versprechen, das sie der Patientin gegeben habe, gebrochen habe – nämlich, nicht mehr fernzusehen. Auf den Hinweis, es sei doch die Übertragung eines Gottesdienstes gewesen, antwortet sie, alle Programme im Fernsehen seien sündig, auch die Gottesdienste. Sie wolle nichts mehr mit Lydia Johansson zu tun haben.

17. April 1960

Seit ein paar Tagen düster. Weigert sich heute, das Bett zu verlassen, sagt, heute nacht sei ihr die rechte Lunge von einem Stilett durchbohrt worden.

18. April 1960

Weigert sich, das Bett zu verlassen. Glaubt, auch diese Nacht von einem Messer gestochen worden zu sein. Glaubt, die rechte

Lunge sei voller Blut. Zieht den rechten Fuß nach. Behauptet, Atemschwierigkeiten zu haben. Puls und Temperatur normal.

«Hier unterbrechen wir die Krankenblätter, Fräulein Bring. Neues Blatt, und dann nehmen wir Viveka Burmans Abscheuliche Märchen dran, so wie sie da stehen, ohne Kürzungen und in der von mir angegebenen Reihenfolge.»

Christian Dettow hielt einen Augenblick ein, das dicht beschriebene Papierbündel in der Hand. Viveka Burmans Handschrift war lehrerinnenhaft adrett und ordentlich, die Schwünge und Haken, mit denen sie ihr Künstlertum betonte, wirkten gut gezügelt. Eine Erinnerung wurde in ihm wach, ganz schwach, sie kam von weit her, die Erinnerung an ihr Gesicht damals, als sie ihm ihre Märchen überreicht hatte.

Anderthalb Monate lang hatte er sich darum bemüht, in ihr Leben einzudringen. Sie war ihm dabei keine große Hilfe gewesen. Regungslos und hochmütig hatte sie während der Gespräche dagesessen, eher unwillig als zur Zusammenarbeit bereit, so war es ihm vorgekommen. Doch in dem Augenblick, als sie mit einer hastigen, überraschenden Bewegung ihre Märchen hervorzog und ihm reichte, war ihr Gesicht plötzlich nackt gewesen, und er hatte das Gefühl, Mollvivi kurz vor sich auftauchen zu sehen, das Kind, das ein Mädchen gewesen war an Stelle eines Jungen, eine Enttäuschung an Stelle einer Freude. Schuldbewußt und voller Angst hatten ihn ihre Augen plötzlich um Verständnis angefleht.

«Ist schon gut», hatte er gemurmelt und ihr beruhigend seine Hand hingestreckt. Und der Augenblick war vorbeigeglitten.

Nachdenklich blickte er auf die erste Seite hinunter. Hatte Sune Burman sie so gesehen? Ermöglichte die Liebe dieses Bild? Die säuberlich geschriebenen Wörter schlugen ihm entgegen. Er hatte nicht vorgehabt, diese Märchen noch einmal zu lesen, die Erinnerung daran quälte ihn, aber jetzt setzte er die Lektüre unwillkürlich fort.

ABSCHEULICHE MÄRCHEN. *Für den Herrn Oberarzt der Nervenklinik geschrieben von Viveka Burman.*

I

Es war einmal – so beginnen ja alle Märchen, Herr Oberarzt, sowohl die schönen wie die abscheulichen –, es war einmal ein kleines Mädchen, das kam auf die Welt, und das erste Gefühl, das es bei jenen hervorrief, die ihr die Liebsten werden sollten, war Mißfallen. Erklären Sie das einmal, Herr Oberarzt, der Sie soviel wissen, erklären Sie das!

«Zum Teufel auch!» sagte der Vater, der bei der Entbindung anwesend war, die zu Hause stattfand, in dieser Familie war man nicht zimperlich, und außerdem war es billiger, da sie die Hebamme kannten. «Es hätte doch ein Junge werden sollen!»

Die Hebamme selbst hat dies später erzählt, daher kann es keine Ausgeburt der Phantasie der Neugeborenen sein!

«Es war wirklich ein klägliches Würmchen», gab die Hebamme zu, obwohl sie es schlimm fand, daß das Neugeborene als erstes im Namen des Teufels empfangen wurde. Besonders schlimm war es, weil das Neugeborene stellenweise noch behaart war, kleine Zotteln saßen noch an ihr fest. Satanszotteln etwa, Herr Oberarzt? Hierüber wurde später oft am Eßtisch gescherzt. Keine Mahlzeit war so gelungen wie die, bei der die Zotteln und das froschähnliche Piepsen der kleinen Schwarzen, ihr klägliches Zappeln und ewiges Mißlingen zusammen mit dem Siedfleisch und dem Rübenmus durchgekaut werden konnten.

«Pfui Teufel, tut bloß das Scheusal fort», schrie die vier Jahre ältere Schwester, die ein kleiner blonder Engel war, mit lockigem Haar, liebreizend und ohne Scheu, nicht wie das Scheusal. Sie, die Liebreizende, war es, die den Namen des Scheusals entdeckte und ihn für alle Zukunft am Leben erhielt.

Die Mutter wurde über das mißratene Neugeborene so traurig, daß sie Fieber bekam, Milchstau, und das Scheusal nicht stillen konnte. Aber es wäre gern ebenfalls liebreizend gewesen,

Herr Oberarzt, liebreizend oder tot, das war der Wunsch des Scheusals. Liebreizend, um von allen geliebt zu werden. Aber es war ein Scheusal, abscheulich und voller Scheu, ohne Liebreiz und wurde von niemand geliebt.

Alles, was die Kleine tat, ging schief. Sie weinte, wenn sie lachen sollte, fiel in den Schmutz, wenn sie saubere Kleider anhatte, zerriß sich jedesmal ausgerechnet ihr Sonntagskleid, und so weiter und so weiter in alle Ewigkeit. Immer wenn sie rennen mußte, dachte sie: Jetzt falle ich! Und dann rannte sie und fiel hin. Genauso war es, als ich heiratete, Herr Doktor, ich wußte um das Gift, das als Mitgift zur Ehe gehörte, ging sie aber dennoch ein. Und die Mutter weinte über das zerrissene Kleid, den schmutzigen Mantel, weinte und schaukelte mit dem Oberkörper vor und zurück: «Dich habe ich als Strafe für meine Sünden bekommen!»

Und die Gedanken des Vaters kreisten unaufhörlich um den Sohn, den er nicht bekommen hatte, und die liebreizende Schwester legte den Kopf schief wie eine kleine Bachstelze, trippelte federleicht daher, streckte ihre Händchen aus und versuchte, den armen Vater und die arme Mutter zu trösten. Dann wurde sie auf den Arm genommen und geküßt. So gut wie sie war keine!

Aber das schlimmste von allem war das Auge Gottes. In jenem Haus war Gott stets gegenwärtig, Herr Oberarzt. Er hatte eine eigene, besonders geheiligte Sorgfalt, in der niemand sitzen durfte, nicht einmal Gäste. Dort saß Er, unsichtbar – das allerdings nicht immer! –, und verfolgte die Kinder mit den Augen, folgte den winzigsten Windungen des Gedankens in das verborgenste Versteck hinein, insbesondere den Gedanken der kleinen Schwarzen folgte er so. In der Kirche hing Gott auch, dort war er um der kleinen Schwarzen willen gepeinigt und am Kreuz ausgestreckt. So pflegte der Vater zu predigen, wenn der Geist über ihn kam und er sich ein seltenes Mal mit der Unwillkommenen befaßte. Viele Jahre lang begann ein Dorn an Gottes Dornenkrone immer in dem Augenblick zu bluten, wenn die kleine Schwarze in der Kirchenbank Platz nahm. Der Dorn blutete und blutete, und sie versuchte vergebens zu denken: das ist nur Farbe, oder: das Licht fällt durch ein rotes Glas im Fenster. Einmal nahm sie all ihren Mut zusammen und fragte ihren Sonntagsschullehrer, ob er das Blut oder die Farbe auch sehe, aber nein, er sah nichts. Da wußte sie, daß es Blut war und daß es ihre Schuld war: Gottes Blut um ihrer Sünde willen vergossen. Es war wie eine ansteckende Krankheit geworden, daß niemand sie lieben konnte. Jetzt war die Ansteckung bis in den Himmel hinaufgedrungen.

Es war schwer, Herr Oberarzt, sie lag wie in einem Brunnen, kein einziger Lichtstrahl fiel dort hinunter, kein einziger Stern spiegelte sich dort. Oben im Licht gingen alle jene, die sie lieb hatte: ihr Vater und ihre Mutter, ihre große schöne Schwester. Aus ihrer Dunkelheit rief sie nach ihnen, aber sie antworteten nicht. Sie trug ihre Frage Tage und Nächte mit sich herum, Monate, vielleicht Jahre, Herr Oberarzt. Die Frage schwoll an, und schließlich eines Abends brach sie aus der kleinen Schwarzen heraus: «Was wird aus den Scheusalen?» flüsterte sie der Schwester zu, als sie in ihren Betten lagen. Und die Schwester unterrichtete sie, sie wußte Bescheid, sie lag schön ordentlich auf dem Rücken, die Hände auf der Bettdecke, und sprach laut und deutlich, ihre Worte ließen keinen Irrtum zu: «Die Scheusale kommen in die Hölle», sagte sie, und ihre Worte leuchteten gleichsam im Kerzenschein, denn sie hatte sie aus der Sonntagsschule mitgebracht.

Die kleine Schwarze lag unter der Bettdecke zusammengerollt, und das Bett sank durch die Finsternis, sie begann zu zittern, aber der Vater sagte, ein Arzt sei nicht nötig, das koste nur Geld, erst am fünften Tag kam ein langer, harter Mann, der sie aus dem Bett zog, gegen das Licht auf einen Tisch setzte, ihr einen Löffel in den Rachen steckte und sagte: «Glückwunsch, gnädige Frau –» and die weinende Mutter gewandt – «eine schwere Halsvereiterung.»

Die kleine Schwarze war krank, sehr krank, aber am meisten hatten die Worte der Schwester sie krank gemacht. Nacht für Nacht stand der Arzt über sie gebeugt und sagte: «Herzlichen

Glückwunsch, gnädige Frau, sie kommt in die Hölle.» Und selbst die Tränen der Mutter hatten einen leichten Kerzenschimmer: wie schön, das Scheusal loszuwerden, ihre übelriechenden Breiumschläge, ihre verschmutzte Bettwäsche und das ewige Gejammere, wenn das Licht ausgemacht wurde! Doch der Glückwunsch kam zu früh. Die kleine Schwarze starb nicht daran, obwohl sie zum Schluß so schwer krank war, daß man sie mit Leintüchern im Bett umdrehen mußte. Sie erholte sich wieder, aber die Fieberworte flüsterten in ihr weiter: Die Scheusale kommen in die Hölle. Davon wurde sie nicht weniger scheußlich, ihre Scheu wurde dadurch auch nicht verscheucht – aber sie lebte weiter.

II

Schreiben Sie, sagt der Oberarzt, Schreiben erleichtert. Aber es ist nicht leicht, Herr Oberarzt, jedes Wort ist schwer. Ich habe den Blick stets nach oben gerichtet, Herr Oberarzt, das ist meine Rettung gewesen, das hat erleichtert, aber dies bedeutet, in Niederungen hinabzusteigen, sich im Übel zu wälzen, aber ich kann nicht anders, Herr Oberarzt. Es gibt gute Zeiten und schlimme, dies ist jedoch eine schlimme Zeit, die schlimmste, die es je für mich gegeben hat.

Man erzählte der kleinen Schwarzen von der unerhörten Güte Gottes, sie lauschte, und wie sie lauschte, mit offenem Mund, Auge-Ohr-Mund aufgesperrt, damit die Sonne Gottes in sie hineindringe. Doch wenn die Nacht kam, blieb nicht einmal ein winzig kleiner Lichtstrahl in ihrer Hand zurück! Das war natürlich ihre eigene Schuld: sie war scheußlich, verscheuchte das Licht und zog das Abscheuliche an: Sünde und Strafe und die Höllenflut, die alle kleinen Kinder verscheuchen würde, die es wagten, zu flunkern ... Flunkern, Herr Oberarzt, entschuldigen Sie bitte, daß ich kichere, das ist so ein drolliges Wort, in diesem Wort steckt keine richtige Sünde, die kleine Schwarze dagegen *log*. Sie log täglich, und obwohl sie jeden Abend Gott darum bat, sie vom Wesen der Lüge zu befreien, log sie schon am nächsten Tag wieder am Frühstückstisch. Es gab keine andere Möglichkeit, Herr Doktor.

«Wie hast du geschlafen?» fragten sie.

«Danke, gut», log sie, sie wagte nichts anderes zu sagen, nachdem sie ihr jeden Abend klargemacht hatten, wie gut sie es habe, ein eigenes Bett, schöne weiße Leintücher und eine warme Decke – wer da nicht gut schlafe, habe sich zu schämen.

«Du hast so geschrien, daß wir aufgewacht sind, hast du was Schlimmes geträumt?»

Nein, sie hatte nichts Schlimmes geträumt, ganz gewiß nicht!

Aber natürlich hatte sie das, Herr Oberarzt! So schlimme Sachen, daß es unmöglich war, sie zu erzählen. Dann hätte die Mutter sofort angefangen zu weinen und sich vor und zurück zu wiegen, und der Vater hätte voller Sehnsucht nach seinem Sohn die Wand angestarrt, und die große Schwester hätte die Stirn gerunzelt, weil die kleine Schwester Vater und Mutter schon wieder traurig machte. Für all diese Abscheulichkeiten gab es nirgends einen Platz, sie mußten im Scheusal drinbleiben. Also log sie. Tag für Tag, Jahr für Jahr, und sie wußte, was sie tat. Mitunter kam es vor, daß sie von der Schule nach Hause kam und eine leere Wohnung vorfand. Sie stand im Flur, und niemand antwortete auf ihre Rufe. Da wußte sie, was geschehen war: Jesus hatte Vater und Mutter und die große Schwester zu sich heimgeholt, sie aber hatte er zurückgelassen, und sie wußte auch, warum. Sie weinte nicht, die Gewißheit ließ die Tränen, die sie hätte weinen wollen, zu Eis gefrieren. Mit der Schultasche in der Hand und ohne den Mantel auszuziehen, ging sie ins Wohnzimmer und setzte sich in den Sessel unter der Wohnzimmeruhr und wartete auf die nahende Höllenflut. Sie wartete jede Minute, aber am meisten wartete sie, wenn die Uhr schlug. Dann schloß sie die Augen und hielt sich mit beiden Händen an den Stuhllehnen fest. Schließlich kamen die anderen zurück. Sie hörte ihre Stimmen, aber sie hatte ja gelernt, daß Satan jede beliebige Gestalt annehmen kann, daher wagte sie nicht zu glauben, daß es wirklich diejenigen waren, auf die sie wartete. So saß sie denn da, mit zugekniffenen Augen und aufgerissenem

Mund, bereit zu sterben. Dafür mußte sie natürlich ausgelacht werden! Und wie! Die anderen konnten sich kaum auf den Beinen halten vor Lachen! Warum hockte sie da wie ein Idiot? Wie üblich konnte sie nicht antworten, ihre Kehle verkrampfte sich, und sie stand da wie ein rechter Missetäter.

Sämtliche Sommer ihrer Kindheit verbrachte die kleine Schwarze bei der alten Hebamme, die jetzt zu alt war, um Kindern auf die Welt zu helfen, aber keineswegs zu alt, um etwas größeren Scheusalen Manieren beizubringen. Die schöne Schwester durfte mit den Eltern in der Welt herumreisen, während die kleine Schwarze hinter der Hebamme einhertrottete, ihr Kinn in Butterblumen spiegelte und frische Kuhmilch trank – das war ihre Sommerfrische.

«Warum darf ich nicht mit Mama und Papa mitfahren?» fragte sie manchmal.

«Weil du so ein böses Mädchen bist», sagte die herzensgute Alte, die ebenfalls Jesus an der Wand hängen hatte und daher Bescheid wußte.

Auf dem Land konnte man die kleine Schwarze wenn möglich noch weniger leiden. Sie war immer nur lästig: sie fiel in den Bach und kam mit Blutegeln nach Hause, sie rutschte auf dem Miststeg aus und machte in die Hose, weil sie aus Angst vor dem Eber nicht über den Stallplatz zu gehen wagte. Und nachts träumte sie Alpträume, daß die Tiere, mit dem Eber an der Spitze, sie verfolgten. Da schrie sie dann und weckte die Alte auf. Daraufhin bekam sie Haue, weil sie einer alten Frau den Schlaf raubte, den diese so sehr nötig hatte, um am nächsten Tag überhaupt in der Lage zu sein, das Scheusal zu ertragen!

Auf einem Hof muß ein jeder sich nützlich machen, das hatte der Vater betont, bevor er in die Welt hinausreiste. Aber die kleine Schwarze war untauglich: weder konnte sie die Kühe auf die Weide treiben noch den Schweinen ihr Futter bringen, ja, nicht einmal das Schweineblut rühren, wenn geschlachtet wurde, konnte sie, und dabei war das doch das einfachste von allem: nur mit dem Quirl in der hellroten Brühe herumrühren. Das, was schon das kleinste Landkind kann, konnte sie nicht: im

Hühnerstall nach Eiern suchen. Schon wenn sie die Füße auf den verschmutzten Hühnerstallboden setzte, wurde ihr übel, und wenn ein Huhn wild gackernd aus der Dunkelheit vor ihr aufflatterte, ließ sie alles fallen, was sie in den Händen hielt, und rannte einfach davon. Da hing dann die Hühnerstalltür an ihrer einzigen Angel, die Hühner liefen auf den Hof hinaus, und drinnen im Hühnerstall lagen die fallengelassenen Eier.

Dann bekam sie endlich eine Aufgabe, die so genau für sie paßte, als wäre sie im blauesten Himmel von den Engeln für die kleine Schwarze maßgeschneidert worden. Frühmorgens, nachdem sie die dicke Grütze hinuntergewürgt hatte, durfte sie zum Gärtner hinübergehen, dort erhielt sie einen großen Korb und eine Schere, um alle welken Blüten von den Rosenbäumchen abzuschneiden, die die Auffahrt säumten. Die Sonne schien, der Tau blitzte aus den Frauenmänteln heraus, das Gras war das grünste Gras, das sie je gesehen hatte, und nicht einmal die Hummeln störten. Wenn die braungelben Bällchen vorbeibrummten, hielt sie den Atem an, und dann war die Gefahr überstanden! Sie flüsterte mit den Blumen, und die Blumen antworteten ihr.

«Jetzt kommst du in den Himmel», sagte sie zu den alten braunen, verblühten Blüten, und dann fielen sie in den Korb. Manchmal aber kam es vor, daß die ganze Rosenfamilie für die Alte um Gnade flehte und bat, daß sie noch einen Tag lang sitzenbleiben dürfe, und dann gab die kleine Schwarze ihren Bitten nach. Und die Rosenknospen dankten ihr und versprachen, ihr am nächsten Tag das Märchen zu erzählen, das die alte Rosengevatterin ihnen jetzt erzählen würde. Und voller Glück trippelte die kleine Schwarze dann den Gartenweg entlang und hatte einen alten Hut mit langen herabhängenden Bändern auf und dachte, vom Gartentor aus sehe ich bestimmt wie ein Bild im Lesebuch mit den altmodischen Bildern aus.

Dann kam der Morgen, an dem eine Biene in einer Rose schlief. Schnell, schnell rannte die Kleine um die Ecke, um den gestochenen Finger in kalte, schattige Erde zu stecken. Da stand der Gärtnerssohn vor ihr und streckte sich ihr aufgeknöpft entgegen, und sie sah das, was sie nicht sehen wollte. Sie sank in die Hocke – aus Schreck, Herr Oberarzt, sie erschrak und sank hinunter – und konnte sich nicht bewegen, aber das zählte nicht, nur, daß sie hinuntergesunken war, zählte. Er sank ihr nach und zog sie in die Büsche hinein, in den Holunder, der so stark duftet. Sie wollte schreien, aber der Junge zitterte genauso heftig wie sie, in dem grünen Licht war er ganz weiß, weiß bis an die Lippen.

«Weißt du, was der Eber mit den Säuen macht?» flüsterte er. Sie konnte nicht antworten, sich nicht bewegen, aber sie wußte, was der Eber mit den Säuen machte, deshalb mußte sie ja nachts so schreien, und sie dachte, so, jetzt ist es schließlich doch soweit gekommen. Ihr Herz schlug durch die Erde hindurch und auf die andere Seite hinaus, schlug in immer weiter werdenden Ringen über die Wiesen, die Wälder und die Seen hinaus, und sie dachte, jetzt sterbe ich. Aber sie starb nicht, Herr Oberarzt, natürlich nicht. Sie war nur ein Scheusal, das Abscheuliche ging dort drinnen unterm Holunder über sie hinweg, was anderes war nicht zu erwarten gewesen, und es ging rasch vorbei. Der Junge stolperte raschelnd durch die Büsche davon, und nach einer Weile begann sie zu frieren. Da zog sie ihre Kleider zurecht und kroch in die Sonne hinaus. Dort war alles unverändert. Der Tau blitzte aus den Frauenmänteln, die Rosen dufteten, die Hummeln summten. Ihr Korb stand noch da, wo sie ihn auf dem sandigen Weg hingestellt hatte, die Schere lag daneben, es war, als wäre nichts geschehen. Sie stand ganz still in der Sonne, um warm zu werden, aber die Wärme wollte nicht kommen. Das Abscheuliche zerrte und hämmerte in ihr, und sie begann mitten im Sonnenschein mit den Zähnen zu klappern. Sie sah den Korb an, aber es war, als ob er nicht mehr zu ihr gehörte, und die Rosen schienen die Köpfe abzuwenden, als sie sie ansah. Sie wollte weinen, konnte es aber nicht. Da schloß sie einen Pakt mit dem lieben Gott, da sie ja wußte, daß Er alles sieht.

«Nie mehr lügen!» versprach sie. «Wenn die Sonne mich nur wieder warm macht!»

Und sie dachte sich eine Möglichkeit aus, von Gott eine

Antwort zu bekommen. Sie schleppte sich zu der Alten nach Hause, kam ganz brav und leise an und bat sehr artig, bat um ihr Leben, Herr Oberarzt, daß sie das weiße Sonntagskleid anziehen dürfe. Nur für eine Stunde, und sie werde auch gar nichts tun, nur in ihrem weißen Kleid still in der Sonne sitzen. Das Kleid würde das Zeichen sein, sie hatte ein solches Bedürfnis danach, rein zu werden, und der Sonne, der Rosen und des blauen Morgens würdig . . ., und in ihrer Einfalt bildete sie sich ein, daß dies geschehen würde, wenn sie nur ihr weißes Sommerkleid anziehen dürfe.

«Mitten in der Woche», schrie die Alte, «ich glaube, du bist verrückt!»

So kam es, daß sie nie mehr mit ihrer Schere und ihrem Korb und dem Hut mit den langen Bändern zwischen den Rosenbäumchen ging. Da half alles Schelten nichts. Irgend etwas war geschehen, was nicht wiedergutgemacht werden konnte.

Und als der Herbst kam, gab sie ihrem Vater und ihrer Mutter und ihrer großen Schwester recht: Sie war ein Scheusal. Aber als niemand sie sehen konnte, ging sie zur Sofaecke, starrte das Kissen durchdringend an und sagte: «Du hast ein Herz aus Stein.» Dies war im elften Herbst ihres Lebens, kurz nachdem der elfte Sommer von der Finsternis verschlungen worden war. Und sie wußte, was Sünde war, und daß es keinen Sinn mehr hatte zu beten.

III

Es eilt, Herr Oberarzt, es eilt, wenn es nicht so werden soll wie: die Katze auf den Hund und der Hund auf den Metzger und der Metzger auf . . . Begreifen Sie nicht, daß es eilt, Herr Oberarzt? Mein Mann darf nicht herkommen, versprechen Sie mir das, Herr Oberarzt! Er ist ein Schwächling, und ich bin jetzt auch nicht stark, er ist schwach wie Judas, er versteht nicht, was er macht, jetzt weint er wahrscheinlich, aber ich kann nicht. Wie soll man das Unverzeihliche verzeihen – das ist eine schwierige Frage, Herr Doktor, wenn es nicht nur um die Verzeihung der

Lippen, sondern auch um die des Herzens geht, und wenn das Herz voller Würmer ist und nicht will, was Gott will – dann kommen schwere Zeiten, Zeiten voller Abscheulichkeit, in denen das Abscheuliche offenbar wird.

Zeichnen Sie doch ein wenig, sagt der Oberarzt und versteht gar nicht, wie schwer das hier fällt, wo alles zusammenwirkt, um mich zu hindern, wo ich alle Kraft dazu brauche, um den Blick nach oben gerichtet zu halten und nicht zu fallen. Wissen Sie denn nicht, daß ich eine starre Pupille habe, Herr Oberarzt? Dann müssen Sie doch verstehen, daß es keinen Sinn hat, mir Farbstifte und Papier zu geben. Begreifen Sie denn nicht, daß ich ausgesetzt bin, besetzt, besessen, daß mir zugesetzt wird. Aber ich halte es von mir fern, Herr Doktor, sie bringen mich nicht dazu, etwas zu tun, nicht einmal die Person im Zimmer nebenan, obwohl sie es die ganze Zeit versucht.

«Sie haben eine starre Pupille», sagte Doktor S. Seine Stimme war sehr dünn und sehr gleichgültig. Mit dieser dünnen, entgleitenden Stimme versuchte er zu verbergen, was er eigentlich sagte, aber ich verstand es trotzdem. Dennoch fragte ich ihn ein zweites Mal – für mich ging es ja um Leben oder Tod. «Das hat nichts zu bedeuten», sagte er ungeduldig.

Nichts! Herr Oberarzt, und dabei war dies das Urteil, das über das Mädchen verhängt wurde, über jenes Mädchen, das jeden Abend, statt ihr Abendgebet zu sprechen, zu Gottes Sofaecke hingegangen war – Gott saß daheim in der Sofaecke, das war eine geheiligte Ecke, in der niemand sonst sitzen durfte, dort lag ein gelbes Seidenkissen wie eine Sonne, und mitten auf dem Kissen saß das dreieckige Auge, das kein Augenlid hatte, es schloß sich nie, Herr Doktor! Abends war das Scheusal dorthin gegangen und hatte an Stelle des Abendgebets das Kissen bespuckt – vielleicht nicht jeden Abend, aber an manchen, wenn gar nichts anderes mehr half, und um etwas Schlimmeres zu verhüten, zum Beispiel ein Messer in die Seide, die feinste Seide, die es im Laden der Schwestern Larsson an der Ecke gab. «Pfui Teufel, du abscheuliches Steinherz», hatte sie gesagt oder sogar: «Der Teufel soll dich holen, Steinherz.»

Wie Sie bestimmt wissen, Herr Oberarzt, wird dies als Sünde wider den Heiligen Geist bezeichnet. Für diese Sünde gibt es keine Vergebung, dafür gibt es nur den ewigen Tod der Seele. Das war jetzt eingetroffen! Das Scheusal, das sieben Jahre lang – vielleicht nicht die ganze Zeit, aber immerhin, Herr Oberarzt! – das Gottesauge bespuckt hatte, hatte endlich seine Strafe erhalten.

«Sie haben eine starre Pupille», sagte Doktor S. Ich verstand genau, was das bedeuten sollte, es gibt ja für alles Decknamen, ich bin im Zeichen der Zwillinge geboren, und da hat alles seinen doppelten Namen. Diese Sache mit der starren Pupille war das Zeichen für den Ewigen Tod. Starr – Starre – Tod –, das ist logisch, Herr Oberarzt, und ausgerechnet im Auge – Gottes Auge hing ja unter den Holunderbüschen und hatte alles gesehen.

Als das Scheusal mit der starren Pupille vom Arzt mit der dünnen entgleitenden Stimme nach Hause kam, ging es zum Sofa, wo das Sonnenkissen lag. Das Scheusal war jetzt eine junge Frau, die keine Angst davor hatte, daß jemand hinzukommen und sie sehen könnte. Vor nichts auf der Welt hatte sie Angst, außer vor dieser Sache. Sie fiel vor dem Sofa auf die Knie, vor dem Auge Gottes, das auch das Herz Gottes war. Sie fiel so schwer, daß das ganze Haus schwankte. Und sie beugte sich vor und sagte mit lauter Stimme: «Ich bin diejenige, die das Steinherz hat!» Immer wieder sagte sie das, auf der ganzen Welt gab es keine Worte, die wahrhaftiger gewesen wären: «Ich bin diejenige, die das Steinherz hat, ich bin es, die ein Herz aus Stein hat, ich allein.»

Und Gottes Auge sagte: Ja! Er hatte ihr ja das Zeichen gegeben: Starr – Starre – Tod, sie würde es in Ewigkeit mit sich tragen. Aber sein Ja war so mild, daß das Mädchen zu weinen begann. Sieben Jahre lang hatte sie nicht weinen können, jetzt strömten die Tränen von sieben Jahren vor Gottes lebendigem Herzen aus ihr heraus, und sie erfuhr, daß Gott gut ist. Er nahm ihr steinernes Herz zu sich, und in seiner warmen Hand schmolz es und wurde weich wie Wachs.

«Du sollst mir gehören», sagte Er, «und du sollst den Menschen meine Liebe im Leiden zeigen.» So ließ er das Scheusal vor sich liebreizend werden und verwandelte ihr Kreuz in eine Krone. Dies war Seine Gnade, die Er ihr erwies, und es hätte ein schönes Märchen werden können, Herr Doktor. Wenn sie dort hätte sterben dürfen, solange ihr Herz noch weich war, dann wäre es ein schönes Märchen geworden, ein richtiges Sonntagsschulmärchen. Es wäre das Märchen von dem Mädchen geworden, das von der Liebe träumte und die Liebe so sehr liebte, daß sie zum Schluß Wirklichkeit wurde. Aber es starb einfach nicht, dieses Scheusal. Es wurde von Gottes Liebe geblendet, und jetzt würde es leben, doch wovon?

Wovon leben die Menschen, Herr Oberarzt? Das müßte ein Oberarzt beantworten können. Ich habe heute Doktor Franzén danach gefragt, doch der ist ein Grobian. Er antwortete: «Vom Essen, und daher müssen Sie essen!» Aber Sie, Herr Oberarzt, sind ja *Ober*. Ich glaube, man lebt von Träumen. Insbesondere ein nicht geliebtes, unglückliches Kind lebt von Träumen. Die Träume sind ein Schutz, Herr Oberarzt, sie helfen einem dabei, den Blick nach oben zu richten. Das Scheusal hatte die ganzen Jahre einen Traum gehabt, den es nie hatte aufgeben können: es wollte die Wirklichkeit malen, Herr Oberarzt, nicht als Wirklichkeit, sondern als Traum, sie vor allen Blicken so wahrhaftig malen, daß die Menschen verblüfft und ernst davor stehenbleiben und sagen würden: «Ja, genauso ist es, so muß es sein!» Sie würde Mutter und Vater und die Große Schwester so schön malen, wie sie es in ihren Träumen waren. Und wenn sie sie so schön gemalt hätte, daß sie alle erstaunt und entzückt davor stünden und ihre Blicke nicht von diesen Bildnissen ihrer selbst losreißen könnten, dann würden die Bilder *ansteckend* wirken, Herr Oberarzt, das war ihr Glaube. Sie würden so *ansteckend* wirken, daß Mutter und Vater und die Große Schwester den Bildern ähnlich würden. Dies war das Höchste, was das Scheusal sich vorstellen konnte. Sie hatte ja selbst das Gegenteil erlebt: daß das Abscheuliche ansteckte und immer abscheulicher wurde, warum sollte es dann nicht andersherum genauso funktionieren?

Dieser Traum war ihr jetzt genommen worden. Gott hatte ihr das Zeichen aufgedrückt: Starr – Starre – Tod. Eine Tote konnte doch keine Wunder und Träume malen, oder? Nein, sie mußte ihre Schuld büßen und ohne Träume leben. Das waren ihre Gedanken. Vielleicht waren sie falsch. Bis zu diesem Tag war ja alles falsch gewesen, warum sollten also nicht auch diese Gedanken falsch sein? Aber sie sah keinen anderen Weg, und ihr Herz erstarrte in ihr, als sie daran dachte. Sie begab sich zum Kissen und versuchte zu weinen, aber jetzt kamen keine Tränen mehr, keine Hand wurde ihr mehr entgegengestreckt, um ihr Herz wieder weich zu machen.

Es eilt, Herr Oberarzt, es eilt. Jetzt im Frühling sind die Farben so stark und die Gedanken so schlimm. Mir kommt es in den Sinn – ja, ein neuer Gedanke ist das nicht, aber bisher habe ich ihn immer wegschieben können –, daß Gott und der Teufel ein und derselbe sind. Als ob Gott einen hohlen Rücken hätte, genau wie die Waldfrau, in dem der Teufel sich verstecken kann, bis seine Zeit kommt. Und die kommt ja immer, Herr Oberarzt, ganz besonders wohl im Frühling. Gott ist ja nicht allmächtig, Er hat den Teufel ja im Rücken, Er teilt die Macht ja mit ihm. Wie kann Er denn dann gut sein, Herr Oberarzt, ich frage ja nur, aber es eilt.

IV

Vielleicht ist es so, Herr Oberarzt, daß Gott nicht alles beherrscht? Herr Oberarzt, Sie, der Sie alles wissen, bester, hoher Herr Oberarzt? Ich habe mich noch nie so sehr gefürchtet wie jetzt. Wir können es ja nicht wissen, wie sollten wir das auch? Ich finde, daß wir viel zuviel wissen, auch hier im Krankenhaus. Vielleicht ist der Teufel der Stärkere, Herr Oberarzt? Es scheint so. Vielleicht zwingt er Gott, uns gegenüber gut zu handeln, damit das Böse hinterher um so schmerzhafter wird? Zumindest ist das meine Meinung.

Wenn es, wie so viele glauben, eine Große Ordnung gäbe, dann müßte ein Scheusal doch von Anfang an und durch und durch ein Scheusal sein dürfen, ohne manchmal liebreizend und selig gemacht zu werden, eingeschläfert und betäubt zu werden, in den siebten Himmel entrückt und wieder hinuntergeschleudert zu werden. Das ist entsetzlich, Herr Oberarzt, entsetzlich! Gäbe es eine Ordnung, dann käme eine Ungeliebte nie in die Versuchung zu glauben, sie könnte eine Geliebte werden. Die goldenen Versuchungen sind die schwersten, Herr Doktor, sie sind stark wie die Farben jetzt im Frühling, dagegen gibt es keine Hilfe.

Aber ich glaube nicht daran, daß es eine Ordnung gibt, ich glaube vielmehr an einen tobenden Kampf, Herr Oberarzt, er tobt unablässig. Da gilt es, den Blick nach oben zu richten, um nicht zu fallen. Sie lassen doch niemanden diese Blätter sehen, Herr Oberarzt? Diese Blätter bezwecken Böses, Herr Oberarzt, sie wecken den Mord in den Menschen zum Leben, aber Sie glauben ja, daß es für mich gut ist. Wie können Sie das, was hier im Krankenhaus geschieht, mit Ihrem Gewissen vereinbaren, Herr Oberarzt? Ich werde die ganze Zeit gezwungen, genau wie damals unter den Holunderbüschen; aber ich lasse es nicht zu, daß sie mich in ihre Macht bringen, niemals.

Ein Wasserlauf kann auch unterirdisch sein, Herr Oberarzt. Gibt es etwas Schöneres als einen unterirdischen Wasserlauf? Ein bedeckter, sowohl vor Aussicht als auch Einsicht geschützter Wasserlauf, sowohl vor den bösen Augen als auch vor den vermeintlich guten geschützt. Wie einen bedeckten Wasserlauf hatte sich das junge Mädchen (das Scheusal) ganz ohne Scheu die Liebe vorgestellt. So kühn war sie gewesen, daß sie, die Unselige, sich selig geträumt hatte.

In ihrer Heimatstadt gab es zwei Wasserwerke, aber tief unter der Erde vereinigten sie sich und wurden eins, wurden zu einem Wasserlauf, zu einer Ader. Die beiden Wasserwerke hießen Trovik und Sköndal, das waren schöne Namen, und tief unter der Erde vereinigten sie sich, wurden bedeckt und wurden eins. Dies war wie eine Offenbarung, und sie gab dem Platz, wo sie zusammenflossen, den Namen Der liebliche Gang. Dieser Geheime Gang, der zu ihrem Geliebten führte, war von üppigen

Rosenkaskaden bedeckt, und sein Erdreich wurde von den reichen Quellen, die aus Trovik und Sköndal strömten, gewässert! Im Lieblichen Gang würde sie dereinst ihrem Geliebten begegnen, und dort drinnen, tief unter der Erde, bedeckt und lieblich würden sie einander lieben. Diese Träume hegte sie in den hellen Tagen, als das Gnadenbild Gottes über ihr strahlte und der Teufel sich verborgen hielt.

Es dauerte lange, aber schließlich begegnete sie dem einen, von dem sie geträumt hatte. Können Sie sich vorstellen, was das für einen Menschen bedeutet, der sein ganzes Leben ohne Liebe verbracht hat? Sie war selig, Herr Oberarzt, selig! Spät begegnete sie ihm, aber Gott selbst wies den Weg. Er war der Richtige, der einzig Mögliche – es gibt nur einen, Herr Doktor, und das für alle Ewigkeit im Dom zu Uppsala. Tief unter der Erde begegneten sie sich. Welch ein Glück, dort unten zu lieben, welch ein seliges Glück. Sagte sie: «Sei still!», war es sein größtes Glück, still zu sein. Und sagte sie: «Steh auf!», weinte er vor Seligkeit, daß er vor ihr aufstehen durfte. Streckte sie ihre Hand nach ihm aus, war er ihr schon zuvorgekommen. Wollte sie ihn um etwas bitten, war es schon erfüllt, bevor ihr die Worte auf die Zunge gekommen waren. In den Augen der Welt stellte er nichts dar: ein schmaler Nacken, erschrockene Augen, hohe blaue Adern in der weißen Haut – eine ängstliche Seele, einer, der in ihrem Schoß weinte, aber für sie gab es kein größeres Glück als das. Im Lieblichen Gang waren sie einander wohlgefällig, so wie die Seele Gott wohlgefällig ist, dort waren sie gemeinsam selig nach Gottes Ratschluß.

Aber dieses Glück konnte der Welt nicht wohlgefällig sein, Herr Doktor! Es war gegen die Ordnung, denn die Welt ist böse, das läßt sich nicht leugnen. Ist böse, will Böses, schafft Böses. Die bösen Blicke brannten und stachen auf Schritt und Tritt, wo sich die beiden auch aufhielten, ganz gleich, wie still und bescheiden sie sich verhielten, die Blicke, die den Mann von der Frau trennen und sie beide in die Abscheulichkeit der Welt hinaustreiben wollten. Sie verhängten ihre Fenster mit doppelten Vorhängen, doch die Augen brannten sich hindurch. Sie deckten alles mit Decken und Tüchern ab, doch nichts half. Die Fußböden bedeckten sie mit Teppichen, aber die Blicke schlichen sich an den Leitungen entlang herein. Nachts wurden große Löcher um die Steckdosen gebrannt, die die beiden am nächsten Tag wieder zugipsen mußten. Sie hören mir doch zu, Herr Oberarzt? Sie müssen mir glauben. Allerdings bin ich nicht darauf angewiesen, ich bekomme anderweitig Hilfe. Von oben.

Immer wieder aufs neue nahmen die beiden Liebenden ihre Liebe in die Hand und flohen. Sie verbrannten alles, was sie besaßen, und fingen von vorne an. Einen Sommer lang folgten sie zu Fuß der ganzen Küste von Hälsingborg nach Göteborg, sie wanderten an Buchten und Landzungen entlang, am liebsten gingen sie barfuß durchs Wasser, um alle Spuren auszulöschen. Aber die Welt ruhte nicht, Herr Oberarzt. Es gab ein paar Monate Ruhe, vielleicht ein halbes Jahr, dann begann es wieder von neuem.

Am schlimmsten war es, als die Widersacher ihn, den Schwachen, aufsuchten. Am allerschlimmsten vielleicht für sie – für das Scheusal, das selig geworden war –, als im Lieblichen Gang Geflüster laut wurde, alle ihre Warnungen seien in ein Ohr geströmt, das nichts bewahren konnte. Um ihrer Liebe willen warnte sie und drohte, bettelte und flehte. Natürlich, antwortete er, natürlich! Aber dennoch tat er nichts von dem, worum sie ihn bat, er war ein Schwächling und ein Hasenfuß und noch feucht hinter den Ohren wie ein kleines Kind, es half nichts, daß sie ihn immer wieder abtrocknete, Herr Oberarzt, er lief zum Feind über. Er, der einzige, der sie nicht im Stich lassen, der kein Feind sein durfte.

Mann und Frau sollen ja ein Fleisch sein, Herr Oberarzt. So steht es geschrieben, und so hatten sie es einander auch versprochen, als sie im Dom von Uppsala vor Gott dem Allmächtigen in die Seligkeit eintraten. Aber Gott ist nicht allmächtig, das ist meine Meinung, Herr Doktor. Und selbst die heiligsten Versprechen werden nur gegeben, um gebrochen zu werden. Dies ist nämlich die Absicht Satans, dessen, der im Rücken Gottes wohnt wie die Made in der Nuß und Judas in Petrus. Alles vergeht, Herr Doktor, nur eines besteht, unselig, aber gewiß: die Abscheulichkeit der Scheusale. Einmal abscheulich, immer abscheulich, Herr Oberarzt, so ist das Gesetz.

Ein Fleisch, Herr Oberarzt, das bedeutet, daß die Hand meines Geliebten mein ist, mein Auge sein ist (mein rechtes Auge!), sein Gedanke mein. Das bedeutet, daß sein Wille mein ist und seine Lust mein und mein allein. Er will *mich* und sonst nichts auf der Welt. Das zu empfinden, ist Seligkeit, in den Augen der Welt aber Torheit.

Mein Mann erledigt bei uns sämtliche Einkäufe, aber ich begleite ihn oft dabei. Gegenüber von unserem Haus liegt ein Konsumgeschäft. Eines Tages saß dort ein junges Mädchen an der Kasse, blond, mit blauem Kinderblick und einer Haut wie Milch und Blut. Sie lächelte meinen Mann an, und er lächelte zurück. Ich stand daneben, und ich lächelte nicht, Herr Oberarzt, ich sah den Mund meines Geliebten an, und er war nicht mehr mein. Dort nahm es seinen Anfang, Herr Oberarzt, und nicht in der Schule, wie behauptet worden ist, aber das eine wurde durch das andere verstärkt.

Als ich nach Hause kam, sagte ich meinem Mann, er habe das Mädchen angelächelt, was er jedoch verneinte. Da sagte ich nichts mehr. Danach entwickelte sich alles sehr schnell. Unter den Geheimbünden, deren Ziel es war, meinen Mann von mir zu trennen, verbreitete es sich wie ein Lauffeuer, daß man jetzt das richtige Werkzeug gefunden habe.

Mein Mann erledigte seine Einkäufe von nun an in einem anderen Laden, wenigstens behauptete er das. Aber im Einkaufskorb hatten sich jedesmal wie absichtlich blonde Haare verwickelt. Zum Schutz vor der Umwelt setzte ich meine blaue Brille auf – die Verschwörer in der Schule waren fieberhaft tätig –, und ich bat meinen Mann, die Brille, die ich ihm gekauft hatte, ebenfalls aufzusetzen. Ja, natürlich!

Was macht ein Scheusal mittleren Alters mit starrer Pupille, wenn die Würmer in ihrem Herzen ihr Werk begonnen haben und sie fühlt, daß ihr Mann sich auf einem Judasweg befindet? Sie schleicht hinter ihm her, wenn er das Haus verläßt – wie Gift ist das, und die Vergiftung breitet sich mit rasender Geschwindigkeit aus – das ist abscheulich, das heißt, daß man kein Vertrauen hat, und sie erhält auch sofort ihre Strafe: er enttäuscht ihr Vertrauen. Kaum ist er um die Ecke gebogen, steckt er die blaue Brille in die Tasche! Aber in den Konsum traut er sich dann doch nicht hinein, das hätte ich vom Balkon aus sehen können, und das war auch nicht nötig. Als ich in den neuen Laden ging, sah ich, daß die kleine Blonde dorthin umgezogen war, da saß sie an ihrer Kasse und lächelte mit ihrem blauen Kinderblick.

Jetzt begann ich überall Haare zu finden, ich brachte täglich ein ganzes Büschel zusammen. Ich fragte meinen Mann, ob er eine blonde Schülerin habe, aber er hatte nur Jungen, wie wir vereinbart hatten. Zumindest behauptete er das! Was sollte ich tun? Meine Haut war ja nicht wie Milch und Blut, war es nie gewesen, und dann meine Augen, Herr Oberarzt!

Die Verfolgungen hatten jetzt ihren Höhepunkt erreicht. Jeden morgen drang dicker schwarzer Qualm aus der Garderobe. Die Nachbarn beschwerten sich sogar, als ich versuchte, ihn auszulüften, das sollte doch als Beweis genügen, Herr Oberarzt, aber mein Mann tat so, als ob nichts wäre. Er war sehr zärtlich zu mir, wie Männer es immer sind, wenn der Verrat in ihnen aufblüht.

Bald darauf erfuhr ich, daß das Mädchen in unser Haus eingezogen war. Ich saß da und sah meinen Mann an, er war jetzt sehr unruhig und ängstlich – da sah ich das Bild des Mädchens in seinem rechten Auge. Aber ich sagte nichts, was hätte ich sagen sollen?

Einmal, als das Scheusal klein war, besaß es ein ganzes Zwei-Kronen-Stück. Das war viel Geld, das Taschengeld vieler Wochen, und dazu noch ein Fünfzig-Öre-Stück, das sie auf der Straße gefunden hatte. Mit diesem Geld ging sie zu einem Blumenladen, sie wollte für Vater und Mutter Blumen kaufen und auf diese Art ihre Abscheulichkeit mit Liebreiz schmücken, vielleicht würde der Liebreiz dann abfärben, Herr Oberarzt!

Im Fenster stand eine Schale mit Osterglocken, sie streckte ihre Hand aus und deutete darauf, fünf Stück bekam sie, und damit ging sie in die Sonne hinaus. Aber die Sonne schien so schön, daß sie es nicht über sich brachte, die Blumen im Papier zu lassen, sie trat in eine Toreinfahrt und wickelte die Osterglocken aus. Es war noch März, auf den Straßen lag Schnee, aber die Sonne schien. Ihr Glück, als sie so in der Sonne ging, mit diesen fünf goldenen Lilien in der Hand! Sie ging sehr langsam und sog an den Worten, die sie zu hören bekommen würde, wenn sie daheim ihre Blumen überreichte. Von den Blumen vergoldet, ging sie die Straße entlang, Herr Oberarzt, selig, selig! Ihre Mutter kam an die Tür, genau wie sie es im Gebet erfleht hatte, die Kleine machte einen Knicks und reichte der Mutter die goldenen Lilien, und die Mutter nahm sie entgegen. Aber im nächsten Augenblick schrie ihre Mutter auf. «Bist du etwa so mit ihnen draußen herumgelaufen?» schrie sie. Die kleine Schwarze nickte, sie verstand gar nichts. Da begann die Mutter zu lamentieren: «Begreifst du denn gar nichts?» Nein, sie begriff gar nichts. «Du hast sie umgebracht, du Scheusal», schrie die große Schwester und hüpfte mit tanzenden Locken um sie herum. Die kleine Schwarze glaubte ihnen nicht, sie streckte die Hände nach den Blumen aus, die immer noch strahlten, als stünden sie auf Himmelswiesen, noch nie hatte es Blumen gegeben, die so strahlten wie diese. Doch die Stengel waren steif wie Eis. Sie begann zu weinen und hauchte die Blumen an, um sie wieder zum Leben zu erwecken, und als sie sie lange genug angehaucht hatte, fielen sie in kleinen schlaffen Häufchen über ihren Händen zusammen: tot, tot!

Mit der Liebe war es genauso, Herr Oberarzt, ganz genauso. Die Liebe hatte das Scheusal vergoldet, noch nie hatte etwas in dieser Welt so gestrahlt wie die Liebe dort im Lieblichen Gang, aber jetzt war die Liebe tot. Das Scheusal hauchte und weinte, weinte und hauchte, aber die Liebe hing schlaff über ihren Händen herab.

Dennoch versuchte ich es bis zuletzt. An dem Tag, als der Rektor mich verabschiedet hatte und der Zusammenbruch nahe war, ging ich zu meinem Mann nach Hause, nahm seine Hand und fragte: «Deine Hand ist mein?» – «Ja», flüsterte er, am ganzen Leib zitternd, «meine Hand ist dein.»

«Mein Auge ist dein», kämpfte ich weiter, obwohl wir uns kauf noch aufrechtzuhalten vermochten.

«Ja, ja», log er ungehemmt, «insbesondere dein rechtes Auge ist mein.» Aber das Bild des Mädchens saß in seinem rechten Auge, und ich wußte, daß alles nur Lüge gewesen war. Das Märchen von den beiden Wasserläufen, die eine Ader wurden, war von Anfang bis Ende eine Lüge gewesen. Ich habe ja eine starre Pupille, Herr Oberarzt, wie kann mein Auge dann so sein wie das seine? Das wäre doch nur möglich, wenn er auch eine starre Pupille hätte, Herr Doktor, aber das hat er ja nicht, er hat einen schönen blauen Kinderblick, und der ist nicht mein Zeichen.

«Ich muß einkaufen gehen», log er, obwohl genügend Nahrungsmittel vorhanden waren, Nahrungsmittel, mit denen er mich seit mehreren Tagen zu vergiften versucht hatte. Seine Schlüssel lagen auf dem Tisch, es waren die Schlüssel zu mir, aber das Mädchen im Auge nahm ihm das Bild der Schlüssel weg, und er ging ohne sie aus dem Haus. Im selben Augenblick krachte es aus allen Richtungen los, Herr Doktor, ich stand im Flur und hörte alles ganz genau. Das ganze Haus applaudierte – Wände und Dächer, Fenster und Fensterrahmen, Balkons und Markisen. Was für ein Gelächter, was für Hurrarufe, es war ein phänomenaler Erfolg! Als er zurückkam, war es nicht mehr er, der da kam, sondern Judas. Durch den Briefkastenschlitz versuchte er mit mir zu sprechen, Worte, die sich nicht niederschreiben lassen, Herr Doktor. Dann weiß ich nichts mehr, nur daß mein Liebreiz verschwand, alles war so, wie es von Anbeginn gewesen war: Das Scheusal war abscheulich.

So war es, Herr Oberarzt, der Sie alles wissen wollen, als der Liebliche Gang aufgebrochen wurde und das Böse hereinströmte. Es war unselig, und Unseliges entstand daraus. Und hier wird es gewiß nicht besser. Recht muß doch Recht bleiben, Herr Oberarzt, in einem Land wie dem unsrigen darf man doch nicht einfach nach Belieben bei anderen Leuten einbrechen und sie ins Irrenhaus sperren. Nicht einmal ein Scheusal darf man so behandeln, Herr Oberarzt; für die Folgen kann ich nicht einstehen. Alles hat seine Grenzen, das ist meine Meinung!

Christian Dettow beugte sich über das Diktiergerät.

«Rote Notiz auf getrenntem Papier, Fräulein Bring!»

Diese ‹Märchen› (Märchen natürlich in Anführungszeichen, obwohl sie die der Brüder Grimm garantiert übertreffen!) wurden während der ersten Krankenhauszeit von der Patientin geschrieben. In dieser Zeit verweigerte die Patientin ihrem Mann jeglichen Besuch. Die Märchen entstanden auf meine Aufforderung hin, da die Patientin in dieser Zeit schwer autistisch und zeitweise mutistisch war. Sie wurden sehr sorgfältig und unter großer Erregung ausgearbeitet und bereiteten der Patientin offenbar große Befriedigung. Als anschließend im Gespräch auf diese Märchen angespielt wurde, ließen sich sowohl ein Gefühl der Zufriedenheit über ihre Niederschrift als auch Gewissensqualen wegen ihres Inhaltes beobachten. Zu einem späteren Zeitpunkt leugnete die Patientin entschieden, daß sie überhaupt einen realen Hintergrund besäßen. Sie weisen jedoch deutliche Anzeichen einer paranoiden Psychose mit u. a. religiösen Wahnvorstellungen auf. (Anm. v. Dr. Dettow)

Er schob das Diktiergerät beiseite und lehnte sich in den Stuhl zurück.

«Jetzt ruhen wir uns ein Weilchen aus, Elisabet, sonst wird es zu mühselig.»

Die Stille strömte wie eine Befreiung ins Zimmer. Er streckte die Hand nach dem Wasserglas auf dem Tisch aus, trank ein paar tiefe Schlucke, genoß die Kühle, die durch die Kehle floß, und stellte befriedigt fest, daß der Lichtkreis der Schreibtischlampe über den Papierstapeln endlich die richtige Schärfe erhalten hatte – das Lampenlicht brauchte nicht mehr mit dem Licht draußen zu konkurrieren.

Mit Viveka Burmans Märchen in der Hand stand er auf, blieb ein Weilchen stehen und streckte und schüttelte das rechte Bein, das ihm gern einschlief, wenn er zu lange gesessen war – dann ging er zum Fenster hinüber, tastete in der grünen Vorhangmasse nach der Öffnung, trat hindurch und stand zwischen Vorhang und Fensterscheibe.

Endlich war die Dunkelheit gekommen. Der Garten lag schwarz vor dem Fenster. Gartenweg und Rasenflächen,

Hecken und Büsche, Beete und Himbeersträucher waren von der Nacht verschlungen. Nur die Baumkronen zeichneten sich undeutlich gegen den Westhimmel ab, schwarz im Schwarzen.

Er spürte die kühle, milde Versöhnlichkeit der Dunkelheit auf der Zunge. Jetzt durch die Nacht treiben zu dürfen, selbst dunkel zwischen dunklen Bäumen ...

«Du solltest dir jetzt eine Tasse Kräutertee machen, Christian. Eine Viertelstunde am Küchentisch sitzen und dich am Geruch der Pfefferminze freuen. Zuschauen, wie Apfelblätter und Johannisbeerblätter sich entfalten, wie Kamillenblüten und Hagebuttenblätter langsam durch das heiße Wasser sinken.»

«Für den Tee ist es noch zu früh, Elisabet, im Augenblick genügt mir Wasser.»

«Aber du sollst nicht so am Fenster stehen, Christian, du sollst nicht so dastehen und ins Schwarze hinausstarren.»

Er schüttelte ungeduldig den Kopf. Die Dunkelheit barg einen gewissen Frieden, der zwar keineswegs beständig war, aber doch sogar ihm, Christian Dettow, Augenblicke der Erfrischung schenken konnte. Diese Augenblicke ließen sich nie suchen, aber mitunter stellten sie sich ein.

«Ein falscher Trost, Christian, und gefährlich!»

«Ich habe nunmehr so wenig, was mich tröstet, Liebste.»

«Du hast die Menschen, die Arbeit mit all jenen, die es schwer haben. Dort liegt dein Trost, dein ganz tiefer Trost.»

«*Lag*, Elisabet, Imperfekt! Alles ist nunmehr im Imperfekt.»

Er preßte die Stirn an die Fensterscheibe, um sie etwas zu kühlen. Was meinte er eigentlich mit seinem «nunmehr»? Nichts meinte er – nichts außer dem Unerbittlichen, das vor sechs Jahren geschehen war, plus der speziellen Lustlosigkeit dieses Abends. Er fühlte, wie sein Atem an der Fensterscheibe hochstieg und das Glas melancholisch befeuchtete. Seine Seele erfuhr keine Kühlung. Nach kurzer Zeit war das Glas unter seiner Stirn warm, er hätte einen Schritt machen können, um neue Kühlung zu suchen, blieb aber stehen. Morgen würde seine Stirn dort auf der Scheibe einen Fleck hinterlassen haben, einen grauen Abdruck aus Fett und abgestoßenen Hautzellen, und übermorgen oder am Tag nach übermorgen würde ein anderer Mensch Christian Dettows Melancholie wegen Lumpen und Putzmittel hervorholen müssen.

«Ich konnte den Burmans nicht helfen, Elisabet.»

«Man kann nicht allen helfen, das weißt du.»

Wußte er das? Daß die beiden Burmans ein hoffnungsloser Fall waren? Hoffnungslos? Es hatte eine Zeit gegeben, da hatte er sich geweigert zuzugeben, daß es hoffnungslose Fälle gab. Dieses Wort hatte ganz einfach nicht existieren dürfen. Nur so hatte er genügend Kraft gefunden, um in jeden Menschen eindringen zu können, der zu ihm gekommen war; um alle Eindrücke, die ihm vermittelt wurden, sammeln, sichern und zusammenstellen zu können; um vorsichtiger, erfahrener und hellhöriger zuhören zu können, als er dem scheuesten Waldvogel zuhören würde.

«Ich habe nicht genügend Geduld mit Viveka Burman gehabt, Elisabet, habe nicht gesehen, was ich hätte sehen müssen.»

«Hinterher ist das leicht gesagt, Christian. Dann erscheint alles so selbstverständlich.»

«Aber hier in den Märchen steht doch alles», sagte er erregt. «Man braucht sie nur zu lesen.»

«Dazu sind die richtigen Augen nötig, und die bekommt man erst, wenn man genügend Wissen erworben hat.»

«Aber die blaue Brille!» unterbrach er ungeduldig ihre Rede, die nichts anderes war als eine Verteidigungsrede für seine Müdigkeit, seinen Widerwillen, seine mangelnde Konzentration – vielleicht seine eigene Verteidigungsrede, ihr in den Mund gelegt?

Die blauen Brillen hatten neben dem Umschlag mit den hinterlassenen Papieren auf dem Tisch gelegen, als er hinaufgekommen war, um die Leichen zu identifizieren. Er hatte sie in die Hand genommen und hatte sie auf der Handfläche balanciert: zwei völlig identische Brillen, altmodisch, maskeradenhaft, mit großen blauen Gläsern in dünnen Metallgestellen.

Viel zu groß für Sune Burmans schmale Nase und sein feingeschnittenes Gesicht, daran erinnerte er sich noch. Die Person, die die Brille ausgewählt hatte, hatte nicht an den Geliebten gedacht, sondern nur an die eigene Lust, der Welt um jeden Preis mitzuteilen, daß *ihr* Eigentum hier unterwegs sei. Und der brave Sune Burman, der jegliche Aufmerksamkeit verabscheut hatte, war im heiligen Namen der Liebe gezwungen worden, auch die Last der Aufmerksamkeit zu tragen. Christian Dettow konnte das zufriedene Aufleuchten in Viveka Burmans Augen vor sich sehen, als sie irgendwann einmal aus irgendeinem Kaufhausständer diese Brillen herausgefischt hatte, den Ausdruck des Triumphes auf dem harten weißen Gesicht, als sie das Signum ihres Leidens gefunden hatte. Er hatte dieses Aufleuchten ein paarmal im Laufe ihrer Gespräche beobachten können, als sie von ihrem Mann erzählte, hatte es aber vorübergleiten lassen. Erst als er dort in ihrer zugeklebten Einzimmerwohnung stand – weiße Klebstreifen überall, die Reste des Gasgeruchs wie stickige Schleier in der Luft und die beiden Körper nebeneinander auf dem Fußboden unter der grauen Polizeidecke –, erst da hatte er gesehen, was er schon viel früher hätte sehen müssen: die Symptome der folie à deux.

Natürlich gab es Entschuldigungen, die gab es immer. Er hatte die beiden Burmans nur ein einziges Mal zusammen gesehen, und auch das nur aus purem Zufall. Selbstverständlich hatte er vorgehabt, in der Zukunft Gespräche mit ihnen zu führen, aber diese Zukunft hatten sie ihm genommen. Und zu verlangen, daß man aus einer einzigen hastigen Konfrontation –! Gleichwohl erinnerte er sich sehr gut an dieses eine Mal – vor allem vielleicht wegen seines eigenen Verhaltens. Vermutlich war die Visite verspätet gewesen, die Besuchszeit hatte schon begonnen, und als er die Tür zu Viveka Burmans Zimmer öffnete, hatten sie dort auf der Bettkante gesessen, regungslos und so eng nebeneinander wie nur irgend möglich, Hand in Hand, die Finger wie bei einem jungen Liebespaar ineinander verschlungen. Er klein und zusammengesunken, in einem Anzug, der viel zu groß gewirkt hatte, und in einem eindeutig zu weiten Hemd, eine verrutschte Fliege unterm Kinn, das dichte braune Haar fiel ihm wie bei einem Kind in einem Wirbel in die

Stirn. Und sie! Nun, eine Hohepriesterin der Liebe war sie ja nicht gerade gewesen, obwohl sie durchaus die Ambitionen dazu gehabt hatte: eine eckige Mädchenfigur, die, ohne je erblüht gewesen zu sein, über Rücken und Schultern schon eine gewisse Altersstarre aufwies, ein großes steifes Gesicht mit einer harten Migränefalte zwischen den sorgfältig gezupften Augenbrauen, dünnes, trockenes, in feste Löckchen frisiertes Haar – alles hart, vergrämt, kalt wie Porzellan. Sie ähnelten einander wahrhaftig nicht im mindesten – dennoch waren sie wie *ein* Block, *ein* Mensch dort auf der Bettkante gesessen, mit demselben entsetzten, verzweifelt ergebenen Ausdruck auf den nach oben gewandten Gesichtern. Als ob er in die Türöffnung getreten wäre und «Hands up!» gerufen hätte und sie geantwortet hätten: «Erschieß uns ruhig!»

An ihre Füße konnte er sich noch besonders gut erinnern, sie baumelten ein paar Zentimeter über dem Boden: seine groben Stiefel, ihre ziemlich koketten, offensichtlich neu erworbenen Hausschuhe in derselben Schaukelbewegung gebremst: Erschieß uns ruhig! Sein eines Hosenbein war hochgerutscht und hatte die magere weiße Wade entblößt, und sie hatte ihn mit einem kräftigen Fußtritt darauf aufmerksam gemacht.

Er selbst hatte sich genauso idiotisch benommen, als ob er tatsächlich «Hands up!» gerufen hätte. In einer Art verwirrter Rücksichtnahme hatte er die Visitengruppe weitergeschickt, war eingetreten und ein paarmal im Zimmer auf und ab gegangen, ohne jedoch die Gelegenheit, die der Zufall ihm geboten hatte, zu nützen. Hatte er die beiden überhaupt angesprochen? In der anklagenden, schuldbewußten Erinnerung kam es ihm jetzt jedenfalls so vor, als wäre er nur im Zimmer auf und ab marschiert, um dann ebenso verwirrt wieder zu verschwinden, wie er gekommen war. Als ob irgendeine versteckte Jugendsentimentalität in ihm warnend die Hand ausgestreckt hätte: Störe die Liebe nicht, bevor sie selbst es will! Ja, dachte er, denn einen Augenblick lang waren es seine Eltern gewesen, die dort auf der Bettkante saßen, und er selbst war der Sohn gewesen, der sich aufgedrängt hatte.

Damals hatte die Burmansche Liebesgeschichte die ganze Station belustigt: wie sie ihn, grotesk herausgeputzt, hinter der Tür erwartete, wie sie ihm um den Hals fiel, die geduckte, umschlungene Wanderung zu Vivekas Zimmer hin, das zusammengekauerte, flüsternde Beisammensein, von so vielen wie möglich beguckt, die selige Gleichgültigkeit der beiden ihrer Umgebung gegenüber, die theatralischen Gesten, wenn die Besuchszeit um war und er gehen mußte – er, der zuvor wochenlang vergeblich mit seinem welkenden Blumenstrauß hatte dasitzen müssen!

Ja, die Sentimentalen waren zu ihren Tränen gekommen und die Zyniker zu ihren gelungenen Anekdoten; und der Oberarzt, der doch wirklich hätte sehen müssen, was da auf der Bettkante saß, hatte sich über den Spott erregt und sich zum höchsten Beschützer dieser beiden gemacht, die vom ständig blühenden Patientenhumor schon «die beiden Seligen» getauft worden waren ...

«Aber für sie war es am besten, sterben zu dürfen, Christian!»

Dies war nicht Elisabets Jungmädchenstimme, sondern die reife, nachdenkliche Stimme der letzten Jahre. Dennoch schüttelte er heftig den Kopf, tastete sich aus den Vorhangmassen und begann, mit den Händen auf dem Rücken, im Zimmer auf und ab zu traben.

«So darf die Gesellschaft nicht denken, Elisabet, und ihre Diener ebenfalls nicht. Am allerwenigsten die Ärzte! Nicht einmal der einzelne Mensch darf so denken.»

Er hob den Kopf und drehte ihn nach hinten, als könnte er rückwärts horchen, in die Vergangenheit. Diese Worte hatte er schon früher geäußert! Darüber hatten sie in Wirklichkeit gesprochen!

«Ich denke trotzdem so, das weißt du, und angesichts des gegenwärtigen Zustands der Welt halte ich die Ehrfurcht der Ärzte vor dem Leben für grotesk!»

In ihrer Stimme klang Trotz auf, er sah die hastige Bewegung des Nackens und das Funkeln des Blickes und entsann sich seiner eigenen Antwort, die ebenfalls heftig gewesen war und schon lange zurückliegen mußte.

«Wenn wir an diesem Prinzip rücken, wonach könnten wir uns dann noch richten? Der ganze Berufsstand käme ins Wanken. Jedes Individuum, gesund oder krank, tauglich oder untauglich, bildet eine lebendige Zelle der Gesellschaft. Manche haben eine sichtbare Bedeutung, andere nicht, aber jeder einzelne muß so lange wie möglich geschützt werden . . .»

«Und das einzelne Individuum? Hat das denn gar kein Selbstbestimmungsrecht? Diese beiden, die nur für einander und ihre Freiheit lebten – sie griffen doch in kein anderes Leben ein, zerstörten nichts, machten keine Schwierigkeiten, traten überhaupt keinem Menschen zu nahe – wäre es denn nicht möglich gewesen, sie so, wie sie es wollten, durch die Wälder streifen zu lassen? Sie ihre Beeren essen, ihre Wurzeln nagen zu lassen – was machte das der Gesellschaft schon aus? Was machte das dir aus? Ihr Leben war so gut wie zu Ende, hätte man sie da nicht in einer Frostnacht einschlafen lassen können, so wie sie es wollten, eng umschlungen, auf ihre Art selig . . .»

Christian Dettow blieb mitten im Zimmer stehen. Endlich fiel es ihm ein: sie sprachen nicht über denselben Fall.

Er beschäftigte sich mit 263, Sune und Viveka Burman, während Elisabet über den Fall Wretling sprach, die beiden Alten, die im Sommer durch die Wälder gestreunt waren und sich auf das Geheiß Gottes hin von Wurzeln und Beeren ernährt und sich im Winter in ihrer Wohnung eingeschlossen und sich geweigert hatten hinauszugehen, jemanden hereinzulassen oder etwas zu essen. Schließlich hatten sie sogar ihre Fäkalien in den Küchenausguß geleert, und so waren ihnen die Behörden auf die Spur gekommen. Der Hausverwalter hatte Alarm geschlagen, der Gesundheitsinspektor war hinzugezogen worden, die Gemeindeschwester und schließlich auch er selbst, der damals in der benachbarten Nervenklinik tätig gewesen war. Das war in seiner Jugend gewesen, und er mußte Elisabet davon berichtet haben.

«Die Gesellschaft muß das Individuum auch vor sich selbst

schützen, Elisabet. Vor allem dann, wenn das Bewußtsein eines Menschen so verwirrt wird, daß er nicht mehr für sich selbst sorgen kann. Daher ist doch die Gesundheitspolitik so wichtig. Wenn solche Dinge geschehen, muß die Gesellschaft dem Individuum auf die richtige Art und Weise und mit dem höchsten Wissensstand dienen!»

Er fühlte, wie ihm die Hitze in die Wangen stieg, sein altes Pathos. Er hatte es nie ganz aufgegeben, und zehn Jugendjahre lang hatte er all seine freie Zeit damit verbracht, einen Papierkrieg zu führen, um vernünftigere Verhältnisse innerhalb der Psychiatrie durchzusetzen. Nur eine solche Sache wie der Kampf um eine neue Krankheitsnomenklatur! Die ewige Forderung nach einem objektiveren, nicht moralisierenden Sprachgebrauch und der zähe Kampf darum, daß die Nervenkliniken genau wie alle anderen Krankenhäuser dem Landtag unterstellt wurden. Damals hatte er seinen zweideutigen Ruf als Idealist, Reformator und roter Radikaler erhalten. Wie immer war die Wirklichkeit ganz einfach: er hatte einen persönlichen Grund für seinen Kampf gehabt, da er in jedem Patienten seine Mutter gesehen hatte und in jeder von ihm entdeckten Unvollkommenheit eine unverschämte Vernachlässigung seiner Mutter und ihrer Leidensgenossen. Lange Jahre hatte er die Mauer der Trägheit für kompakt und unbeweglich gehalten, aber in Wirklichkeit hatten sich die Verhältnisse allein schon während seiner Zeit unerhört verändert.

Die beiden alten Wretlings waren ein gutes Beispiel dafür, wie die Einzelinitiativen ihrer Zeit vorausarbeiten konnten, dachte er. Zuerst hatte er täglich eine Gemeindeschwester mit Essen zu ihnen geschickt. Das war eine Zeitlang gutgegangen, doch dann hatten sie auch die Schwester nicht mehr hereingelassen und das Essen, das sie ihnen vor die Tür stellte, einfach stehenlassen. Da hatte er andere Lösungen ausprobieren müssen. Sie waren ins Altersheim gebracht worden und hatten dort in ihrem Zimmer völlige Freiheit gehabt, doch als sie auch von dort ausgerissen waren, war das Krankenhaus die einzige Möglichkeit gewesen.

«Aber dort waren sie schrecklich unglücklich, Christian. Sie liebten sich doch, und als sie getrennt leben mußten, hatte das Leben keinen Sinn mehr für sie. Ich finde, die Gesellschaft sollte die Liebe in Ruhe lassen, wenn sie die Gesellschaft nicht behelligt – irgendwo brauchen wir doch Naturschutzgebiete!»

Er lächelte und nahm seine Wanderung um den großen Teppich wieder auf. Das absolute Recht auf Liebe war schon immer Elisabets großes Thema gewesen. Für sie durchschnitt dieses Recht alle anderen Rechte und Pflichten, war sein eigenes Gesetz. Aber als Arzt hatte er sich nicht allzusehr auf das «Rührende» einlassen dürfen und als Privatperson auch nicht. Weder im Fall Wretling noch im Fall Burman konnte er auch nur irgend etwas Rührendes erkennen – einzig und allein etwas Erschreckendes und zutiefst Erschütterndes.

«Folie à deux ist ansteckend, Elisabet, eine Form von psychischer Ansteckungsgefahr, die isoliert werden muß, damit sie nicht weitergetragen wird.»

«Aber die Liebe *ist* doch ansteckend, Christian. Jede Liebesbeziehung ist eine Art folie à deux, und wenn der gesunde Partner nicht in der Lage ist, zu den Verrücktheiten des Partners ja zu sagen, geht die Liebe den Bach hinunter.»

«Wir müssen zwischen krank und gesund unterscheiden, Elisabet, hier wie überall.»

«Du behauptest doch selbst, das sei unmöglich! Du sagst, das Gesunde sei nie so gesund, wie es scheine, und das Kranke auch nie so krank.»

«Nicht *unmöglich*, Elisabet, das habe ich nie gesagt«, betonte er geduldig, »aber *schwierig*. Die beiden Wretlings waren allerdings ein klarer Krankheitsfall. Der Mann war der primär Kranke, der Willensstarke, der Ansteckungsträger. Im Namen der Liebe und mit Gott als treibender Kraft impfte er der Frau seine krankhaften Vorstellungen ein. Denn Gott war die Liebe, genau wie bei Burmans. Sie mußten sich vor anderen Menschen hüten! Sie durften nur das essen, was Gott ihnen in den Weg führte! Ihre Rede sollte sein: ja, ja oder nein, nein – was sie zu meinem großen Kummer auch tatsächlich war. Aber der Frau ging es bereits ein paar Wochen, nachdem sie von ihrem Mann getrennt worden war, besser – sie wurde gesprächig, offen, freundlich. Auf einem Patientenball tanzte sie sogar, obwohl sie seit ihrer Heirat nie mehr getanzt hatte. Und als ich fragte, ob ihr das Spaß mache, gab sie es auch zu . . .»

«Aber sie gab nie zu, daß ihr Mann unrecht hatte! Ihr habt es monatelang versucht, doch das gab sie nie zu.»

«Nein, sie nicht, aber es gibt andere Fälle, die in der Literatur beschrieben sind –»

«Die beiden, die immer mit dem Kopf in der Schublade aßen? Weil sie sich vor dem Phosphor fürchteten, den die Nachbarn auf sie hinunterspritzten? Ja, der Mann fand es wohl schließlich etwas unbequem, aber er hielt hartnäckig daran fest, daß an der Idee seiner Frau doch *irgend etwas* dran sei.»

«Ja, es gibt wenig Eingeständnisse», gab er zu, «aber im Fall von Sune Burman wäre es vielleicht möglich gewesen. Bei ihm waren wenigstens ein gewisses Bildungsniveau und eine anständige Intelligenz vorhanden. Wenn es mir nur gelungen wäre, ihn vom Einfluß seiner Frau zu befreien, ihn zu der Einsicht zu bringen, was an ihr krank war –»

«Und was wäre dann geworden? Sie hätte wieder angefangen, ihn zu hassen, hätte ihm verboten, sie zu besuchen, und er wäre um vieles unglücklicher geworden als jetzt –»

«Das können wir nicht wissen, Elisabet.»

«Aber sie liebten sich, Christian, und Menschen, die sich lieben, müssen bis in den Wahnsinn hinein lieben, sonst geht es nicht!»

«Und wenn ich zu dir käme und sagte, daß ich Sissi umbringen müsse? Daß du zwischen ihr und mir wählen müßtest?»

Eine Zeitlang wurde es still, während er sich an ihre Antwort herantastete, aber schließlich fand er sie, erinnerte er sich an die tiefe Überzeugung in ihrer Stimme – solche Antworten fielen ihr nie leicht; über Dinge, die ihr ernst waren, konnte sie nie scherzen.

«Wenn es für dich lebensnotwendig wäre, *lebensnotwendig* – dann würde ich dir helfen.»

«Zu morden?» fragte er überrascht. Er hatte erwartet, daß sie vor der Unsinnigkeit des Beispiels kapitulieren würde.

«Was sonst könnte ich tun?»

«Mich warnen, mir das Unrecht eines Mordes klarmachen.»

«Und wenn ich wüßte, daß das keinen Sinn hätte?»

«Dann würdest du mich verlassen, Elisabet.»

«Aber das kann ich doch nicht!»

«Könntest du um der Liebe willen etwa lügen, stehlen und morden? Das glaube ich nicht, Elisabet, das wäre keine richtige Liebe –»

Zu seiner großen Bestürzung brach sie in Tränen aus, warf sich halb angezogen auf das Bett und bohrte den Kopf ins Kissen – es war Abend gewesen, und sie wollten gerade zu Bett gehen. Erschrocken und wie immer bei ihren seltenen, aber heftigen Gefühlsausbrüchen unangenehm berührt, hatte er sich neben sie auf die Bettkante gesetzt. Irgend etwas verkrampfte sich in ihm, wenn er sie so sah – er wollte fliehen, aber selbstverständlich blieb er sitzen, strich ihr über den Arm und überlegte, was er sagen könnte.

«Wretlings waren krank, Elisabet, aber wir sind gesund. Das läßt sich nicht vergleichen. Unsere Liebe ist das gesunde Gefühl zwischen zwei gesunden Menschen. Vielleicht kann man sagen, daß wir uns gegenseitig auf spielerische, ungefährliche Weise anstecken – wir machen uns ein Vergnügen aus der Lust, die in der folie à deux zum Gift wird . . .»

Aber sie hörte ihm kaum zu. Erregt rollte sie sich auf den Rücken, richtete sich auf, zitternd, mit blassen, tränennassen Wangen. Und er begriff, daß das Gespräch plötzlich etwas für sie Lebenswichtiges getroffen hatte.

«Du sprichst viel zu oft von der *richtigen Liebe*, Christian. Glaubst du wirklich, daß es etwas gibt, das man als *richtige Liebe* bezeichnen kann?»

«Sonst hätte ich es nicht gewagt, dich zu heiraten.»

«Die geduldige, sanftmütige Liebe, die alles erträgt, alles erduldet, alles erhofft?»

Er nickte.

«Aber es steht nicht geschrieben, *was* man ertragen soll, was man erdulden soll! Vielleicht Lüge, vielleicht Diebstahl, vielleicht Mord?»

Er hörte den Aufruhr in ihrer Stimme, die Verzweiflung, blieb aber geduldig sitzen, in der ihm eigenen Gewißheit unverrückbar verankert. «Du weißt, daß es nicht so gemeint ist, Elisabet.»

Da schrie sie ihn an, schrie hart und wild: «Die Liebe hat keine Wahl zwischen Recht und Unrecht. Die Liebe ist ein Wahnsinn, in den wir uns hineinbegeben, dem wir uns mit Haut und Haaren ausliefern, der sich um uns schließt, und da sitzen wir dann und *haben keine andere Wahl*, Christian. Wir sind demjenigen, den wir lieben, ausgeliefert – das hast du übrigens selbst gesagt, du weißt es!»

«Habe *ich* das gesagt?»

«In dem Brief, den du mir schriebst, bevor wir heirateten.»

Er erinnerte sich immer noch daran, wie er vor Unbehagen und Zorn erstarrt war.

«Ich habe dich gebeten, diesen Brief zu vergessen!»

«Ich weiß, Christian, aber es wäre besser . . .»

«Du hast es versprochen Elisabet!»

«Ich weiß, aber jetzt bitte ich dich, ich bitte dich, Christian! In diesem Brief stehen Dinge, über die wir miteinander reden müßten.»

«Nein», hatte er geantwortet, «nein!»

Christian Dettow stand mitten im Zimmer, starrte auf das bunte Muster des Teppichs hinunter, suchte im noch bunteren der Erinnerung nach Zeit und Stunde für dieses Gespräch, erinnerte sich und zog heftig die Luft zwischen den Zähnen ein: das war zu Sissis Zeit gewesen, natürlich, die härteste und schwierigste Zeit ihrer ganzen Ehe. Und Sissi van Dorn, der gemütsversehrte Flüchtling, war auf die eine oder andere Art immer in ihren Gesprächen anwesend gewesen, denn wenn sie nicht über ihr eigenes Schicksal hatten sprechen können, hatten sie sich hinter dem von Sissi versteckt, waren in Sissis Ehe hineingekrochen und hatten ihre eigenen Probleme unglaublich naiv mit Sissis Lumpen drapiert. Elisabet war in Sissi hineingeschlüpft, und er hatte für Sissis Mann Partei ergriffen, den zwar keiner von ihnen kannte, doch das war ihnen gleich gewesen, solange sie sich, mit diesen fremden Masken geschmückt, einander noch nähern konnten ...

Er spürte das erstickende Gefühl, die rein physische Übelkeit, die vorhin unten im Garten in ihm aufgestiegen waren: seit jener Zeit hatte er Sissi nicht ertragen können, er hatte diese dürren, wortlosen, endlosen Monate nicht vergessen können –

Das war damals gewesen, als die zweite Schwangerschaft schiefgegangen war und Elisabet dabei fast das Leben verloren hätte. Aber hartnäckig und voller Verlangen nach Leben hatte sie auf einem dritten Versuch bestanden. Und er hatte sich geweigert – nachdem er mit zu Eis erstarrter Seele gesehen hatte, wie nah sie dem Tod gewesen war, hatte er sich voller Verzweiflung geweigert. Elisabet war ihrerseits genauso verzweifelt gewesen, und als alle Gemeinschaft zwischen ihnen geendet hatte, hatte sie sich Sissi genähert. Wie tief ihre Vertrautheit war, wußte er nicht – vermutlich war sie ganz oberflächlich gewesen, dachte er jetzt, doch damals hatte er anders gedacht. Wie aus Stein war die Welt gewesen, unverrückbar hart, bis die Einsicht in ihm entstanden war, die große erlösende Einsicht, daß *ihr* Glück wichtiger war als seines – für *ihn*.

«Es soll so werden, wie du es willst, Elisabet», hatte er damals geflüstert, und zum erstenmal seit Monaten hatte sie sich ihm aus freiem Willen entgegengestreckt. Und zum ersten- und vielleicht einzigenmal in seinem Leben hatte er die Freiheit gekostet, die einzig mögliche, den guten Willen an sich, hatte außerhalb von sich selbst existiert. Und nach jenem Tag hatte es zwischen Elisabet und ihm nie mehr irgendein ernsthaftes Lebenshindernis gegeben. Mit jedem Jahr hatten sie reichere Ernten eingefahren, alles zwischen ihnen war kristallklar geworden, so wie er es sich erträumt hatte.

Aber der Brief? Er hatte ihn nicht gelesen, als sie ihn darum gebeten hatte, und auch später nicht.

«Lies ihn jetzt, Christian, es wäre an der Zeit.»

«Ich weiß, was drinsteht», sagte er und fühlte bei dem Gedanken daran immer noch Unbehagen in sich aufsteigen.

«Das war damals, als ich das ‹Tagebuch› bekam.»

«Ich weiß», sagte er ungeduldig und versuchte die Erinnerung zu verscheuchen. Vom Fall Burman war noch viel übrig, und anschließend hatte er vorgehabt, sich bei einem weniger affektgeladenen und wesentlich interessanteren Fall abzukühlen. Aber die Erinnerung war schon über ihn hergefallen und zog ihn jetzt mit sich, ohne einen Widerstand zu dulden.

«Ein Tagebuch! Oh, Christian, Liebster –»

Mit der Hand vor dem Mund, die schmalen kräftigen Finger als harte, erschrockene Sperre vor den allzu hastigen Lippen, hatte Elisabet die aufsteigende Belustigung in ihrer Kehle gebremst – sie hatte sein Gesicht über dem soeben überreichten Geschenk erblickt, dem Geschenk, das er sich insgeheim als ein Siegel der Liebe für sie ausgedacht hatte. In seinem großen Eifer war er zwei Tage vor der Hochzeit damit zu ihr hinaufgestürzt, da er es nicht hatte abwarten können, es ihr zu überreichen. Sie hatte seine Enttäuschung beinahe augenblicklich erfaßt und war aus ganzem Herzen in seine Richtung umgeschwenkt, die Worte waren ihr vor lauter Eifer über die Lippen gestolpert.

«Es ist wahnsinnig schön, Christian, das schönste, das ich je gesehen habe! Sonst sind Tagebücher doch immer so albern verziert. Was für ein wundervolles Leder – es fühlt sich an wie Seide, und es hat große, ordentliche Blätter, nicht diese üblichen lächerlich kleinen Seiten . . .»

Aber es war zu spät gewesen, zwanzig Sekunden zu spät.

Ihr erstes Gelächter, die Primärreaktion, hatte ihn mitten ins Herz getroffen und kreiste jetzt wie eine grinsende Kasperpuppe quälend in seinem Inneren. Ein Tagebuch für sie, für die «Chinesin» – für diese schmale, dunkle, lockende Fremde mit den schrägen Augen, die, um die Verwirrung noch zu vergrößern, seinen Ring am Finger trug! Welch ein wahnsinniger Gedanke. Ein Geschenk, für ein kleines Fräulein aus der Ritterzeit geeignet, das vor dem aufgespannten Stickrahmen saß, den Schoß voller regenbogenbunter seidener Stickgarne, das Gesicht still und friedlich, die Stirn hoch und rein, die Augen klar wie die eines Kindes, und mit einer kleinen weißen Hand so ruhig, so sicher kleine ebenmäßige Stiche ausführte ...

Ein Traum – er hatte ja gewußt, daß es ein Traum war! Gewußt, daß er ihn nie hätte in Wirklichkeit umsetzen dürfen. Hatte er sich nicht schon genügend verbrannt? Sein Instinkt hatte ihn gewarnt, nicht ein-, sondern hundertmal. Leute wie er sollten sich vor der Wirklichkeit hüten, die sollten ihre Träume in dicke Glasbehälter stecken, in denen keine Unze ihres Gewichtes verlorengehen konnte; sie sollten zwischen dem Land der Wirklichkeit und dem des Traumes lieber wasserdichte Schotten einziehen. Andere, leichtsinnigere, lebenslustigere Personen konnten Traum und Wirklichkeit nach Belieben vermischen und über den Effekt lachen – er nicht! Er hätte sich hüten sollen. Ihr kurzes Gelächter, ihr Zwanzig- oder vielleicht auch nur Zehn-Sekunden-Gelächter war kichernd in sämtliche Winkel des Zimmers gefahren, hatte sich in alle Beulen des abgetretenen Linoleumbelags verteilt, hatte in den staubigen Tüllgardinen gezittert, aus den Tapetenrissen herausgegrinst ...

Das Drama hatte sich in der Krankenschwesterwohnung in Dalagatan abgespielt, in einer ehemaligen herrschaftlichen Wohnung mit aufgeplatztem vergoldeten Leder an den Wänden des Flurs, abschüssigen Böden, wo die Bretterfugen durch das dünngewebte Linoleum hindurch zu spüren waren, und unweigerlich knarrenden Türen über alten abgetretenen Schwellen.

Elisabet hatte die Wohnung auf ihre jungmädchenhaft überschwengliche Art geliebt – zu seiner Qual und seiner Seligkeit hatte sie zu jener Zeit alles mögliche geliebt. Aber er hatte die Wohnung gehaßt. Hatte sie gehaßt, weil Elisabet sie mit anderen teilte, weil ihr Leben mehr den anderen gehörte als ihm. Die kichernde Munterkeit, die von Zimmer zu Zimmer wogte! Die ungehemmte Vertraulichkeit, die, getragen von sieben und acht Mädchenstimmen, schon inmitten der erstarrten Orthozeraten des Hausflurs über ihm ausgestülpt wurde! Immer lag irgendein weinendes Mädchen auf Elisabets Bett, während ein anderes in Frisierumhang und Lockenwicklern den Grund der Tränen diskutierte und ein drittes in voller Krankenschwesterntracht vorschriftswidrig auf dem Schreibtisch belegte Brote machte – sie schlüpften im Flur an ihm vorbei, wenn er verbissen und mit hartem Knöchel an die halboffene Tür klopfte, während Elisabets laute helle Stimme, das kollektive Gelächter noch in der Kehle, ihn hereinrief. Das Zimmer war angefüllt gewesen mit den Düften der anderen, ihrem Geplauder, ihren Geheimnissen. Er war jedesmal direkt zum Fenster gegangen, hatte beide Flügel geöffnet und war, mit dem Arm um Elisabets Schulter, dort stehengeblieben, bis der dumpfe Zorn in ihm sich gelegt hatte und er fühlte, daß er mit ihr allein war. Elisabet hatte sich nie darüber gewundert, hatte nie gefragt warum, sie war nur still dagestanden und hatte gewartet, bis er das Fenster geschlossen hatte und es nur noch sie beide gab.

Christian Dettow starrte das leicht schmerzende, mild melancholische Bild von ihnen beiden an, wie sie dort in der Vergangenheit standen. Er hatte nicht gewußt, daß die Erinnerung in ihm aufbewahrt gewesen war, aber hier war sie nun, und er hatte keinen Grund, ihr demütigendes Zeugnis anzuzweifeln. Er erinnerte sich an seine eigene Verzweiflung und an Elisabets sanfte, hilflose Versuche, diese Verzweiflung zu bezwingen. Er erinnerte sich an das Tagebuch – an seinen Gegenseitigkeitstraum, eben noch so geliebt, jetzt so schmählich zerschmettert, an seinen kalten Blick auf Elisabets «Theaterbegeisterung».

«Sieh mal, es liegt aufgeschlagen da, ohne daß ich es mit der Hand flachpressen muß. Ganz so, als ob es handgebunden wäre.»

Es *ist* handgebunden! hatte er antworten wollen, ohne es jedoch über sich zu bringen. Für dich und mich handgebunden. Es ist ein Traum, den ich dir hier bringe, begreifst du das nicht? Ein ebenso wichtiges Zeichen wie der Ring, den ich dir schon geschenkt habe. Ein Traum, daß ab kommenden Sonnabend alles, was wir tun, gemeinsam sein soll, nichts darf uns trennen, nicht einmal unsere Gedanken, alles muß offen, rein und klar sein –

Aber kein einziges Wort hatte er über die Lippen gebracht. Elisabet hatte sich mit Geduld gewappnet, hatte sich mit Erklärungen und Erläuterungen abgemüht, anfangs noch lächelnd, versuchsweise hatte sie die Waffen des Spieles eingesetzt, den Dietrich des Scherzes, doch dann war sie immer schweigsamer geworden, immer langsamer, der Ausdruck ihrer Augen immer unglücklicher, und er hatte es gesehen, hatte es unablässig gesehen und hatte ihr dennoch nicht helfen können, hatte die drohende Katastrophe nicht aufhalten können . . .

«Warum?» fragte Christian Dettow laut und ungeduldig im Treppenhaus, wo seine Hausschuhe weich in Elisabets blauen Teppich einsanken.

«Darum!» antwortete ihm seine Erfahrung voller Wehmut, und er seufzte angesichts des hartnäckigen Bildes. Die Leidenschaft pflegte nie zu fragen, sie streckte nur die Hand aus und nahm entgegen, und wenn sie nichts erhielt, schlug sie zu – blind, taub, rasend.

Elisabet hatte ihn dazu gebracht, sich auf die Couch zu setzen, die zugleich ihr Bett war, ihr schmales Krankenschwesternbett mit dem gestreiften Überwurf aus einem groben Stoff, an den sich seine Haut immer noch erinnerte: kratzig, unfreundlich, mit schmutzbeständigen Farben, graubraunblau. Sie hatte ihm ihre weichen Arme um den Hals gelegt und ihren Kopf an seine Brust gelehnt, hatte ihre Finger tastend, vorsichtig um seinen Nacken, seine Ohren, sein Kinn spielen lassen, während ihre immer leiser werdende Stimme flehentlich weitergekämpft hatte, immer weiter . . .

«Ich habe noch nie Tagebuch schreiben können, Christian, obwohl ich es immer gewollt habe. Es gab eine Zeit, da kaufte ich jedesmal, wenn ich an einen neuen Ort kam, ein neues Tagebuch, das ich dann sehr feierlich und ordentlich begann, du weißt schon wie, mit festen Vorsätzen und einem brennenden Willen – aber es hielt nie länger als drei Wochen an. Alle Wörter sind so dumm, Christian, sie sind zu klein oder falsch oder lächerlich hochtrabend – das Leben läßt sich doch nicht mit Wörtern einfangen. Schon am nächsten Morgen starren sie einen mit einfältigen verlogenen Augen an, man reißt die schlimmste Seite heraus, man reißt zwei heraus, und bald fällt das ganze Buch auseinander. Über diese Erinnerungen mußte ich vorhin lachen, Christian, bitte, versteh das doch!»

So, ja, ungefähr so hatte ihre eifrige, stolpernde Erklärung gelautet. Er hatte den Tonfall, die allgemeine Gefühlslage und die flehenden Bewegungen besser in Erinnerung als die Worte. Mitten in seinem Zorn hatte er sie genossen, genau wie er ihre Tränen genossen hatte. Ganz gleich, was sie getan hätte, er hatte ganz einfach nicht verstehen wollen, an jenem Abend hatte es keinen Tropfen guten Willens in ihm gegeben. Schwer und unmöglich hatte er mit seiner schmerzhaft pochenden Enttäuschung dort auf dem Bett gesessen, die Arme steif um sie gelegt. Sie, die in ihm war, durfte nicht *über* ihn lachen, nur *mit* ihm, aber ihr erstes Lachen war von außen gekommen, fremd und unbarmherzig – sie, die einzige, die ihn nicht täuschen durfte, war zwanzig oder vielleicht nur zehn leichtsinnige Sekunden lang *gegen* ihn gewesen –

«Elisabet!» sagte Christian Dettow, da die Erinnerung ihn quälte, ihm einen Christian Dettow vorhielt, von dem er nichts wissen wollte, um den er sich nicht mehr zu kümmern brauchte, da er besiegt, bekämpft, tot war. Tot und während der ersten Ehejahre immer wieder auferstanden, dachte er, doch dann endgültig tot, in jenem großen, milden Augenblick, als die Liebe zu Elisabet in ihm gesiegt hatte und er sein «Nicht so, wie ich es will, sondern so, wie wir –» gemurmelt hatte.

Aber Elisabet war nicht da, er konnte sie nicht erreichen. Langsam ging er die restlichen Stufen hinauf, blieb unentschlossen, mit der Hand auf der Klinke der Schlafzimmertür, stehen. Wozu sich jetzt damit quälen? Wozu war das gut? Elisabet und er hatten einander nach dieser Sache 23 Jahre lang geliebt, und er lebte immer noch von und in dieser Liebe. Aber die Erinnerung fragte wenig oder kaum nach seinem Protest, sie trabte einfach ungeniert weiter.

«. . . Wenn du mich vor einem Jahr darum gebeten hättest, hätte ich es viel besser verstehen können, Christian. Wenn wir getrennt waren, habe ich von deinen Briefen gelebt, und du weißt, was für Riesenepisteln du von mir bekommen hast. Aber jetzt? Jetzt, da wir doch alle Tage beieinander sein werden, da wir nebeneinander einschlafen und aufwachen werden, da wir zu jeder Zeit und über alles, was uns durch den Kopf geht, in der Dunkelheit miteinander flüstern können! Alles läßt sich soviel besser sagen als schreiben, Christian. Wenn man spricht, ist der ganze Körper beteiligt, man kann seine Hände benützen, seine Augen, seine Knie, ja selbst den Po. Denk doch nur, was man alles mit dem Po sagen kann, Christian, das kann man doch nie schreiben!»

Ihre bittenden Augen, ihr bittender Mund, ihre bittenden Finger um seinen Nacken, ihre von seinem dicken Wollpulli erhitzten Wangen – ja, er erinnerte sich daran, er erinnerte sich! Aber er hatte die Kette ihrer Finger auseinandergerissen, hatte sie auf die Seite geschoben und begonnen, den Fußboden vor dem Bett mit seinen langen Schritten zu messen. Worte waren aus ihm herausgeströmt, harte Worte, an die er sich nicht erinnerte, weil er sich nicht an sie erinnern wollte. Aber wie Nebel stieg es in ihm auf, was es für Worte gewesen sein konnten: kindische, ichschnaubende Worte, gemeine Haßworte die Schläge austeilten, *Viveka Burman-Worte*.

«Du willst, daß ich dich verstehe, aber du selbst weigerst dich. Du hörst nicht, was ich dir sage, du hast ein leichtsinniges, untreues Herz wie alle anderen. Meine Worte bedeuten dir nicht mehr als die deiner Freundinnen, obwohl ich sie dir aus meinem Innersten bringe. Wie oft habe ich dich nicht gebeten, daß das Zimmer leer sein sollte, wenn ich komme! Und ist es ein einziges Mal leer gewesen? Du kannst es nicht, sagst du, und warum nicht? Weil ein paar zufällige Freundinnen dir mehr bedeuten als ich! Du willst nicht verstehen, daß die Liebe mir heilig ist, du stellst sie in einer Marktbude öffentlich zur Schau. Du begreifst nicht, wenn ich dir sage, daß du für mich nicht nur die einzige, sondern das einzige auf der Welt sein mußt –»

Elisabet war kerzengerade und regungslos auf dem Bett gesessen und hatte ihn angeschaut, die Augen mit der sanften Mongolenfalte waren schmaler und schmaler geworden. Schließlich hatte er es nicht mehr ausgehalten, sondern war gegangen – kindisch schroff, wie es die Art der jungen Liebe ist, mit dem unerbittlichen Knallen der Tür, das noch lange durch Nacht und Leben hallte. Elisabet war noch stundenlang auf dem Bett sitzengeblieben, hatte sie hinterher erzählt, dann hatte sie sich in den Flur hinausgeschleppt, unfähig zu begreifen, daß er tatsächlich gegangen war. Dort war sie die ganze Nacht mit dem Schwesternmantel über den Schultern auf einem Stuhl gesessen und hatte die Tür angestarrt, durch die er verschwunden war. Er selbst hatte den langen Weg von Dalagatan quer durch die Stadt hinaus zu dem Haus, das seine Liebe ihr gebaut hatte, zu Fuß zurückgelegt. Aber am nächsten Morgen war er mit einem Brief in der Hand vor ihrer Tür gestanden. Der große Ehrlichkeitsbrief.

Christian Dettows Hand zitterte, als er sie nach dem ersten roten Tagebuch der 23 Bände langen Folge auf dem Regal oberhalb des Sekretärs ausstreckte. Er wußte, daß der Brief dort eingeklebt war – für Elisabet war er ein kostbares Dokument gewesen, er selbst hingegen hatte ihn nie ohne ein Gefühl des Unbehagens ansehen können. Hatte er vielleicht befürchtet, daß die Angst wieder zum Leben erwachen könnte? Oder daß alles falsch und unaufrichtig sein könnte, was so ehrlich gemeint gewesen war?

Die zerknitterten Papierbögen hatten sich inzwischen von den Klebestreifen gelöst, aber sie lagen immer noch zwischen dem Einband und dem Vorsatzblatt. Er nahm sie in die Hand. In jener Nacht hatte es kein Schreibpapier im Haus gegeben, er hatte zu einem Stapel Papiertüten greifen müssen, die er in der Küche gefunden hatte. Im Morgengrauen war er am Küchenfenster gestanden und hatte die Tüten auf der schönen neuen Teakplatte zugeschnitten – die Platte war immer noch im Gebrauch, das ausgebleichte Holz jedoch inzwischen zerhackt und abgescheuert. Seine Finger hatten unbeholfener als sonst an den dünnen braunen Papieren herumgefummelt. Elisabet hatte sie später numeriert und am Rücken zusammengeleimt, doch auch dieser Klebstreifen hatte sich gelöst.

29. März 1934

Elisabet!
So kann es nicht weitergehen! Ich ertrage es nicht, und ich weigere mich, Dich in solche Komplikationen hineinzuziehen.

Schon vorher war es um das Gleichgewicht zwischen uns schlecht bestellt: in der einen Waagschale mein Alter, meine Melancholie, meine eigenbrötlerischen Neigungen, in der anderen Deine Jugend, Deine Lebensfreude, Deine große Liebesbereitschaft. Aber Du hast alle meine Einwände einfach durchgestrichen. Verwegen und zugleich behutsam und mit einer Intuition, die ich als genial bezeichnen möchte, bist Du in meine geheimsten Gänge eingebrochen. Vergiß das nie, Elisabet! Ich weinte, als es geschah. Es ist das Größte, was mir je widerfahren ist, und ich werde es nie vergessen. Wie ein Troll aus seiner berstenden Felsenfestung kam ich auf Dich zugetaumelt, blind und selig. Und Du hast den «Alten» von Moos, welkem Laub und alten, morschen Vorstellungen befreit.

Du warst nie wie die anderen, die hinter weichen Lippen plötzlich in krampfhaften Grimassen zusammengebissene Zähne entblößen, die um jeden Preis die Befriedigung der eigenen körperlichen und seelischen Gelüste verlangen; diese maßlosen Liebesforderungen, denen ich immer wieder bei meinen Patienten begegne und die das Leben vergiften. Alle Krankheit ist schwer, aber etwas Schwereres als kranke Liebe gibt es kaum. Ich habe Mann und Frau in den erbittertsten, blutigsten Kämpfen umschlungen gesehen, wie Geier über dem stinkenden Kadaver ihrer Liebe aufeinander einhackend. So will ich Dich und mich nicht sehen, ich weigere mich!

Du hast mich von meiner Auffassung der Liebe reden lassen. Nicht von dem notdürftig erweiterten ‹Ich-Leben›, das die Menschen gemeinhin als Liebe bezeichnen, sondern vom ‹Wir-Leben›, dem Zusammenleben, das keine Forderungen stellt. Von derselben Liebe, die in Deinem Korintherbrief erwähnt wird: die geduldige, sanfte Liebe, die alles erträgt, alles erhofft.

Ich redete, bis mir der Schaum vorm Mund stand, redete, um

ein Verlangen zu ersticken, das in mir wuchs und das ich mir nicht eingestehen wollte: die schwärzeste aller Krankheiten, die schwarze Krankheit, die Eifersucht. Aber gestern haben wir es beide gesehen. Da brachen die Dämme, und all das eisern Verdrängte ergoß sich über Dich! Und warum? Weil Du einen Augenblick lang anders reagiert hast, als *ich es wollte*, weil Du gegen etwas protestiert hast, das *ich mir allein ausgedacht hatte*. Zugegeben, für mich war es ein Symbol für den Gemeinsamkeitswillen unserer Liebe, das kann meinen Ausbruch aber weder erklären noch entschuldigen.

Gestern abend legte ich den ganzen Weg hier heraus zu Fuß zurück. Ich muß mindestens zwei Stunden dafür gebraucht haben, merkte es aber kaum. Ich war vollauf mit der Raserei in meinem Inneren beschäftigt, und ich sprach unaufhörlich mit Dir, wilde, fürchterliche Worte.

Ich will Dich haben, sagte ich. Und ich will Dich mit niemandem teilen. Kaum daß ich Sonne und Mond gestatte, auf Dich herabzuscheinen. Kaum daß ich eine Vergangenheit gestatte: Eltern, Pflegeeltern, Kameraden, Freunde, Verehrer. Kaum daß ich Dir gestatte, irgend jemanden in noch so ‹ehrenhafter› Absicht zu berühren. Und wenn Du zufällig jemandem zulächelst und ich das sehe, vergiftet es meinen Tag. Hinter Schloß und Riegel will ich Dich haben, so weit draußen in der Einsamkeit wie möglich. Der geringste Deiner Gedanken muß mir gehören, die geringste Deiner Gefühlsbewegungen!

Diese Art von Eifersucht grenzt zweifelsohne ans Pathologische, ein primitives Besitzverlangen, das nur schreien, stampfen, fluchen, rasen und um jeden Preis festhalten will. Und *ich* bin derjenige, in dem das alles rast, nicht in irgendeinem unwissenden, kranken Patienten. Man lernt nie aus!

Als ich herauskam, lag das Haus hier im Mondschein und erinnerte mehr denn je an einen Traum. Ich stand unten am Weg und starrte es an. Was hatte ich mir eingebildet? Was war es, das ich verlangte?

Der Bach strömte glucksend durch die Dunkelheit, und meine Füße schmerzten.

Der Körper sehnte sich nach Ruhe, aber Christian Dettow ist ein dickköpfiger, maßloser Kerl – gestern abend hat er sich vor Deinen Augen in seiner ganzen Herrlichkeit demonstriert! –, er weigerte sich ganz einfach hineinzugehen. Bis tief in den Morgen hinein hielt er seine schmerzenden Füße in Bewegung.

Aber jetzt habe ich Ruhe, die kalte Ruhe des Tiefpunkts, die Du schon ein paarmal an mir erlebt hast und die Dich jedesmal erschreckt hat. Wie hast Du den Zustand damals bezeichnet? Als ‹fremd› und ‹fern›, glaube ich. Christian Dettow *ist* fremd und fern, Elisabet, das ist er, und das muß er sein. Und die harte, unpersönliche ‹Schale›, vor der Du Dich so sehr fürchtest (vielleicht vor allem wegen ihrer unveränderlichen Freundlichkeit?) ist womöglich meine aufrichtigste Form oder meine einzige. Auf jeden Fall ist es das, was mich immer hinter meinen Träumen erwartet. Hinter der Ecke, um die ich erwartungsvoll biege, steht es und schließt sich unerbittlich wie ein Naturgesetz um mich. Und ich erkenne Christian Dettow wieder, jene Person, die ich sein und auch nicht sein will, die ich aber unter allen Umständen unerbittlich bin.

Wie immer nach einer durchwachten Nacht brennen meine Augen. Aber sie fühlen sich stark und ‹schauend› an, als wären sie mir aus dem Schädel herausoperiert und irgendwo hoch über mir angebracht worden. Dieser Zustand ist mir von anderen Nächten der Prüfung her vertraut, ich weiß, jetzt gilt es, soviel wie möglich zu sehen und in der Erinnerung zu bewahren.

Was sehen nun diese plötzlich so weitsichtigen Augen? Sie sehen Christian Dettow und das, was gestern abend geschah. Sie sehen den Traum, in dem wir gelebt haben, den allzu erhabenen, vielleicht unmöglichen Traum. Sie sehen, wie ich Dich mit diesem Traum betrogen habe, sowohl Dich als auch Chr. D. Vielleicht vor allem Chr. D.?

Aber ich habe Dich doch vor ihm gewarnt, vor diesem eingefleischten Junggesellen, Eigenbrötler, Puritaner, Pedanten und Choleriker, der den Menschen an Konferenztischen und in Krankenhaussälen durchaus gern begegnet, der aber sofort um sein Leben rennt, wenn *sie* versuchen, sich in sein Leben zu drängen. Er, der andere so gern durchschaut, es aber selbst nicht erträgt, durchschaut zu werden.

Aber Du hast so zärtlich über meine Beschreibung gelacht, daß ich allein daraus schon hätte ersehen müssen, wie irreführend sie war. Und als ich Dir von dem Jungen im Auerhahnwald erzählte, dem der Pfahl der Enttäuschung in die Brust gerammt worden war, da hast Du geweint. Und Deine Tränen verleiteten mich dazu, die schwierigen Jugendjahre vor Dir auszubreiten, Dir zu erzählen, was ich noch keinem Menschen hatte erzählen können. Wie die Welt sich verändert hatte, als mir meine Mutter genommen wurde. Die Einsamkeit, die danach kam, und die Bitterkeit. Die Fixierung, die aus dem Schock entstand. Die Angst, die der Gedanke an das auslöste, was die Ärzte in dem fremden Krankenhaus mit ihr machten. Der Haß auf meinen Vater, der mich von ihr fernhielt.

Jetzt ist das Papier bald zu Ende. Es sind lauter Tüten! Ich habe sie in der Küche in einem Schrank gefunden und sie so gut wie möglich mit dem Taschenmesser zurechtgeschnitten. Es scheint das einzige Papier zu sein, das es hier im Haus gibt. Ich habe nicht alle genommen, aber jetzt muß ich hinuntergehen und auch noch die restlichen holen. Das hier wird ein Mammutbrief, aber das läßt sich nicht ändern. Es muß alles raus, sowohl das, was ich jetzt sehe, als auch das, was ich so lange hinter meinem Rücken gespürt habe. Es geht nicht nur um das verhängnisvolle Tagebuch und die Ereignisse des gestrigen Abends, sondern um sehr viel mehr. Um viel schwierigere Dinge, Elisabet, als Du Dir im unerhörten Vertrauen Deiner Liebe überhaupt vorstellen kannst.

Diese Tüten sind nicht so schön zurechtgeschnitten wie die anderen, aber ich habe jetzt nicht mehr viel Zeit. Ich muß um zehn im Krankenhaus sein, und vorher möchte ich das hier noch bei Dir vorbeibringen!

Vieles hat mit meinem Vater zu tun, Elisabet. Das habe ich zwar schon lange gewußt, habe es aber nie so klar gesehen. Du weißt, daß ich ihn jahrelang haßte, teils wegen Mutter, teils wegen mir selbst. Weil er mich nicht zu sich ließ, als ich einsam war und es schwer hatte. Weil er nicht begriff, was ich verloren hatte, und mir meinen Verlust nicht zu ersetzen versuchte. Ich erzählte Dir, wie ich im heftigen Zärtlichkeitshunger des ersten Jahres Krankheit simulierte, ihn mitten in der Nacht weckte und ihn mit den Händen auf dem Bauch theatralisch etwas vorjammerte, während ich gierig verschlang, wie er nach seiner Brille tastete, an der Schlafanzugjacke herumfummelte, nach den Hausschuhen suchte und ganz wie ein normaler Mensch war. Und meine Enttäuschung, als er, kaum hatte er die Brille auf der Nase, derselbe war wie tagsüber: der freundliche, aber geistesabwesende Arzt, der sachlich auf die richtigen Stellen drückte und die richtigen Fragen stellte, aber *mehr nicht*.

Voller Verachtung stieß ich mich von ihm ab. Nie würde ich werden wie er! Ich würde mit den Menschen in ihrer Not leben, mit ihnen weinen und lachen, ihnen nahe sein. Wer könnte besser helfen als jemand, der selbst den Pfahl der Enttäuschung in der Brust trug?

Meine Jugendträume breitete ich vor Dir aus: von mir würde Heilkraft ausgehen, die Gequälten würde ich erlösen, die Traurigen würde ich trösten, den Hilflosen, die keine Stimme besaßen, würde ich eine Stimme verleihen, mein ganzes Leben wollte ich in ihren Dienst stellen. So fand ich Trost für mein eigenes Leiden: alle Unglücklichen der Welt ließen sich wie ein Vogelschwarm auf meinem Pfahl nieder.

Ich erinnere mich vor allem an eine Gelegenheit, als ich versuchte, mit Vater darüber zu reden. Das habe ich vielleicht auch schon erzählt? Wie er mit einem dünnen, unwilligen Lächeln (er mochte es ja nie, daß ich Psychiater wurde) mein romantisches Bild vom Arztberuf aufschlitzte. Damals packte ich mitten in der Nacht meine Sachen und *rannte* ins Krankenhaus zurück, ich ertrug es nicht, mit ihm unter einem Dach zu schlafen.

Dennoch habe ich ja, wie Du weißt, sein Muster übernommen: Arbeit, Pflichttreue, Tüchtigkeit. Möglicherweise, um ihm zu zeigen, wie es wirklich sein müßte? Das kann man nie wissen. Seither habe ich ihm ja recht geben müssen, wenn auch noch so widerstrebend. Meine Träume sind nicht mehr so großartig. Die Zeit der brennenden Visionen ist vorbei, die Zeit, als ich in jedem Patienten meine Mutter sah und jeden Mißstand, jedes Versäumnis als eine Kränkung meiner Mutter empfand. Meine Zeit als blumiger Redner ist vorbei, und ein Politiker werde ich nie, obwohl ich mich so vielleicht nützlicher machen könnte. Aber ich kenne meine melancholischen Grenzen! Bin nur ein trauriger Radikaler, der nicht mehr an eine dauerhafte Heilung des Menschen glaubt, der aber dennoch nie in der Lage sein wird, damit aufzuhören, zäh und dickköpfig das zu tun, was innerhalb seiner Grenzen liegt. Ich habe mich nun mal in den Traum verbissen, mich nützlich zu machen, und daran werde ich festhalten bis zu meinem Tod!

Jetzt habe ich nur noch zwei Tüten, ich muß mich konzentrieren. Ich brachte Dich dazu, den Jungen im Auerhahnwald zu bemitleiden, den jungen Mitarbeiter zu bedauern, der nie einen richtigen Freund fand, da alle immer so viel jünger und fröhlicher waren als er und nie genügend Geduld hatten, seinen langen Ausführungen über die Menschen und das Leben zuzuhören. Und der nie ein Mädchen bekam, weil (wie er sich einredete!) seine dicken Wollhosen keine Bügelfalten hielten, und der darum (!) so viel länger als normal in den Klammern des eigenen Geschlechts eingezwängt blieb.

Du siehst doch wohl, was dies ist, Elisabet? Wehmütig schöne Bilder aus der Dunkelkammer des Selbstmitleids. Chr. D. hätte schon ein Mädchen bekommen können, wenn er es gewollt hätte, sogar eine, die seine Hosen gebügelt hätte, Mädchen sind ja oft so unerklärlich lieb und freundlich. Aber *er wollte nicht*! Nein, weil er seinem Vater glich: ein gekränkter Mann, so tief gekränkt, daß niemand ihm zu nahekommen durfte.

Ich sehe Chr. D., ich sehe sein Herz. Es geht um einen Mann, der nicht lieben kann oder es nicht will, der es nicht wagt zu lieben. Es geht um Unfähigkeit.

Jetzt begreife ich, warum es so lange dauerte, bis ich das Wort lieben in den Mund nehmen konnte und warum ich noch immer die Stimme senken will, wenn ich es benütze, und es dabei am liebsten vermeide, Dir in die Augen zu schauen.

Um dies zu verbergen, Elisabet, habe ich versucht, uns einzubilden, daß ich ein trauriges, schwer bedrängtes Herz habe, ein Herz, das so lange in der Erde gelegen hat, daß es noch nicht zu neuem Leben erwacht ist. Das klingt wie der Selbstbetrug eines Dichters! Ich habe wohl ein Herz, doch das ist so wild, so gierig, so blutdürstig, daß der Instinkt mich hieß, es zu verleugnen. Ein Herz, dessen Hunger dem eines wilden Tieres gleicht. Aber ich wage nicht zu glauben, daß es lieben kann. Nicht in dem Sinn, in dem ich das Wort anwenden will und muß. Diese Fähigkeit verlor es, als mir meine Mutter genommen wurde, oder vielleicht hat es sie nie besessen.

Mache ich Dir angst? Das muß ich. Nach dem, was gestern geschah, muß ich das.

Du hast mich berührt, und ich hätte Dich umbringen können, weil Deine Berührung von außen kam und nicht diejenige war, die ich Dir in meinen Gedanken vorgeschrieben hatte, nicht diejenige war, die ich wollte. Ich hätte Dich umbringen können, und eine Sekunde, bevor der Kummer und das Entsetzen über mir zusammengeschlagen wären, hätte ich aus Deinem Tod Seligkeit getrunken – das weiß ich jetzt. Du führst mich in Versuchung, Du weißt nicht, wie sehr.

Was gestern abend geschah, war ganz einfach folgendes: der Junge mit dem Pfahl war plötzlich anspruchsvoll und voller Vermessenheit hervorgetreten. Er wollte in Sälen Platz nehmen, in denen er nicht daheim war. Er wollte den Pfahl aus seiner Brust reißen und mit Dir eins werden, so wie das Kind mit seiner Mutter eine absolute, unteilbare Einheit bildet.

Ich sehe Chr. D., ich sehe sein Herz. Und ich beschwöre Dich: verlaß mich, solange noch Zeit ist, bevor ich Dich für immer unglücklich mache!

Ich sitze im ‹Schlafzimmer› an ‹Deinem› Sekretär und blicke in das Zimmer, das wir mit so törichter Zuversicht eingerichtet haben. Meine Augen sind kalt und ruhig. Ich sehe die ‹Lebenszeit›-Betten, sehr schön unter ihren chinesischen Decken, die blattgemusterte Tapete, die wir unter so glücklichen Umständen ‹entdeckten›, deine Saturnuskugel an der Decke, die Stahlrohrtische, mit denen Du Dich erst versöhnen konntest, nachdem Du ‹richtig modern› sein durftest und zwei Reibeisen als Leselampen aufgehängt hattest. Ich sehe das Zimmer an, und ich sehe, daß es eine Hülle ist. Daß es wie eine Hülle behandelt werden muß.

Vielleicht ist mein Traum nur ein Traum und die ‹Liebe› nichts anderes als eine hinterlistige Falle der Natur. Wir werden in sie hineingelockt, sie schnappt hinter uns zu, und dann sitzen wir da, uns gegenseitig auf Gnade und Ungnade ausgeliefert. *So will ich nicht mit Dir dasitzen!*

Ich sehe Chr. D., sehe die Komplikationen seiner Neigungen. Sehe, wie weit es ist zwischen Traum und Wirklichkeit. Eine Brust wie die meine, Elisabet, braucht ihren Pfahl, um im Leben ihren Dienst versehen zu können. Dennoch werde ich den Menschen nie nahekommen. Wie ein Fremder werde ich leben, ich, der ich selbst ein Fremder bin. Meine Hilfe wird die eines Fremden für Fremde sein! Wie Vater!

Bedaure mich nicht. Ich werde von der Einsamkeit ja auch verlockt, vielleicht stärker als von irgend etwas anderem. Als Mutter starb, war noch ein Rest Leben in mir vorhanden, eine paradoxe Hoffnung. Die heftige Lust, zu ihr in den Sarg hinunterzukriechen, bedeutete, daß noch *Leben* in mir war. Vier Jahre später, an der Bahre meines Vaters, waren nur noch Kälte, Einsicht, Unentrinnbarkeit vorhanden. Damals wie heute.

Ich verlange nicht, daß Du mich verstehst. Aber glaube mir auf mein Wort. Ich bitte Dich darum!

Dein, immer Dein, aber im Traum.
Chr. D.

Über Elisabets Sekretär gebeugt, lächelte Christian Dettow, der fünfundsechzigjährige Christian Dettow. Aber sein Lächeln war dünn und erlosch in einem Seufzer. Er sah den jugendlichen Krampf in dem soeben Gelesenen, das Überschlagen der Ehrlichkeit, die Falschheit inmitten des Wahrheitsfanatismus, die Deckmotive. Doch in seinem tiefsten Grund war der Brief noch immer ein Spiegel.

«Du bist in letzter Minute gekommen, Elisabet», sagte er und schob den Stapel braungelbes, raschelndes Papier auf der dunklen Holzfläche beiseite. «Und außer dir hätte es niemand gekonnt. Du hast mich losgeeist und mich aufgebrochen. Du hast nicht lockergelassen. Ich sträubte mich, kehrte meine schlechtesten Seiten nach außen – damals wußte ich ja nicht, wie vergeblich es war, mich deinem Vorsatz zu widersetzen. Dann hätte ich mich wohl nicht so heftig entladen!«

Seine Lippen kräuselten sich beim Gedanken an Elisabets weißglühende, heilige Hartnäckigkeit, zitterten dann einen Augenblick lang vor Hunger nach ihr, die stets in ihm war, dann nahm er sich zusammen.

«Ich hatte Angst, mußt du wissen, vor allem hatte ich Angst, nur vor der Arbeit nicht. Ich traute mir keine normale Gemeinschaft zu, noch weniger eine Liebesgemeinschaft. Aber du hattest keine Angst, Elisabet!»

Er blinzelte wie bei zu starkem Licht, drehte sich um und sah die beiden Lebenszeitbetten an. Nur eines davon war voll genützt worden, das andere stand glatt und flach da unter seinem rotweißen Drachenüberwurf. Die Stahlrohrtische hatten einiges abbekommen, die Lackierung war nicht so funktional gewesen wie das Design. Das graugelbe Blattwerk der Tapete war verblaßt, und von der Decke grinsten lange Risse herab, die, solange er noch lebte, nie behoben werden würden.

«Ohne dich wäre ich in meinem Ein-Mann-Wahnsinn sitzengeblieben. Verstehst du? Ein Onanist auf Lebenszeit, den Kopf zum Bersten voller Kompensationsträume, wie die Menschheit gerettet werden könnte. Aber du hast mich aus der Theorie in die Praxis geführt und mich gelehrt, daß das Leben auch für mich möglich sei. Und du, Liebste? Du deinerseits mußtest lernen, daß nicht alles möglich war. Doch das brauchte seine Zeit, Elisabet!»

Über die Schulter sah er das Tagebuch, das hinter ihm aufgeschlagen lag, sah er die lange Reihe von zweiundzwanzig gleichen Bänden im Bücherregal. Die ersten Jahre waren für sie beide nicht leicht gewesen, aber ihre Beziehung deshalb gleich mit derjenigen der Burmans zu vergleichen? Oh, nein, Elisabet!

Plötzlich sah er ein, welch ein ungewöhnlich schönes Beispiel ihr gemeinsames Tagebuch für jenes Eheideal war, das auch in empirischer Hinsicht das ihre geworden war. Klar, eindeutig, leicht verständlich! Irgendwann einmal müßte er es benützen, müßte er die ganze Geschichte mit jener milden Einfachheit erzählen, die Jahre und Abstand ermöglichten. Erzählen, wie Elisabet anfänglich gezögert hatte, doch seine «idealistische» Liebesvision dann aufrichtig von ihm übernommen hatte. Wie sie dies scheinbar ohne Lohn hatte tun müssen, da seine Vision schon so von Grund auf geschädigt gewesen war, daß er seinen Teil der geplanten gemeinsamen Aufgabe nie hatte erfüllen können. In den ersten Jahren hatte er sogar Schwierigkeiten damit gehabt, das Tagebuch zu lesen, ja, es hatte eine Zeit gegeben, da war es ihm geradezu unmöglich gewesen. Dennoch hatte er Jahr für Jahr ein neues Buch besorgt. An so manchem Silvesterabend war es ihm schwergefallen, es zu überreichen, so wie es Elisabet schwergefallen war, es anzunehmen. Aber sie waren in der Richtung ihres guten Willens weitergestrebt, oft, ohne etwas zu sehen, ohne etwas zu verstehen, scheinbar vergeblich, so wie die Menschen zu allen Zeiten Seite an Seite gestrebt haben. Und aus dem Zwang des guten Willens heraus war etwas entstanden, das stärker war als sie: ihre Liebe, ihre wahre Liebe –

«Der Zwang des guten Willens!» sagte er langsam und kostete die schönen Worte, wog sie. Er drehte sich um, zog den Stuhl vor den Sekretär und griff nach dem Tagebuch. Er hatte es nicht gelesen, seit es geschrieben worden war. Nach Elisabets Tod hatte er es sich oft vorgenommen, aber irgend etwas hatte ihn zurückgehalten. Eine Art Angst? Doch wovor? Das Leben hatte sich so und nicht anders abgespielt, nichts konnte das ändern, was geschehen war. Auch jetzt zögerte er, trotz des kräftigen Impulses, und schlug mit eigenartigem Zaudern die erste Seite auf.

Elisabets Handschrift war aufrecht und kraftvoll, genauso kühn wie sie selbst zu jener Zeit. Danach waren die Schriftzüge geschrumpft. Oder bildete er sich das nur ein? Plötzlich fragte er sich, ob sie in jener ersten Zeit wohl sehr darauf gewartet habe, daß er auch zu schreiben beginnen würde? Ob sie es verstanden oder mißverstanden habe?

Zögernd begann er zu lesen, anfangs langsam, doch dann immer schneller, wobei er oft vier, fünf Seiten voller Belanglosigkeiten in einem Zug überblätterte, um das, was ihn interessierte, zu finden.

April 1934

Aber warum sollten wir es nicht versuchen, mein Liebster? Es war doch dein Traum, und das Tagebuch ist nun einmal da. Es liegt hier auf meinem Schoß, die erste Seite aufgeschlagen, und meine Feder bewegt sich so vorsichtig darüber hinweg, als schriebe ich mit goldener Tinte und für die Ewigkeit. Wie soll ich es wagen? Wie soll ich es können? Aber ich wage es! Ich kann es! Und warum? Weil du mich liebst, weil du mir zutraust, daß ich es kann!

Ich sitze auf der Truhe im Flur und warte auf dich und ich sage dir, es ist eine wunderbare Idee. Zuerst schreibe ich, und dann schreibst du, und nachdem wir 25 Jahre miteinander gelebt haben und keinen Gedanken mehr denken können, den der andere nicht kennt, dann können wir von vorne anfangen und uns dieses Tagebuch gegenseitig vorlesen und sagen: Wie waren wir doch jung und dumm! Aber ach, wie verliebt. Da werden wir sicher so manche Rosinen herauspicken, meinst du nicht auch?

Und wenn du dein Buch *Ratgeber für junge Bräute* schreiben wirst – stell dir vor, wie hilfreich es sein wird, wenn du dann zu deiner eigenen jungen Braut zurückblättern und feststellen kannst, was sie am ersten Tag, den sie allein in ihrem neuen Heim verbrachte, dachte und fühlte! Heute bin ich bestimmt zehnmal – sagen wir auf jeden Fall fünfmal, wenn wir wissenschaftlich genau sein sollen – mitten im Zimmer stehengeblieben und habe mir laut und deutlich gesagt: «Du hast ein Zuhause, Elisabet. Zum erstenmal in deinem fünfundzwanzigjährigen Leben hast du ein Zuhause!»

Im Hinblick auf Alma und Anders ist das vielleicht nicht besonders liebevoll gedacht, aber sie würden es bestimmt verstehen, wenn ich es ihnen erklärte. Wie du vielleicht schon eingesehen hast, sind sie ja keine besonders häuslichen Personen. Ich glaube nicht einmal, daß sie das Bedürfnis danach haben; ihr Zuhause ist so fest in der ewigen Heimat verankert. Dort erwarten sie natürlich keine Städte aus Gold, aber doch voller kindlichem Vertrauen etwas ähnlich Erstrebenswertes. Mama Alma wird immer schrecklicher gereizt, wenn sie sich mit der Hausarbeit abgeben muß, aber bei der Arbeit mit den Seelen habe ich sie noch nie gereizt gesehen! Das war einer der Hauptgründe, warum es ihr vor den Jahren in Schweden so graute, solange die Kinder klein waren. Papa Anders konnte hier ja ebenfalls umherreisen und predigen und Vorträge über die Mission halten, aber von Mama wurde erwartet, daß sie währenddessen bei ihren Kindern blieb, ihnen Essen kochte, ihre Strümpfe stopfte und sich in allem wie eine anständige schwedische Hausfrau benahm. Das tat sie natürlich – sie tat alles, was der Missionsverband von ihr erwartete! –, aber sie tat es linkisch und schwerfällig und mit einem nagenden Schmerz in der Seele: sie sehnte sich nach der Missionsstation in China, nach den Kindern und Frauen, nach den Bibelstudien, der Schule und der Krankenstation. Und in einer Sache waren sie und ich uns zutiefst einig: von den irdischen Gütern sollte man so wenig wie möglich haben. Für Mama Alma war das ein rein praktischer Gesichtspunkt, für mich war es etwas anderes. Diese Einstellung war die einzige, die zu meinem Leben paßte, zu meinem unbekannten Geburtsort, meinen unbekannten Eltern, meiner unbekannten Rasse, zu meinem ganzen *seltsamen, zufälligen Leben.*

Aber heute ist alles anders.

Ich bin den ganzen Tag durchs Haus gelaufen und habe alle unsere Sachen angeguckt und versucht zu begreifen, daß sie *mir gehören.* Alle diese Schubladen und Schränke! Und dabei habe ich in meinem ganzen Leben nie mehr als höchstens zwei Schubladen gehabt und *nie*! einen eigenen Garderobenschrank. Manchmal hat etwas wie Furcht meine Seele durchzuckt (du hörst meine Ehrlichkeit!), als wäre das ganze Leben in Schränke und Schubladen verwandelt. Was soll ich nur in das alles hineintun? Das sind wirklich Sorgen! Immer wieder bin ich stehengeblieben und habe laut mit mir selbst geredet. Hier ist ja niemand, der mich hören könnte. Hier könnte man die verrücktesten Schauspiele stattfinden lassen.

«Du hast ein Zuhause, Elisabet», habe ich dann gesagt, und jetzt, da ich hier auf der Truhe sitze und schreibe, sage ich es wieder. Und ich fühle das Haus, das mich umgibt – über und unter und um mich herum. Und das Haus spricht zu mir und sagt: Hier wirst du leben und hier wirst du vielleicht sterben, hier wirst du glücklich sein und hier wirst du unglücklich sein, hier ist dein Leben.

Verstehst du das, Christian? Nein, das wäre zuviel verlangt, ich muß es erklären: das heimatlose, elternlose Mädchen (Vater unbekannt, Mutter unbekannt, weder weiß noch gelb) hat einen Platz im Dasein gefunden, einen Ort, ihren Heimatort.

Jetzt kommst du! Ich höre das Gartentor zuschlagen, und meine Feder beeilt sicht. Verstehst du, daß mein Herz vor Glück bebt, wenn ich deine Schritte dort draußen höre? Verstehst du, daß meine Beine beinahe zittern, wenn ich jetzt aufstehe, um dich zum erstenmal *daheim* willkommen zu heißen!

April 1934

Die Vögel singen, wenn sie ihre Nester bauen, und sie nisten in all meinen Vogelkästen! Sie sind unglaublich fleißig, vergessen dabei aber nicht zu singen, und ich trällere wie sie mit meinen vier Tönen (mehr habe ich ja nicht), während ich Vorhänge aufhänge, Voilegardinen kräusele und mir über Zuzieh- und Aufziehmechanismen den Kopf zerbreche. Dann gehe ich ins Schlafzimmer hinauf, wo das Fenster den ganzen Morgen weit offenstand, so daß Leintücher und Decken jetzt sonnenwarm sind. Und voller Ehrfurcht betrachte ich unser Bett, dieses Schlachtfeld, diesen Entbindungsort, wo der neue Mensch, der aus dir und mir besteht, ins Leben tritt . . .

Diese erste Zeit kommt nie zurück! Ach, wie dumm und einfallslos das ausgedrückt ist! Keine Zeit kommt jemals zurück. Was ich meine ist etwas anderes. Abenddämmerung und Morgengrauen sind einander ja gleich, zeigen dieselben Phänomene, wenn auch in umgekehrter Reihenfolge: Dämmerungsbogen und Purpurlicht, von jeder Art gibt es zwei, hast du das gewußt? Und es gibt Spätherbsttage, die dem Frühling ähneln, und die sehr Alten ähneln den sehr Jungen und andersherum. Aber die erste Zeit einer Ehe hat mit nichts anderem Ähnlichkeit, glaube ich. Noch nähern wir uns einander voller Fremdheit: fremde Düfte, fremde Bewegungen, fremde Ansichten.

Manchmal, wenn ich dich am Schreibtisch sitzen sehe – so weit weg! –, erschrecke ich und denke: Was soll ich tun, wenn er Juden haßt? Zum Beispiel. Was soll man da tun, Christian? Wenn wir lange genug zusammengelebt haben, werden wir es wissen! Dann werden unsere Bewegungen, unsere Ansichten, unsere Gefühle und unsere Leben so vollkommen miteinander verschmolzen sein, daß nichts Fremdes mehr übrig ist. Dein Geruch wird der meinige sein, meine Bewegungen werden die deinen sein – wir werden uns vermutlich nicht einmal daran erinnern, wie wir in dieser ersten Zeit rochen und schmeckten. Deine großen Ohren sind leicht salzig, und deine Haut hat einen Geruch nach Weizen. Nachdem du morgens gegangen bist, sitze ich auf der Bettkante und berieche mich selbst, und wenn ich plötzlich irgendwo an meinem Körper deinen Geruch entdecke, muß ich laut lachen.

Vielleicht war es die Vorahnung von dieser Totalverwandlung, die am Morgen des Hochzeitstages wie eine Art Angst durch mich hindurchzog. Ach, du weißt nicht, was ich tat, du könntest es nie erraten, aber jetzt sollst du es erfahren. Da siehst du, wie gut das Rote Buch, der Wahrheitskünder, das Große Urmaß ist. Vielleicht werde ich ja auch erfahren, was du an jenem Tag gedacht hast oder was du heute denkst? Also, ich saß in meinem häßlichen alten Zimmer in Dalagatan auf meinem schmalen klapprigen Bett und weinte! Ich weinte und blickte mit sentimentaler Zärtlichkeit auf die stilisierten Blumen der fleckigen Tapete, die abgewetzten Ecken der weißen Kommode, die hoffnungslosen Flecken auf dem Linoleum. Hilflos, überwältigt weinte ich kindlich schluchzend vor mich hin und schalt mich dabei eine Närrin; gleichzeitig hatte ich wahnsinnige Angst, daß jemand kommen und mich sehen und fragen könnte, warum ich weine. Ich hatte ja wirklich keinen Grund! Aber vielleicht war es gerade das: etwas war zu Ende, etwas, das eine kurze Zeitlang mir gehört hatte, eine lustige, verrückte, mädchenhaft kichernde Welt, die ich nicht für allen Tee von China zurückhaben möchte und der ich keine Minute lang nachgetrauert habe, bis auf diesen ganz kurzen Moment, als sie zu Ende war.

Ein kleines Stückchen weiblicher Psychologie, Herr Dr. Dettow? Bitte sehr!

Juni 1934

Du hast mich heute nacht gefragt, ob es mir unangenehm sei, dein Menschenexperiment zu sein. Am Zittern deiner Hände erkannte ich den Ernst der Frage, sonst wäre ich fast bereit gewesen, laut zu lachen. Liebster, ich bin ja mein ganzes Leben lang nichts anderes gewesen als ein Experiment – vielleicht ist gerade dieser Gedanke mir das liebste an meinem Leben.

Alma und Anders nahmen mich aus den Armen eines vorbeimarschierenden Fremden entgegen. Es kann mein Vater gewesen sein, es kann ein Freund von ihm gewesen sein, ein Kamerad oder ganz einfach nur ein Mitflüchtling. Niemand weiß das. Alma und Anders haben erzählt, daß er sehr elend aussah, aber daß er mich ihnen sofort, als er sie erblickte, mit einer so herrischen Geste entgegenstreckte, daß sie nicht umhin konnten, mich anzunehmen. Hinterher konnten sie kaum fassen, was sie getan hatten. Doch da war es ja bereits zu spät, da hatte sich der Flüchtlingsstrom schon weiter durchs Yangtse-Tal hinuntergewälzt! Und was sollten sie jetzt mit dem drei Wochen alten Bündel machen, das ihnen in die Arme gedrückt worden war?

Ich kann das Für und Wider ihrer Diskussionen deutlich hören, die Beharrlichkeit ihrer langen Gebete. Von einem heftigen Lebensimpuls überrumpelt, nahmen sie mich an, aber sie behielten mich als – ein Experiment!

Natürlich wären sie schockiert, wenn ich ihnen das so sagen würde. Sie können ja den Willen Gottes, ihre Menschenliebe und all das anführen, was ebenfalls wahr ist. Aber es war das Experiment, das sie reizte. Ihre eigenen Kinder waren ja schon ziemlich groß und gingen daheim in Schweden zur Schule, mit denen würde ich nie in Konkurrenz treten. Ich würde etwas ganz anderes werden, etwas, das mit China und der Mission zu tun hatte, eine Art Symbol für ihr ganzes Leben. Sie waren sehr ehrgeizig, das darfst du mir glauben. Von der ersten Minute an brachten sie mir gleichzeitig Schwedisch und Chinesisch bei. Buchstäblich! Alma hat mir erzählt, daß sie erst fünf Minuten lang auf chinesisch mit mir redete und schmuste und sang und dann fünf Minuten auf schwedisch, und beim nächstenmal in umgekehrter Reihenfolge. Da herrschte von Anfang an Ordnung und Disziplin! Das hättest du nicht gedacht, oder? Aber stell dir vor, wie herrlich das war, sowohl für sie als auch für mich. Sie konnten alle ihre Ideen von der Völkerversöhnung und der Gleichberechtigung vor Gott und all das buchstäblich an meinem Leib ausprobieren, und ich bekam obendrein mehr Zeit und mehr Liebe als vielleicht irgendeines ihrer ‹richtigen› Kinder.

Als sich hinterher herausstellte, daß ich vermutlich nur zur Hälfte Chinesin war (denn wie hätten sie sich sonst meine weiße Haut erklären sollen?), empfanden sie das als eine weitere Bestätigung: ich war ja schon in der ursprünglichen Zusammensetzung meines Leibes ein Experiment. Und alles, was sie danach mit mir anstellten, wurde von ganz alleine zu einem Experiment: als geborene Chinesin und als ‹richtiges› Kind weißer Eltern in einer Missionsstation zu leben, als Halbschwester und Halbschwedin in eine schwedische Geschwisterschar eingegliedert zu werden, mit meinen schrägen Augen und meinen ungewöhnlichen Kenntnissen in eine schwedische Schule zu gehen!

Sogar auf religiösem Gebiet experimentierten sie mit mir. Nun, experimentieren ist vielleicht zuviel gesagt, aber neben der Sonntagsschule, den Gottesdiensten und dem Bibellesen durfte ich doch auch einiges über den weisen Meister Kung und die fünf heiligen Beziehungen lernen. So wurde mir schon früh eingeprägt, wie *heilig* die Beziehung zwischen Mann und Frau ist, und ich erfuhr auch ein wenig darüber, wie der Himmlische Weg entsteht. Wenn ich also nur dasitze und ‹träume›, darfst du mir nicht vorwerfen, ich sei geistesabwesend – vielleicht versuche ich ja gerade, das Tao zu erreichen ...

Jetzt habe ich mich ganz schön weit von deiner Frage entfernt! Das war nicht meine Absicht, aber vielleicht die des Roten Buches? Ich bin der Lust gefolgt, dir zu zeigen, was das Wort Experiment für mich bedeutet: Freiheit, Offenheit, Leben. Deine Hände brauchen nicht so zu zittern. Verstehst du nicht, was du mir gibst? Du gibst meinem Leben einen Sinn.

Juni 1934

Du willst alles von mir wissen, sagst du, und ich liebe den leidenschaftlichen Klang deiner Stimme. Du selbst hast natürlich überhaupt keine Zweifel daran, wo diese Leidenschaft ihren Schwerpunkt hat, aber ich will es dir sagen – nicht im Wort *mir*, sondern im Wort *wissen*!

Aber ich verheimliche nichts, mein Geliebter, ich erzähle wirklich alles. In der Dunkelheit und Stille, nachdem wir uns geliebt haben, gibt es keine Verschleierungen, da strömt alles frei heraus: Trauer und Heiterkeit, ‹Geheimnisse› und Banalitäten, die kleinen Worte und die sehr großen. Kostbarere Stunden gibt es nicht. Alles kann man da machen: das Ohr seines Liebsten ablecken und gleichzeitig daran denken, wie unglaublich gut ein frischgekochter Hechtkopf schmeckt, wenn man ihn aussaugt! Ja, noch ungeheuerlichere Sachen, die niederzuschreiben die Feder sich weigert, wenn die freie Seligkeit, in der alles möglich ist, einen nicht mehr umfängt.

Liebster, glaubst du etwa, ich würde anders von dir denken,

wenn du von mir getrennt bist? Glaubst du, ich würde aus der Entfernung anders über die Liebe denken, als wenn ich von ihr umschlossen bin? Glaubst du, unser nächtliches Gold sei wie das Gold der Trolle, das bei Sonnenaufgang schrumpft und schwarz wird? Bei was soll ich denn schwören, damit du mir glaubst? Ich bin dein, mein Geliebter, mit Leib und Seele, mit Denken und Fühlen, mit Lust und Unlust.

Es wäre bestimmt nützlicher, wenn *du* hier ins Tagebuch schriebst. Du sagst, das kannst du nicht, was ich allerdings ganz und gar nicht glaube. Natürlich kannst du, aber aus irgendeinem Grund willst du nicht. Wenn ich der Sache nachginge, Christian? Aber das tue ich nicht. Ich glaube lieber, was ich glauben will: daß du mir die schreibende Rolle in unserem Leben zugeteilt hast, um mir eine Beschäftigung und eine Würde oberhalb der Schubladen zu geben, um mich auf höchstem Niveau das Leben mit dir teilen zu lassen!

Wenn dem so ist, Liebster, dann schwöre ich, daß ich diese Würde aufrecht tragen und mich mit Ernst und Fleiß meiner Beschäftigung widmen will. Möge die Wahrheit stets in dem, was ich schreibe, anwesend sein. Und der Mut! Möge die Liebe nahe sein und der Haß fern. Ich will danach streben, nichts zu verschweigen oder zu verleugnen, auch nichts fälschlich auszuschmücken oder zu vergolden. Tauche unter mir hindurch, mein Geliebter, erforsche mich von allen Seiten und kenne mich. Gott steh mir bei. Amen.

«Elisabet», flüsterte Christian Dettow, «meine Schöne, meine Bezaubernde, meine Geliebte!»

Er hielt das Rote Buch einen Augenblick lang an sein Gesicht, dann setzte er seine Lektüre fort.

August 1934

Nein, wir sind keine Vögel, die singen und Nester bauen. So einfach ist das nicht. Das haben wir ja auch gewußt, und vielleicht ist es für die Vögel auch nicht ganz so einfach?

Wenn ich dir nur helfen könnte, mein Geliebter. Denn ich sehe ja, daß du unter der Oberfläche unserer tapfer aufrechterhaltenen Vogelidylle leidest. Ich prüfe Herz und Nieren. Was habe ich getan? Was habe ich gesagt? Ich bin ja eine Plaudertasche sondergleichen, und jetzt, da ich endlich ‹Meinen Zuhörer› gefunden habe, krame ich alle farbenprächtigen Einzelteile meines Lebens hervor und breite sie zum Betrachten aus. Hat dich vielleicht irgend jemand gekränkt? War irgendeine Schattierung, irgendein Tonfall verkehrt, haben sie es dir schwergemacht? Du mußt es mir sagen, Christian. Wir wollten doch keine Geheimnisse voreinander haben! Hab Erbarmen mit dir selbst, komm zu mir und schütte den Inhalt der schweren Wolke über mich – das wäre mein größtes Glück!

August 1934

Mein armer Geliebter! Ich habe doch gar keine Geheimnisse, keine geheimen Gedanken, keine geheimen Träume. Was glaubst du denn? Daß ich hier in deinem Haus sitze, von dir umgeben, ausschließlich für dich existierend, und dann noch Träume und Sehnsüchte hege nach ‹Jemandem oder etwas, den oder das ich nicht bekommen habe›. Ich möchte lachen, tue es aber nicht, ich sehe ja, wie du leidest. Aber, Christian, spürst du denn nicht, wenn du mich abends in deine Arme nimmst und wir in der Dunkelheit liegen und die Bäume rauschen und unsere Herzen klopfen hören und durch das offene Fenster die Sterne sehen – spürst du dann nicht, daß wir ganz und gar eins sind? Ich erzähle dir doch alles, wenn nicht in deinen Armen, dann hier im Tagebuch.

Natürlich wurde ich traurig, als du nicht wolltest, daß Alma und Anders hier bei uns wohnen. Ich wäre nicht ehrlich, wenn ich das nicht zugäbe. Deine Ansichten in diesem Punkt haben mich überrascht, und etwas heikel ist die Sache ja auch. Irgendwie ist das für uns unfaßbar, mußt du wissen. Wo einer von uns einen noch so kleinen Winkel in der Welt gefunden hatte, haben die anderen auch immer Platz gehabt.

Zum Glück kann man in unserer verrückten Familie alles ganz offen sagen. Ich rief Alma an, und sie verstand es sofort. Später merkte ich ja an deiner Reaktion, daß das auch ‹verkehrt› gewesen war, daß ich es nicht ganz offen hätte sagen sollen. Aber, Christian, es gab doch keine andere Möglichkeit! Wenn ich gesagt hätte, daß ich krank bin, wären sie hergekommen, um mich zu pflegen. Wenn ich angedeutet hätte, unsere Wasserleitung müßte repariert werden, wären sie hergekommen, um zu reparieren. Und hier ging es ja um eine Grundsatzerklärung: Dies ist unser Haus, hier darf niemand sonst wohnen!

September 1934

Heute habe ich nicht einmal die Nasenspitze vors Haus gestreckt, und kein Mensch hat seinen Fuß über unsere Schwelle gesetzt. Sind Ihro Oberhoheit jetzt zufrieden? Kann Seine Seele jetzt Frieden finden, kann Ruhe in Sein Herz einkehren? Es hat pausenlos geregnet, und das Telefon hat dagestanden und zu Mädchengeplapper und Geschwisterschwatz verlockt, aber ich habe es stehenlassen.

Weißt du, wie still das Haus dann wird? Die alte Uhr tickt so laut und seufzt jedesmal, bevor sie schlägt. Der Wind klatscht einen feuchten Birkenzweig gegen das Fenster, der Korbstuhl kracht, obwohl du nicht darin sitzt, und unten geht jemand über den Parkettboden, das Holz knarrt, Stoff rauscht –

Wenn man so still dasitzt und auf Geräusche hört, an die man sonst nie denkt, befällt einen manchmal das unangenehme Gefühl, man sei unterwegs in die Welt der toten Dinge hinein. Ich sehne mich ja so danach, daß du mit deinen Privatpatienten anfängst! Nachdem ich drei Stunden lang Wäsche gebügelt, geflickt und in die Schubladen gelegt hatte, wollte ich heute plötzlich Purzelbäume schlagen, auf einem Kissen die Treppe hinunterrutschen, ganz gleich was, um das tote Schweigen ringsum zu durchlöchern.

Weißt du, was ich getan habe? Ich legte mir ein paar Platten auf. Nicht deine schönen Platten – die möchte ich mit dir zusammen anhören – sondern ein paar alte Walzer, die ich früher in meiner Jugend geliebt habe. Und dann begann ich zu tanzen! Du hättest mich sehen sollen. Nach einer Weile begannen die Haarnadeln ebenfalls zu tanzen, ich knöpfte die Bluse auf und schleuderte sie weg, bald darauf folgten die Schuhe, die Strümpfe und der Rock. Christian, schließlich tanzte ich nackt, und endlich konnte ich lachen. Ich lag auf dem Bett und lachte, daß mir die Tränen kamen, und ich fühlte, daß ich lebte. Danach räumte ich in aller Seelenruhe alles wieder auf, holte mit der tugendhaftesten Miene der Welt den Strumpfkorb hervor, stopfte und dachte an dich, an den Abend und an die Nacht!

Oktober 1934

Du hast mich zu einem Familienessen überredet, und ich ließ mich überreden, doch das hätte ich nicht tun sollen! Es nahm ein schlimmes Ende, und so kostspielige Familienessen können wir uns ganz einfach nicht leisten. Ich meine, kostspielig für unseren Seelenfrieden.

Der Vorschlag stammte zwar von dir, aber schon am Morgen warst du ganz schwer, und als du am Nachmittag kamst, hast du mich an eines dieser Gewitter erinnert, die nie ausbrechen, nur still auf der Gegend lasten und aus allem, was atmet, die Luft herauspressen.

Ich erzähle jetzt frei heraus, Christian, genauso wie wir es ausgemacht haben! Ich weiß, daß ich im Laufe des Abends zuviel herumalberte und lachte, doch nur in der Hoffnung, ich könnte deine Einsilbigkeit überspielen. Ich sah deutlich, daß es dir nicht gefiel, aber was hätte ich tun sollen? Hätte ich mich von deiner eisigen Kälte besiegen lassen sollen, damit sie um neun gegangen wären?

Christian, ich wußte bisher nicht, daß zwischen extrovertierten und introvertierten Menschen ein so großer Unterschied besteht, zwischen den Strömenden und den Verschlossenen, wie du es nennst. Ich bin ja offensichtlich zwischen lauter Strömenden aufgewachsen! Aber ich habe nicht vor, mich zu weiteren

Experimenten dieser Art überreden zu lassen. Ich glaube, Herr Doktor, Sie müssen auf Ihre masochistischen Neigungen achtgeben! Auf jeden Fall weigere ich mich, mich in sadistische Verteidigungsstellung zu begeben.

Um meine Familie brauchst du dir keine Sorgen zu machen. Ich habe Anders ein paar Worte gesagt, er hat schon so viel in seinem Leben gehört, daß ihn nichts mehr erstaunen kann. Und als er fragte, ob es hier draußen, so ganz ohne andere Menschen, denn nicht einsam sei, antwortete ich der Wahrheit entsprechend: «Wozu brauche ich andere Menschen, wenn ich Christian habe!»

Oktober 1934

Dumme, dumme E.! Natürlich hätte ich Anders nichts sagen sollen! Und daß ich überhaupt in Wir-Form von anderen reden kann, während du und ich doch «wir» sind! Es ist, als hätte ich gar nichts von dem verstanden, was du mir mit solcher Mühe zu erklären versucht hast.

Vielleicht muß man das Wort Liebe wirklich in andere Worte übersetzen: Zärtlichkeit, Treue, Loyalität, guter Wille. Vor allem guter Wille. Aber vielleicht auch Leiden?

Du hast es mir gesagt, Christian, du hast mich gewarnt. Ich bin mit offenen Augen hineingegangen. Aber du mußt wissen, es waren doch nur die offenen Augen der Elisabet Pettersson, und jetzt habe ich die Augen der Elisabet Dettow, und das ist etwas anderes.

Wir haben heute nacht nicht viel geschlafen. Und dennoch haben wir uns nicht geliebt. Wir lagen nebeneinander ausgestreckt, und ich durfte nicht einmal deine Hand halten. Aber ich gebe dir völlig recht, wenn du behauptest, meine Unbesonnenheit und meine Unwilligkeit, das zu hören, was du eigentlich sagst, seien für die Harmonie unserer Ehe ebenso große Hindernisse wie deine Eifersucht! Nie zuvor habe ich mich so wahrhaft demütig gefühlt wie heute nacht, als ich in der Dunkelheit dalag und dir zuhörte. Deine Stimme war so ‹dünn›, ich weiß wohl, was das bedeutet! Dennoch sprachst du so still und ruhig, und alles, was du sagtest, war so wahr, Christian, so schmerzhaft wahr.

«Für mich», sagtest du, «ist es natürlich, die Fehler und Mängel meiner Liebsten zu schützen. Ich will ihre Gebrechen der Welt nicht vorführen, und wenn die Augen der Welt sich ihrer Blöße zuwenden, möchte ich sie mit meinem Leib bedecken.»

Ja, Christian, ja! Ich sehe meinen Verrat! Dennoch ist es mir nicht möglich, an eine ‹hoffnungslose Wunde› zu glauben. Unsere Körper, die so viel gutmütiger, kräftiger und gesünder sind als wir selbst, sagen etwas ganz anderes.

November 1934

Schließ mich ein, Geliebter, schließ mich ein, steck den Schlüssel in deine Tasche und laß ihn den lieben langen Tag dort liegen. Dein Seelenfrieden ist mir wichtiger als alles andere.

Dezember 1934

In was sind wir eigentlich hineingeraten? Dies ist doch keine Verschmelzung, sondern ein Duell! Ein Duell auf Leben und Tod. Schon bevor wir morgens unsere Kleidung angezogen haben, tragen wir bereits unsere Christian- und Elisabet-Rüstungen. Aber das wollen wir doch gar nicht? In was für einem makabren Tanz sind wir denn da gelandet?

Nimm nur als Beispiel dieses Wörtchen ‹Ärmster›. Für mich ist das ein zärtliches Mitleidswort, und ich benütze es, als würde ich meine Hand ausstrecken und sie zärtlich an deine Wange drücken. Aber für dich hat das Wort eine andere Bedeutung, für dich klingt es verächtlich und erbärmlich. Ich zweifle keinen Augenblick daran, daß du recht hast. In sprachlichen Fragen irre ich mich immer. Du hast mir außerdem erklärt, was das Wort für dich bedeutet, und ich habe deine Erklärung verstanden und von ganzem Herzen beschlossen, es nie mehr zu benützen.

Aber was geschieht? Kaum habe ich die Zähne fest um dieses

Wort ‹Ärmster› zusammengebissen, da liegt es schon in der Luft zwischen uns, es springt mir förmlich gegen meinen Willen aus dem Mund, und du wirfst mir einen dieser Blicke zu, in denen die Welt sich verdunkelt.

Ist da etwa ein Teufel am Werk, der sein Spiel mit uns treibt, oder was ist das? Ich will es nämlich nicht benützen, hörst du, ich will es nicht! An die hundert Male habe ich es von meinen Lippen verbannt, aber du glaubst mir nicht. Und das, Christian, ist das allerschwerste. Wenn wir nur darüber lachen könnten, das Ganze ist ja so verdreht! Aber du glaubst, daß ich es mit Absicht mache, obwohl ich mir lieber die Zunge abschneiden würde, als es auszusprechen.

Dezember 1934

Sieh mich nicht an, sieh mich nicht mit diesen unbeweglichen grauen Augen an. Sprich nicht mit dieser bohrenden, trockenen Stimme. Quäle mich nicht mehr mit diesen entsetzlichen Fragen, auf die ich, wie du weißt, doch nur eine einzige Antwort habe.

Es wäre mir lieber, du würdest mich umbringen, ja, viel lieber!

Dezember 1934

Schon als du gestern abend zur Tür hereinkamst, sah ich, daß etwas geschehen würde. Und ich bin zutiefst dankbar, daß es geschah. Hörst du, Christian, ich bin zutiefst dankbar, daß das Geschwür endlich aufbrach, so daß ich meinen vollen Anteil am Schmerz tragen durfte, anstatt des kleinen Stückchens, das ich so lange getragen habe.

Wie immer wollte ich in deine Arme hineingehen, als du kamst, aber deine Haltung machte jeden Versuch in diese Richtung unmöglich. Meine Kehle verkrampfte sich beim Anblick deines Gesichts, es gelang mir nur mit größter Mühe, herauszupressen, daß das Essen fertig sei. «Gut!» sagtest du, und deine

Stimme klang genauso unnatürlich und gepreßt wie meine. Ich hörte es und litt mit dir, aber gegen das Unerbittliche, das da über unsere Schwelle gekommen war, vermochte ich nichts zu unternehmen.

Schwer wie ein steinerner Riese hast du dich an den Tisch gesetzt, geistesabwesend wie ein Betrunkener hast du gegessen und getrunken, ungeheure Mengen, wie es mir schien, die ich dir gegenübersaß, ohne einen Bissen hinunterzubringen. Mir kam es so vor, als würdest du das Essen einfach verschlingen, und ich wollte dich bremsen, dir sagen, daß du krank wirst, wenn du nicht kaust. Doch selbst wenn ich es hätte sagen können, so hättest du meine Worte nicht gehört. Ich schreibe all dies nieder, weil ich glaube, daß du nicht weißt, was geschah.

Ohne mich anzusehen, bist du vom Tisch aufgestanden und bist ins Schlafzimmer gegangen. Dort bist du anderthalb Stunden lang auf und ab gegangen, dann hast du dich über die Treppe gebeugt und mich gerufen. Ich ging wie im Traum hinauf. Ja, diese ganze Geschichte ist wie ein böser Traum, selbst die blauen Flecken an meinem Hals kommen mir nicht wirklich vor.

Hast du eine Ahnung davon, was du mich gefragt hast? Ich wiederhole es nicht, um dich zu plagen, da du schon mehr als genug gelitten hast, sondern um für uns beide die Zusammenhänge zu klären. Wenn dies eine Krankheit ist, wie du behauptest, dann werden sich die Symptome wiederholen, und dann will ich Bescheid wissen und vergleichen können.

Du hast mich gefragt, wie viele Männer ich geküßt hätte, und das habe ich dir ja schon früher gesagt. Das Küssen ist mir allzu leichtgefallen. Aber du hast dich nicht so einfach abfertigen lassen, du wolltest zu den näheren Umständen eines jeden einzelnen Kusses vordringen. Wir saßen wie in einem unendlichen, hallenden Nebel aus Fragen und Antworten, absurden, unmöglichen Fragen von dir, absurden Antworten von mir. Mein Herz schmerzte vor Liebe (glaube mir das, Christian, ich bitte dich!), aber es war nicht möglich, auch nur eine einzige Bewegung in deine Richtung zu machen. Von dir strömte Leiden aus, mein Liebster, ein schweres, grausames Leiden, und ich preßte mich so fest an meinen Stuhl, daß mir der Rücken schmerzte. Aber eine andere Hilfe, als deine Fragen so ehrlich wie möglich zu beantworten, gab es nicht. So groß war meine Not, die ich um dich empfand, daß ich nur dankbar war, als der erlösende Ausbruch kam.

Du hast mir nicht geglaubt, als ich sagte, außer mit Sven hätte ich nie mit einem anderen geschlafen. Du glaubtest, ich hätte mit allen geschlafen, die ich je geküßt hatte, und mit noch ein paar anderen dazu. Mein Liebster. Sven war es also, der aus der Vergangenheit aufgetaucht war! Und daß ich dir schon einmal alles über diese meine Jugendliebe erzählt hatte, daran hast du dich nicht einmal erinnert. Aber das habe ich getan, Christian, da bin ich mir vollkommen sicher!

Vielleicht hast du ganz einfach nicht verstanden, was ich damals sagte, weil du nicht verstehen wolltest? Weil du den Gedanken gehaßt hast, ein anderer könnte mich ‹besessen› haben? Ich hasse den Gedanken ebenfalls, aber für mich ist es ja trotzdem einfach: ich weiß ja, was diese ‹Liebe› war, ich male mir keine Phantasiebilder aus wie du. Aber du hast mir nicht geglaubt – weder daß ich es dir schon einmal erzählt habe noch daß es ‹mir nichts bedeutet hat›.

Plötzlich erhobst du dich vor mir im Nebel, packtest mich an den Schultern, schütteltest mich. «Sag die Wahrheit!» schriest du. Aber ich konnte nichts sagen, mein Kopf flog hin und her wie ein Ball, und ich spürte deine Finger an meiner Kehle. Ich weiß, daß ich lächelte, Christian, und ich war nicht unglücklich, hatte keine Angst – ich war glücklich, und ich liebte dich. So etwas kann man sich nicht ausdenken – weder das eine noch das andere – wie sollte das möglich sein? Aber *ich weiß, daß ich glücklich war.*

Als ich aufwachte, lag ich auf dem Bett, meine Bluse war aufgeknöpft, etwas Nasses kühlte meine Stirn, und du knietest neben mir und weintest. Das Weinen eines Kindes bringt uns oft zum Lächeln – der Grund ist meistens nicht so groß. Weiblichen Tränen bin ich ein paarmal hilflos gegenübergestanden, die Alten habe ich trösten können – dies war das erste Mal, daß ich das Weinen eines Mannes hörte. Ich weiß noch, daß mich Entsetzen streifte, denn dein Weinen war wie dein Schmerz, wild und schwer. Aber nur einen Augenblick lang. Schon im nächsten Augenblick strömte es durch mich hindurch, daß *du* es warst, der da weinte. Ich richtete mich auf, zog dich an mich – vielleicht kam ich erst in diesem Augenblick als deine Frau zur Welt? Zum erstenmal, würde ich vorsichtshalber sagen. Ich glaube, wir werden noch mehrmals für einander auf die Welt kommen müssen.

Ja, mein Liebster, dies ist das Land von Mann und Frau. Das Land von Freud und Leid. Klein und dünn wie auf einem chinesischen Seidenbild zeichnet sich das Land der Jugend mit seinen schmalen Holzbrücken und luftigen Baumkronen jetzt ab.

Weißt du noch, wie gut unsere Körper anschließend zu uns waren? Sie strengten sich so sehr an, unsere gegenseitigen Missetaten bis in Haut und Knochen hinein zu sühnen. Haben wir uns je so geliebt wie heute nacht?

Silvester 1934

Ich verstehe es nicht, Christian. Doch, ‹das Schwarze› glaube ich jetzt zu verstehen. Es ist in mich eingedrungen wie ein Schmerz, aber auch wie eine Freude: soviel bedeute ich dir also, so lebensnotwendig bin ich und alles, was zu mir gehört, für den Mann, den ich liebe. Und dann dies: ich liege nicht mehr wie eine Danae da und lasse den Goldregen auf mich herabfallen, ich trage das Leid unserer Liebe mit dir gemeinsam, wir gehen nebeneinander her.

‹Das Unnennbare› nennst du das, was in jener Nacht vor ein paar Wochen geschah – aber darf es denn für uns unnennbar sein? Müssen wir nicht darüber reden? Das, was damals geschah, hat mich weder erschreckt noch hat es etwas für mich zerstört. Im Gegenteil! In mir jubelte es fast, endlich war ich in deine Finsternis hineingerissen worden, war ich eins mit dir.

Doch wenn ich dir das zu sagen versuche (es muß doch wichtig für dich sein, das zu wissen, und ich will sichergehen, daß du mir glaubst), verschwindest du in dein Schweigen hinein. Gestern hast du zwei Stunden lang Patience gelegt, und ich saß neben dir und sah zu. Wir dachten beide an dasselbe, brachten aber kein Wort heraus. Christian, du weißt doch so viel – kann das denn richtig sein?

Die Eifersucht ist ja eine Krankheit. Du kannst nichts dafür, daß du sie hast, ich kann ebensowenig dafür, daß ich sie *nicht* habe. Aber in diesen letzten Wochen hatte ich manchmal das Gefühl, in deinem tiefsten Inneren hättest du es eigentlich gern, wenn ich um unserer Liebe willen *auf diesselbe Art krank wäre*. An deiner schwarzen Krankheit erkrankt, an deiner Eifersucht. Erregt und außer mir beim Gedanken an die vielen Krankenschwestern, die vor dir strammstehen. Vielleicht wünschst du dir sogar, daß ich eines Tages einer deiner schönen, aufdringlichen Privatpatientinnen hier daheim die Tür vor der Nase zuschlage. *Weil das zur Liebe gehört!* Aber so kann ich nicht fühlen, Christian. Vielleicht ist das ein Mangel in meiner Liebe – ich beginne es fast zu glauben, aber ich kann es nicht.

Außerdem, Geliebter – das ist doch gar nicht das, was wir mit der Liebe *im Sinn haben*. Und wenn ich so würde wie du – wo würde uns das dann hinführen?

In die Hölle! Aber das will ich.

Christian starrte die spitzen, verblaßten, aber immer noch voll leserlichen Worte unter Elisabets großen ruhigen Buchstaben an. Diese Worte hatte er geschrieben – nicht Viveka Burman. Aber es hätte sie sein können, dachte er und spürte, wie sein Körper unter dieser Demütigung erstarrte.

Es war ihm also gelungen, sie zu vergessen. Er hatte vergessen, daß dies die einzigen Worte waren, die er in ihr erstes Tagebuch geschrieben hatte. Vergessen, daß Elisabet ihn an jenem Silvesterabend zum erstenmal gefragt hatte, ob er sich scheiden lassen wolle.

«Elisabet!» sagte er gequält und gereizt. «Was soll das jetzt? Das sollte vergessen werden, und es war vergessen. Mit Recht, denn wir haben es überwunden und uns versöhnt –»

«Burmans!» erinnerte sie ihn ruhig.

«Das ist nicht gerecht», brummte er. «Ich bin nicht wie Viveka Burman, und das weißt du! Auf jeden Fall müßtest du es wissen – wenn überhaupt jemand, dann du! Glaubst du, daß Viveka einen einzigen Versuch machte, ihren Mann zu verstehen? Glaubst du, sie versuchte ein einziges Mal, ihn vor ihren eigenen lüsternen Forderungen in Schutz zu nehmen? Aber ich tat, was in meiner Macht stand, Elisabet, ich schlug mich tagtäglich mit mir selbst herum, einerseits mit meiner Eifersucht und andererseits mit meiner Unfähigkeit zum unmittelbaren Kontakt. Und ich errang einen Sieg über mich selbst! Hätte ich es sonst gewagt, dich festzuhalten, als du gehen wolltest?»

«Nein, Christian, nein!» Aber sie lächelte nicht, sah ihn nur mit diesem stillen, aufmerksamen Blick an, der ihn so oft aggressiv gemacht hatte.

Er erhob sich heftig von seinem Stuhl, seine Haut prickelte und schwitzte vor Erregung. Als er das Tagebuch an seinen Platz zurückstellte, hinterließen seine Finger feuchte Abdrücke auf dem blanken Einband.

Die Schlafzimmertür schlug hinter ihm zu, und seine Schritte, als er die Treppe hinunterging, waren hart und rasch. Er brauchte etwas frische Nachtluft, dachte er, während er die Hausschuhe ungeduldig gegen Schuhe vertauschte und sich in den Mantel zwängte. Er brauchte die frische Luft, um die momentanen Aggressionen zu verjagen und sein Gleichgewicht wiederherzustellen.

Die Nacht war kühl und klar. Er atmete tief ein und ließ die Haustür hinter sich zugleiten. Die Sterne funkelten kalt, die Mondsichel verströmte ein hartes Licht. Möglicherweise wurde dieser Eindruck zum Teil von seiner Erregung hervorgerufen, aber bestimmt war auch Frost mit im Spiel.

Langsam ging er die Treppe hinunter, auf die Dunkelheit zu. Das Geländer fühlte sich angenehm kühl unter seiner Hand an, das Metall schien seine Haut anzusaugen, doch, bestimmt herrschte Frost. Er begab sich zu den Obstbäumen hinunter, weg vom Licht über der Haustür, und blieb erst stehen, als er den Lichtradius hinter sich gelassen hatte.

Endlich stand er in der Dunkelheit. Aufgefangen. Umschlossen.

Schwacher Rauchgeruch hing noch in der Luft, zog in dünnen Schwaden umher, mal hier, mal dort, dann wieder ganz verschwunden. Es mochte zwischen zwölf und eins sein, die Nachbarschaft schlief schon. Die eifrigen Gartenarbeiter schliefen mit der Nase in der Luft, einen schweren, zufriedenen Schlaf, sie hackten und gruben vielleicht noch im Traum, rechten und harkten und fütterten das prasselnde, lodernde Feuer –

Eine Astgabel jammerte schwach im Wind, ein paar Fetzen Birkenrinde flatterten an einem Baumstamm. In weiter Ferne hämmerte der Zug vorbei, und die Nacht verschönte sogar den schrillen Bahnhofspfiff, verlieh ihm den Klang eines Jagdhorns.

Er schritt vorsichtig durch die Dunkelheit, hörte den Frost unter den Schuhsohlen knistern. Ein Ziel hatte er nicht, aber plötzlich merkte er, daß er zum Bach hinunter unterwegs war. Er wollte ihn sich wohl durch die Seele fließen lassen, ihn kalt und beweglich seine stickigen Erinnerungen durchspülen und die Schlacken wegschwemmen lassen ...

Der Bach hatte nicht von Anfang an zum Grundstück gehört, aber als Elisabet ihn erst entdeckt hatte, hatte es keine andere Wahl gegeben.

Es hatte eines dreijährigen Papierkriegs bedurft, bevor das kleine Fleckchen Erde vom damals angrenzenden Gemeindeland hatte abgetrennt werden können. Elisabet hatte es als Hochzeitsgeschenk zu ihrem vierten Hochzeitstag bekommen.

«Das ist der Höhepunkt an Luxus, Christian, aber genau davon habe ich immer geträumt. In China –»

Sie machte einen ihrer üblichen Gedankensprünge und begann von etwas anderem zu reden. Wenn er sie fragte, warum, antwortete sie, daß sie die Vergangenheit nicht leiden könne, sie liebe nur die Gegenwart, aber hatte er je zu glauben gewagt, daß dies der Wahrheit entsprach?

Plötzlich sah er sie neben dem Bach hocken, barfuß, mit aufgekrempelten Ärmeln, bis zu den Ellenbogen mit Lehm verschmiert, aber freudestrahlend.

«Hier kann man einen Wasserfall bauen, Christian!»

Und er hatte mit Strümpfen und Schuhen auch gleich seine ganze konventionelle Unbeholfenheit weggeworfen, und dann hatten sie stundenlang glücklich wie kleine Kinder gebaut . . .

Er blieb stehen und lauschte. Hier müßte der Bach eigentlich sein, aber er konnte ihn nicht hören. Er zündete ein Streichholz an und sah, daß er ihn direkt vor den Füßen hatte. Doch statt frühlingshaft quirlig und schwellend dahinzuströmen, lag er noch stumm und regungslos unter einer dünnen Frostschicht verborgen. Christian Dettow steckte die Hand ins Wasser. Eis war es nicht. Das Streichholz erlosch sofort wieder. Er preßte die wassergekühlte Hand gegen die Stirn, aus dem zugefrorenen Bachbett schossen die Worte zu ihm herauf:

Wachse über mich, bedecke mich, laß mich hier ruhen, laß mich vergessen –

Er lauschte ihnen. Vielleicht waren das doch irgendwie seine Worte? Doch sie dünkten ihn eher wie ferne Musik, und es interessierte ihn auch nicht, ob es seine Worte waren oder nicht.

Langsam begann er wieder hinaufzugehen. Still und gedankenleer. Erst als er auf den Kiesweg hinaufgekommen war, entdeckte er an der Giebelseite des Hauses einen flackernden Lichtschein knapp über der Erde. War er etwa im Keller gewesen und hatte vergessen, das Licht auszumachen? Oder war die Putzfrau gestern in der Waschküche gewesen? Er beschleunigte seine Schritte, blieb aber stehen, bevor er angelangt war. Auf einmal wußte er, wer das Licht in seinem Keller angemacht hatte. Er verließ den Kiesweg und ging auf dem Rasenrand weiter – eine alberne Vorsichtsmaßnahme, da er wußte, daß sie schlecht hörte. Im Schutz des Lindenstammes vor dem Fenster blickte er in den schwach erhellten Raum hinunter. Ein richtiges Zimmer war nie daraus geworden. Elisabet hatte davon geträumt, es irgendwann einmal als Spielzimmer für die Kinder einzurichten, aber sie hatten ja keine Kinder behalten dürfen. Danach hatten sie es als Lagerraum für das Gartenzubehör benützt. Noch vor ein paar Jahren war der Raum mit Blumentöp-

Elisabet ist überglücklich . . .

... als Christian ihr zum vierten Hochzeitstag einen kleinen Bach schenkt. Es hat vieler Mühe bedurft, ehe er das kleine, ans eigene Grundstück grenzende Stückchen Land von der Gemeinde kaufen konnte. Ein kleines, wertbeständiges Geschenk für seine Frau.

Wertbeständigkeit gibt es auch in anderen Bereichen und damit die Möglichkeit, mit kleinem Aufwand große Freude zu bereiten.

fen, Kästen, Kannen, Schüsseln angefüllt gewesen, und Christian hatte den Gärtner gebeten, ihn auszuräumen.

Jetzt sah er an der einen Längswand ein Bett stehen, und an der anderen hatte sie alte Holzkisten zu einer Art Kommode aufeinandergestapelt. Es war also nicht die erste Nacht, die sie hier verbrachte! Sie hatte sich hier eingerichtet, es sich bequem gemacht – niemand konnte wissen, für wie lange. Die Kommode war mit Deckchen und Vasen versehen, und an die Wand darüber waren ein paar Fotos geheftet – die weißen Papierrahmen leuchteten durch die Dunkelheit. Sie selbst saß mitten im Zimmer auf einem von Elisabets alten Gartenstühlen. Wie üblich mit seitlich herabhängenden Armen und weit ausgestreckten Beinen. Auf einer hochkant gestellten Kiste vor ihr brannten zwei Kerzen.

Warum zwei? überlegte er. Im nächsten Augenblick entdeckte er Elisabets rote Strickjacke. Sie hatte sich die Ärmel um die Taille gebunden, so daß das Rückenteil ihr wie eine große wollene Schürze über Schenkel und Knie hing.

Er fühlte den Haß in sich aufsteigen, hart, ohnmächtig und mit berechtigtem Zorn vermischt. Er blieb in der Dunkelheit stehen und betastete seinen Haß wie ein Geschwür. Im eigentlichen Sinn war es kein Haß, eher eine Art Raserei. Eine Raserei, die nicht nur mit ihr zu tun hatte, sondern auch mit ihm selbst, mit Viveka Burman, mit all den Dingen im Menschen, die unnachgiebig, verstockt und im Ich befangen waren.

Sissi van Dorn ein Viveka-Burman-Mensch? Ein Christian-Dettow-Mensch?

Mit einer gewissen Aggressivität warf er Elisabet diesen Gedankenknochen hin, obwohl er wußte, daß sie es nie so gemeint hatte. Anfangs hatte Elisabet ebenso große Schwierigkeiten mit Sissi gehabt wie er selbst später. In der ersten Zeit war er derjenige gewesen, der Geduld gehabt hatte, der manövriert, verteidigt und erklärt hatte –

Kurz nach dem Krieg war Sissi als Patientin zu ihm ins Krankenhaus gekommen. Sie gehörte zu den Flüchtlingen, die dank der Bernadotte-Hilfe nach Schweden gekommen waren, geborene Schwedin, aber mit einem Deutschen verheiratet.

Hatte Mann und fünf Söhne und sämtliche irdischen Güter im Krieg verloren, hatte außer ihrer schwedischen Staatsangehörigkeit nichts mehr auf der Welt gehabt – keinen Menschen, mit dem sie hätte Kontakt aufnehmen können, nicht einen Stein, um den Kopf daran zu lehnen. Doch das war ihr völlig gleichgültig gewesen.

«Wie kann ich Ihnen helfen, Frau van Dorn?»

«Ich brauche keine Hilfe, Herr Doktor, wenn ich abends nur eine Kerze anzünden darf. Sonst nichts! Ich möchte nur still dasitzen und sie brennen sehen.»

Dies wiederholte sie ständig, in dem sicheren Wissen, daß es kein besseres Mittel gab als diese vermeintliche Hilflosigkeit, um all jene zu Hilfe zu rufen, die das Helfen nicht lassen konnten! Doch das wußte er damals nicht. Den Unterlagen nach war sie drei Tage lang in Berlin unter einem zerbombten Haus verschüttet gewesen, die einzige Überlebende. Eintönig, gleichgültig, mit abgewandtem Blick erzählte sie, wie sie in der mörtelknirschenden Dunkelheit über den Toten, den immer zahlreicheren Toten hin und her gekrochen sei. Die Leichen seien ihre Wegzeichen und ihr Schutz vor neuen Einstürzen gewesen. Sie habe sie wie Sandsäcke um sich aufgebaut, sich eine kleine Zufluchtshöhle aus totem Fleisch gebaut, drei Tage lang alleine, bevor die Rettungsmannschaft sie fand . . .

Erschüttert hatte er ihr zugehört, damals hatte er noch nichts von ihrer Mythomanie gewußt. Jetzt wußte er, daß vermutlich nicht einmal das der Wahrheit entsprach. Sie konnte nie etwas so darstellen, wie es war, mußte immer alles vergrößern und dramatisieren. Das, was ihr geschah, durfte nicht unbedeutend oder alltäglich sein – es mußte um jeden Preis schrecklicher oder wundervoller sein als das, was anderen zugestoßen war. Und auch ihn hatte sie dahin gebracht, wohin sie ihn haben wollte: er hatte sie bedauert und versucht, ihr zu helfen. Aber sie brauchte sein Mitleid und seine Hilfe lediglich um der Befriedigung willen, nein sagen zu können.

«Woran denken Sie, wenn Sie vor Ihren Kerzen sitzen, Frau van Dorn?»

«An alle meine Toten, Herr Doktor. An meinen Geliebten, meinen Mann, meine fünf Söhne, mich selbst.

«Aber sie leben ja doch, Frau van Dorn, nicht wahr?»

«Ich bin gestorben, als ich siebzehn war, Herr Doktor.»

Die Bemerkung hallte immer noch in ihm, und der Haßklumpen wuchs unter seinen Fingern. Dies war ihre ständige Verteidigung, die Entschuldigung, die ihr alles gestattete: daß der Junge, den sie geliebt hatte, als Siebzehnjähriger direkt vor ihren Augen überfahren und getötet worden war. Das hatte sie dem Dasein nie verziehen, und als Rache hatte sie sich in eine Erinnerungsnische aus unerreichbarem Unglück eingemauert, hatte sich geweigert, daraus herauszutreten, obwohl das Leben ihr viele Anlässe dazu gegeben hatte; sie hatte sich krampfhaft an ihren düsteren Egozentrismus geklammert, den sie – davon war er überzeugt – ununterbrochen gegen ihre Umgebung eingesetzt hatte. In ihren eigenen Augen war sie selbstverständlich die ewig Benachteiligte, die vor allen anderen der Hilfe bedurfte. Indem sie sich als «eine der Geringsten vor dem Herrn» bezeichnete, hängte sie sich schwer wie ein Mühlstein um den erstbesten Hals, der sich ihr bot . . .

Am Morgen des Entlassungstages hatte sie immer noch nicht gewußt, wo sie hin sollte, hatte nur die Schultern gezuckt und an ihm vorbeigestarrt – mit Augen, die dunkel und unbeweglich gewesen waren wie der Bach vorhin und ebenfalls von einem dünnen, eisähnlichen Film überzogen. Er hatte sie schließlich mit zu sich nach Hause genommen, obwohl ihn die Kollegen gewarnt hatten und gegen Elisabets Widerstand. Hatte er geglaubt, er könne die Vereisung in ihr zum Schmelzen bringen? Oder war es die Kältewunde in ihrer Brust gewesen, vor der er seinen Pfahl hatte entblößen wollen? Er wußte es nicht, wußte nur, daß er sie an jenem Tag, als sie vor seiner Tür gestanden hatte, geliebt hatte – so geliebt, wie es ihm zuweilen vergönnt gewesen war zu lieben, und auf die einzige Art, die ihm möglich gewesen war: im Wollen und Handeln.

»Ich knie immer nieder, wenn ich über die Schwelle eines neuen Zuhauses trete, Herr Doktor.»

Der schwere Leib bewegte sich so viel geschmeidiger als erwartet. Sie sank auf beide Knie nieder, die dunklen, gewölbten Augenlider senkten sich, doch ihr Nacken blieb ungebeugt. Wie ein Priester vor dem Altar hob sie die Hände in einer großen Geste, ihre Lippen bewegten sich lautlos. Links und rechts von ihr standen zwei prall gefüllte Pappkartons, von zahlreichen Schnüren umwickelt: das war ihre ganze Habe.

Elisabets Augen hatten die seinen gesucht, erstarrt und eindeutig mißbilligend. Sie hatte ein feineres Gespür als er für das, was falsch war und was echt. Er einnerte sich, daß er den Finger an die Lippen gelegt hatte, zum Zeichen, daß die Kniende in Ruhe gelassen werden solle.

Christian Dettows Finger drehten und zwirbelten die Fäden in der durchlöcherten Manteltasche. Das Mitleid sprengte kleine dünne Kanäle durch den dunklen Haß – und Ohnmachtsklumpen in seinem Inneren. Er hatte damals geglaubt, eine seelische Zerrissenheit voller Verzweiflung und Sehnsucht nach Versöhnung zu ahnen. Aber Sissi van Dorn hatte nach und nach so viel Gefühllosigkeit und einen so großen Mangel an Gemeinschaftswillen offenbart, daß sein ganzer Glauben dahingeschwunden war. Er kannte keinen Menschen, dem er so sehr zu helfen versucht hatte, und keinen, der seine Güte so mißbraucht hatte wie sie . . .

«Es ist schwerer zu nehmen als zu geben, Christian.«

Seine Finger rissen ein paar Fäden ab und ließen sie in die Dunkelheit fallen. Das waren Elisabets Worte gewesen, nachdem unglückliche Umstände die beiden Frauen zusammengetrieben hatten und Sissi in Elisabets mildem Wesen Schutz gesucht hatte. Einen besseren Boden für ihren Egozentrismus hätte sie kaum finden können. Immer wieder hatte Elisabet sich für Sissi eingesetzt, wenn ihm die Geduld gerissen war, bestimmt hatte sie auch hinter seinem Rücken vieles wieder ‹eingerenkt›.

Er starrte die beiden Kerzen auf der Apfelsinenkiste an und wußte plötzlich, warum es zwei waren, warum nicht nur eine brannte wie bisher immer: jetzt stellte sie nicht nur für ihre verstorbenen Jugendliebe eine Kerze auf – Nils Henrik war sein Name gewesen –, sondern auch für Elisabet. Er löste seine Hände vom Lindenstamm, sie rochen nach Rinde und nasser Erde. Langsam begann er zur Haustür hinaufzugehen. Er hatte Arbeit, die auf ihn wartete, und Sissi van Dorn war ihm jetzt zuviel. Sie mußte warten.

«Fräulein Bring», sagte Christian Dettow. «Der Fall 263 ist eine Anomalie, er hat nämlich zwei Hauptpersonen. Es handelt sich, wie ich schon gesagt habe, um einen Fall von psychischer Ansteckung, um eine sogenannte folie à deux. Das, was ich jetzt diktieren werde, betrifft somit nicht Viveka Burman, sondern ihren Mann. Obwohl die Angaben knapp sind, setzen wir eine eigene Biographie für ihn auf. Aber zuerst eine rote Notiz, die ich jetzt unmittelbar diktieren werde. Danach auf einem neuen Blatt Sune Burmans Lebenslauf. Daran anschließend in üblicher Folge die Aufzeichnung meines Gespräches mit ihm vom 14. April und den Brief von Frau Annika Persson.»

Fortsetzung des Falles 263

Da das Schicksal der Patientin Viveka Burman mit dem ihres Mannes auf seltsame Weise verwoben zu sein schien, sah ich mich genötigt, auch den Lebenslauf des Ehemannes eingehender zu berücksichtigen als sonst üblich. Der Verdacht auf eine folie à deux hatte sich inzwischen beim Unterzeichneten schon eingestellt, konnte in diesem Stadium aber dennoch nicht bekräftigt werden. (Anm. Dr. D.)

Biographie

Sune Burman, 34 Jahre, Lehrer. Geboren 1927. Unehelich. Die Mutter Schneiderin. Eltern nicht miteinander verwandt. Als Kind gesund, abgesehen von einer commotio cerebri im Alter von sieben Jahren beim Spiel an einem sogenannten Rundlauf. Wurde bei dieser Gelegenheit kurz bewußtlos, kam aber nicht ins Krankenhaus.

Normale Entwicklung, vierjährige Volksschule, Realschule, Abitur. Wehrdienstverweigerer aus Gewissensgründen. Nicht abgeschlossenes Sprach- und Theologiestudium in Uppsala. Seit 1952 mit Viveka Burman verheiratet (siehe Krankenblatt der Betreffenden).

Seit der Eheschließung ist der Mann seiner Frau nach den Stellenwechseln der letzteren von Ort zu Ort gefolgt. Wenn er an der Schule, an der seine Frau unterrichtete, keine Anstellung als Aushilfslehrer bekommen konnte, hat er Nachhilfeunterricht gegeben.

Gespräch mit Oberarzt Dr. Dettow am 14. April 1960 (aufgeschr. v. Dr. Franzén)

Der Mann kommt mit zögernden Schritten und im leicht schlafwandlerischer Haltung ins Zimmer. Er ist von schmächtiger Statur, mit weichen, feingeschnittenen Zügen. Ein angespannter, lauschender Gesichtsausdruck unterstreicht sein vogelähnliches Profil. Er bewegt sich langsam, anfangs macht er einen sehr verschlossenen Eindruck.

Nachdem der Oberarzt ihm vom Zustand seiner Frau berichtet und mitgeteilt hat, daß gute Aussichten für ihre Gesundheit zu bestehen scheinen, taut er jedoch auf, wird offener und beantwortet alle Fragen offen und klug, wenn auch ziemlich einsilbig. Er sitzt allerdings sehr angespannt auf der äußersten Stuhlkante und reagiert heftig auf jedes nebensächliche Geräusch.

Auf die Frage des Oberarztes hin bestätigt er, daß seine Frau und er immer zurückgezogen und für sich gelebt haben. Mit den Verwandten der Frau haben sie keinen Kontakt gehabt, abgesehen von der Schwägerin, der Schwester der Frau (Frau Annika Persson, Svarvareg. 19, Norrköping), die das Ehepaar ein paarmal besuchte. Die Besuche lösten meistens eine unangenehme Stimmung aus. B.s Mutter ist seit vielen Jahren tot, und Freunde hat das Ehepaar offensichtlich nicht.

Auf die Frage hin, ob er diese Isolierung nicht als unnatürlich empfunden habe, antwortet B., daß Mann und Frau ja der Schrift entsprechend Vater und Mutter verlassen sollen, um miteinander zu leben. Auf die direkte Frage, ob seine Frau diese Isolierung bestimmt habe, antwortet B., daß sie beide dieses Leben vorgezogen hätten. Das Ehepaar hat offensichtlich keinerlei Bedürfnis nach dem Umgang mit anderen Menschen gehabt. Einladungen von Kollegen wurden abgelehnt, Annäherungen von Nachbarn und andere Versuche, sie zur Geselligkeit zu bewegen, ebenso.

Nach der Religion gefragt, sagte B., er und seine Frau hätten ein paar Jahre der Sekte Jehovas Zeugen angehört, die sie inzwischen aber verlassen hätten. Anfangs hätten sie sich dort recht wohl gefühlt, und vor allem die Lehre, daß der Gläubige nicht Bürger irgendeines irdischen Gemeinwesens, sondern nur des himmlischen Reiches sei, habe ihnen eingeleuchtet. Als sie später einen tieferen Einblick in die Arbeitsmethoden und Ansichten der Sekte erhalten hätten, seien sie zu dem Entschluß gekommen, sie zu verlassen. Jetzt gehörten sie keiner Glaubensgemeinschaft an. Vor ein paar Jahren seien sie gemeinsam aus der schwedischen Staatskirche ausgetreten.

Als Dr. Dettow fragt, ob dies bedeute, daß sie die Religion ganz aufgegeben hätten, schüttelt B. ernst den Kopf. Antwortet, daß sie täglich das Wort Gottes läsen und auch den «großen Swedenborg» studierten und außerdem täglich ihre Andacht verrichteten; daß sie es als ihr besonderes Los empfänden, dies in der Abgeschiedenheit, fern von anderen Menschen, zu tun. Er leugnet, daß dies der spezielle Wille seiner Frau sei: darin seien sie sich beide einig.

Nach einigem Befragen gibt B. allerdings zu, daß seine Frau *eine innere Mahnung verspüre, die Bibel zu lesen und zu deuten.* Verneint jedoch bestimmt und mit Empörung die Frage nach Stimmen: *Gott sei ein Geist, dessen Stimme in der Stille des Herzens erlebt werde.* Verneint ebenso alle Anspielungen auf Stimmen im Radio oder in den Zeitungen. Auf die Frage, warum sich seine Frau bei der Einlieferung davor gefürchtet habe, daß Gift im Essen sein könnte, antwortet B., daß sie zu diesem Zeitpunkt

Schwierigkeiten mit den Nerven gehabt habe. Außerdem habe sie in der Schule eine Lebensmittelvergiftung erlitten. *(Durch Gespräch mit dem Rektor belegt. Anm. Dr. D.)*.

Nach den häufigen Umzügen kreuz und quer durchs ganze Land befragt, antwortet B., auch darin seien er und seine Frau sich einig gewesen. Sie seien beide «Aufbruchsmenschen», und da sie keine Kinder hätten, seien sie der Ansicht gewesen, ihrem eigenen Willen folgen zu können, d. h. einen Ort dann verlassen zu können, wenn sie sich dort nicht mehr wohl gefühlt hätten, um sich eine neue Bleibe zu suchen. Die Frage, ob seine Frau auch wegen der Umzüge und ähnlicher Dinge Befehlte Gottes erhalten habe, beantwortet B. mit dem Eingeständnis, daß die Umzüge *nach den Anweisungen Gottes geschehen* seien, daß er und seine Frau aber zugleich von äußeren Umständen abhängig gewesen seien, wie zum Beispiel von Anstellungsmöglichkeiten und Schulen für seine Frau.

Die Einlieferung betreffend, weist B. wie bei seinem ersten Besuch erneut darauf hin (vergl. Krankenblatt der Ehefrau), daß der Hausmeister die Situation falsch verstanden habe. Er (Burman) habe nur um Hilfe beim Öffnen der Tür gebeten, die zufällig zugeschnappt sei, seine Frau sei bei dieser Gelegenheit etwas erschrocken und habe sich vermutlich etwas eigenartig benommen. Sie sei jedoch nicht behandlungsbedürftig.

Zusammenfassung: Ein vierunddreißigjähriger Lehrer mit ordentlichen intellektuellen Kapazitäten. Mäßig dysphorisch, aber keine Anzeichen einer echten Depression. Keine nachgewiesenen Sinnes- oder Verstandestäuschungen. Verneint Suizidgedanken. Von der Ehefrau religiös beeinflußt. Während des Gesprächs kam jedoch nichts zutage, was den Gedanken an eine ausgesprochen krankhafte Bindung zwischen den Eheleuten stützen könnte.

Brief vom 17. April 1960 von Frau Annika Persson an Oberarzt Dr. Dettow.

Sehr geehrter Herr Dr. Dettow!
Als allererstes möchte ich mich für die grenzenlose Verständnisbereitschaft bedanken, die Sie meiner Schwester Viveka dadurch gezeigt haben, daß Sie auf diese Art mit mir Kontakt aufgenommen haben. Auch meine greisen Eltern bitten inständig darum, Ihnen, Herr Doktor, durch mich für Ihre große Güte danken zu dürfen, die Sie Viveka entgegenbringen.

Wie Sie sicher verstehen werden, ist es für uns immer schwierig gewesen zu wissen, wie wir Viveka am besten helfen sollten. Häufig waren wir außerordentlich beunruhigt. Das Gefühl von Verantwortung und Pflicht hat schwer auf uns gelastet, und ich bin überzeugt, daß ein so erfahrener Arzt wie Sie, Herr Dr. Dettow, das nagende Gefühl von Ohnmacht und Unruhe gut verstehen wird.

Mir hat die arme Vivi immer so grenzenlos leid getan, und trotz aller Mißverständnisse und Schwierigkeiten, die im Laufe der Jahre aufgetreten sind, hege ich meinerseits noch dasselbe warme Verständnis für sie wie immer. Die Konfliktsituationen sind, wie gesagt, allerdings sehr zahlreich gewesen. Als Kind war meine Schwester schrecklich neidisch auf mich, obwohl es den normalen psychologischen Gesetzen nach (jenen, die auch wir Laien verstehen können) eigentlich genau andersherum hätte sein müssen, da ich die Älteste war, und es ist ja meistens so, daß das älteste von zwei Geschwistern das andere als Eindringling in seine kleine Welt empfindet. Aber so war es nicht bei uns. Mutter hat oft davon gesprochen, wie sehr ich mich über die Geburt meiner kleinen Schwester freute, und ich glaube, Mutter würde, falls erforderlich, freudig bezeugen, wie sehr ich die ganzen Jahre hindurch bemüht gewesen bin, Vivi zu helfen.

Ich muß allerdings zugeben, daß Vivi heftige Gefühle besaß und ein ungeheuer starkes Bedürfnis danach, sich stets im Zentrum der allgemeinen Aufmerksamkeit zu befinden. Alles mußte sich immer ausschließlich um sie drehen. Mutter sprach schon in unserer Jugend viel mit mir darüber, daß ich Vivis empfindliches Gemüt verstehen müsse. Ich gab mir redliche Mühe (jetzt, so viele Jahre danach, gestehe ich mir das Recht zu, das auszusprechen), aber ich muß auch zugeben, daß ich mitunter versagte. Ich bin davon überzeugt, daß Sie schon manche unangenehme Episode aus unserer Kindheit aufgetischt bekommen haben, in denen ich im Bewußtsein meiner Schwester bestimmt die Rolle des Bösewichts spielte.

An eine Geisteskrankheit glaube ich allerdings nicht, meine Eltern teilen meine Auffassung. In unserer Familie gibt es und gab es nie die geringsten Anzeichen von schlechten Nerven oder Geisteskrankheiten, und wir alle, die wir mit Vivi zu tun gehabt haben, sind davon überzeugt, daß sie nicht psychisch krank ist, sondern nur auf unglückliche Weise ich-fixiert (so lautet wohl der Fachausdruck?) oder was man normalerweise schlicht als verwöhnt bezeichnen würde. All die Jahre hindurch war das ihre Art: egozentrisch verwöhnt, aber nicht krank. Soweit uns bekannt ist, hat sie nie eine übereilte Handlung begangen.

In unserer ganzen Kindheit (Sie wünschten ja, daß ich mich dazu äußere) hat Vivi immer sofort geschmollt, wenn ihr irgend etwas zuwiderlief. Dann schwieg sie, weigerte sich, an den Tisch zu kommen, ja sogar zu essen – so wie verwöhnte Kinder es schon zu allen Zeiten gehalten haben. Während der Pubertät traten natürlich einige ‹hysterische› Züge auf, sie drohte damit auszureißen, verweigerte das Essen und war allgemein bockig, aber ich glaube, daß meine Eltern diesem Verhalten sehr klug begegneten. Sie ignorierten es einfach! Vivi konnte weinen und schreien und sich aufführen, wie sie wollte, meine Eltern unterhielten sich weiterhin ruhig und freundlich miteinander und nahmen keine Notiz von ihr. Selbstverständlich war dies für meine Eltern ungemein aufreibend, aber mit Liebe und Geduld ging es dann doch. Und nach ein paar Tagen pflegte Vivi dann auch jedesmal anzukommen und sich für ihr Verhalten zu entschuldigen. In unserer Familie wurden nie irgendwelche Strafen angewandt, was zu jener Zeit wohl ziemlich ungewöhnlich war. Unsere Familie war auch immer tief religiös, mein Vater war vierzig Jahre lang Kirchenältester der St. Staffansgemeinde.

Als Sune Burman in Vivis Leben trat, geschah eine große Veränderung mit ihr. Mein Schwager ist ja ein außergewöhnlich feiner und gebildeter Mensch, der in keiner Beziehung die gesellschaftliche Position erhalten hat, die seiner Begabung zustünde. Ich würde sagen, daß er Vivi sein Leben geopfert hat. Anfangs übte dies auch eine sehr positive Wirkung auf sie aus: sie wurde fröhlich und umgänglich. Doch schon bald lief alles wieder im alten Fahrwasser, und ich habe meinen Schwager mehrmals aufrichtig bedauert.

In letzter Zeit haben wir uns sehr selten gesehen, da Vivi nicht in der Lage gewesen ist, sich damit abzufinden, daß ich Kinder habe und sie nicht. Man könnte natürlich behaupten, daß sie und Sune ein eigenartiges Leben führen, aber für jeden, der Vivi kennt, ist es in keiner Weise seltsam. Sie will regieren, und sie hat einen Mann bekommen, der sich regieren läßt. Aber eine Krankheit ist das nicht, das ist nichts als ein Egoismus, mit dem wahrscheinlich kein Arzt auf der Welt fertig werden kann. Aber sie leben ja ganz für sich, stören keinen Menschen, kommen ihren sozialen Verpflichtungen nach, versorgen sich, so gut sie es können, und gewiß ist es am besten, wenn sie dies auch weiterhin tun dürfen.

Ja, sehr geehrter Herr Dr. Dettow, jetzt habe ich ziemlich viel über Dinge geredet, die wohl eigentlich eher neben den Fragen liegen, die ich Ihnen beantworten sollte. Meine aufrichtige Meinung kann in wenigen Worten ausgedrückt werden: *Meine Schwester bedarf keiner psychiatrischen Krankenhausbehandlung.* Aber ich möchte Ihnen noch einmal versichern, wie unendlich dankbar Vivis Angehörige Ihnen für die Sorge und Mühe sind, die Ihnen dadurch entstanden sind, daß Sie in der jetzigen Situation auch mit uns Kontakt aufgenommen haben. Wir verstehen ja nur zu gut, wie viele und wie vieles auf Ihre Zeit und Aufmerksamkeit pochen! Die eigenen persönlichen Kümmernisse müssen in diesem großen Zusammenhang ziemlich klein erscheinen. Aber ich möchte mich dafür bedanken, daß Sie sich auch das wenige, was ich zu sagen hatte, anhören wollten.

Mit vorzüglicher Hochachtung
Annika Persson

Mit einem Seufzer legte Christian Dettow die Epistel der redegewandten Schwester auf den Stapel mit erledigtem Material. Als Glied der objektiven Anamnese bestätigte der Brief sein eigenes Bild von Viveka Burmans Elternhaus, aber die darin enthaltene Gefühlskälte machte ihn beklommen.

«Rot, Fräulein Bring», sagte er, folgte mit dem Blick dem verzweigten Deckenriß, der von der Balkonecke bis zur Lampe ging, und diktierte langsam.: *Die beigefügten Briefe wurden von Sune Burman während des Krankenhausaufenthaltes seiner Frau geschrieben und ihr während seiner anfänglichen Besuche im Krankenhaus übergeben. Sie wurden jedoch von Viveka Burman nie geöffnet, daher konnte ihr Inhalt auch nicht zur Kenntnis des Unterzeichneten gelangen. Sie wurden allerdings in ungeöffnetem Zustand unter den nachgelassenen Papieren gefunden, die dem Unterzeichneten zur Verfügung gestellt wurden. Da sie für das Gesamtbild des Falles von großem Interesse sind, werden sie hier wiedergegeben. Der Inhalt vermittelt das klare Bild einer folie à deux und liefert außerdem einen Einblick in die Ereignisse, die in der Folge zu dem unglücklichen Ende führten. (Anm. Dr. Dettow.)*

Briefe von Sune Burman an Viveka Burman

Den 27. Februar a. D. 1960

Viveka, meine Viveka!
Ich weiß wohl, was Du jetzt denkst. Daß ich ein Verräter bin, ein Denunziant. Daß ich Dich betrogen habe. Judas hast Du mich genannt, du wolltest mir zum Abschied nicht einmal die Hand geben. Aber das stimmt nicht, Viveka, bei allem was uns heilig ist, beim Dom von Uppsala und der Liebe Christi.

Ich bekam solche Angst, als Du mir nicht öffnen wolltest. Ich glaubte, der Feind hätte Dir so zugesetzt, daß Du nicht mehr hättest standhalten können. Darum, einzig und allein darum, ging ich zum Hausmeister, um einen Schlüssel zu leihen. Und da erhielt ich klare Beweise dafür, *daß alles so war, wie Du es vermutet hattest.* Ja, bestimmt ist er derjenige, von dem alles hier im Haus ausging. Er leugnete, daß er einen Schlüssel zu unserer Wohnung habe.

«Aber dort hängt er doch», sagte ich und zeigte auf sein Schlüsselbrett, an dem ich ganz deutlich einen Schlüssel unter unserem Namen hängen sah.

«Der ist untauglich», antwortete er mit seinem typischen sarkastischen Lachen und warf den Schlüssel in eine Schublade.

«Dann brauche ich keine Hilfe», versicherte ich. Aber er nahm nichtsdestotrotz den Dietrich und rannte mir voraus die Treppe hinauf. Gleichzeitig kamen mehrere andere Mieter aus ihren Wohnungen und drängten sich vor unserer Tür: Frau D. und ihre Tochter, Herr P., das Ehepaar W-r und der geheimnisvolle Untermieter von Herrn S., der bisher so sehr darauf bedacht war, sich nicht zu zeigen. Das alles war natürlich schon im voraus vereinbart gewesen.

Ich verbot dem Hausmeister, die Tür mit dem Dietrich aufzubrechen. Ich verbot ihm, die Polizei anzurufen. Ich bat die anderen, nicht vor unserer Tür herumzustehen, wo sie nichts zu suchen hätten. Ich sprach mit einer Autorität und Bestimmtheit, die mir sonst nicht zur Verfügung stehen, Viveka. Aber sie grinsten nur über meine Worte und gehorchten mir nicht. sowohl der Arzt als auch die Polizei waren sicher schon im voraus bestellt worden, sonst wären sie nicht so schnell gekommen. Frau B. aus dem Nachbarhaus mußte letzte Woche ja über eine Stunde auf den Krankenwagen warten. Aber zu uns kamen sie in weniger als fünf Minuten. Sie benahmen sich auch ganz wie bezahlte Handlanger und hörten weder auf Verbote noch Warnungen. In dem Augenblick, als die Polizisten die Tür aufbrachen, sah ich ein abscheuliches, befriedigtes Lächeln auf dem Gesicht von Herrn S.s Untermieter. Gleichzeitig hörte ich auch den Hausmeister zum drittenmal lachen. Aber sie waren sehr listig, und als sie merkten, daß ich sie beobachtete, bat die Polizei sie, sich zu entfernen. Bestimmt, um keinen weiteren Verdacht bei mir zu erregen!

«Vom Türgriff gehen Stromschläge aus», warnte ich den Arzt.

«Oh, nein», erwiderte er mit einem Grinsen und faßte den Griff mit bloßer Hand an. Der Strom war verschwunden, Viveka, ich habe es selbst nachgeprüft! Seither ist er weggeblieben, und alle die anderen Störungen sind auch nicht mehr da.

Trotz meiner inständigen Bitte durfte ich heute nacht nicht im Krankenhaus bleiben, aber aus der Umgebung konnten sie mich nicht vertreiben. Draußen war es kalt und klar. Als es dunkel wurde, begannen die Wahrnehmungen sich bemerkbar zu machen. Ich stand an der Wand, die ich für die Deine hielt.

«Komm!» flüsterte ich, aber Du kamst nicht. Nur die Wand antwortete: Judas, Judas!

Ich betete unablässig zu Gott, der die Welt als Abbild des Himmels geschaffen hat, aber Er antwortete nicht. Aber die Abwesenheit Gottes haben wir ja schon früher erlebt, Viveka, und jetzt müssen wir stark sein.

Sage nichts, Geliebte! Nichts! Wenn Du ihnen von den Verfolgungen und dem Übel erzählst, unter denen wir leiden, halten sie Dich für krank, und dann darfst Du vielleicht nie nach Hause kommen. Laß Dich nicht provozieren, ganz gleich, was sie versuchen. Denk daran, daß ein jeder einen Feind mit sich trägt, selbst wenn sein Leben noch so untadelig wirkt. Ich fühle, daß mir Kräfte erwachsen, mir, der ich sonst so schwach bin. Halte den Blick daher nach oben gerichtet und vertraue dem Höchsten, Ihm, der Quelle des Lebens.

Dein im Dom zu Uppsala und in alle Ewigkeit!

Den 2. März, a. D. 1960

Meine Viveka!
Auch heute wolltest Du mich nicht zu Dir lassen. Ich blieb die ganze Besuchszeit sitzen und noch ziemlich lange danach und

betete dabei zu Gott, daß Du Dich ändern mögest, doch das geschah nicht. Du wolltest nicht einmal meine Blumen haben. Du hast sie auf den Boden geworfen. Ich stand direkt vor der Tür und konnte daher nicht umhin, es zu hören. Zuerst wurde ich sehr traurig, aber jetzt in der Einsamkeit und bei näherer Überlegung verstehe ich immer mehr.

Ja, Du hast ja recht, Viveka! Wenn ich daran denke, wie Du im Dom von Uppsala Deine Hand ausgestreckt und mich berührt hast. Im Tal des Todes. Ich wollte nicht. Ich sträubte mich. Aber Du hast mich Stück für Stück aufgebrochen. Bist für mich Wirklichkeit geworden. Du hattest Geduld wie die Sonne, warst mild wie der Mond. Mein erbärmliches, armseliges, mißratenes Leben nahmst Du in Deine Hände, nahmst mich so, wie ich es mir seit dem Mutterleib erträumt hatte. Du hieltest mich fest, so wie ich es seit der Verzweiflung der Geburt ersehnt hatte. Damals hast Du nicht gezweifelt! Du hast nicht gezittert und hattest keine Angst. Niemals hast Du gezweifelt.

Ich denke daran, wie Du wohl gehandelt hättest, wenn unsere Rollen an jenem entsetzlichen Freitag, als sie Dich holten, vertauscht gewesen wären. *Du hättest es nie gestattet.* Aber Du bist mutig, und ich bin feige. Meine ewige Feigheit ist es, die zwischen uns steht. Daher habe ich auch kein Recht, Dir Blumen zu bringen. Aber Du hast das Recht, meine Blumen auf den Boden zu werfen. Das volle Recht!

Sie trugen Dein Lunchtablett hinaus, während ich draußen saß und wartete. Ich sah, daß es unberührt war. Ich esse ebenfalls nicht, Viveka. Nicht wegen des Giftes, sondern um so wie Du zu sein.

Ja, ich habe Dir zutiefst Unrecht zugefügt, als ich zweifelte und zum Hausmeister hinunterging. Aber um Christi Blut willen, Viveka, ich gehöre nicht zu den Feinden. Laß Dir das nicht einreden! Denn dann werde ich ebenfalls krank. Während ich da auf der Station sitze und warte, ist in mir ein solches Verlangen danach, zu weinen und zu schreien, aber was würde dann aus uns werden? Dann hätte der Feind auf der ganzen Linie gesiegt, und wir dürften uns vielleicht nie mehr wiedersehen. Daher müssen wir ausharren und uns durchkämpfen!

Dein, immer Dein, in alle Ewigkeit im Dom zu Uppsala.

P. S. Jeden Tag, kurz bevor Du nach Hause zu kommen pflegst, höre ich Deine Schritte auf der Straße, höre ich Dich die Haustür aufstoßen, höre ich Dich die Treppe hinaufgehen. Wenn Du den Schlüssel ins Schloß steckst, räusperst Du Dich auf eine ganze bestimmte Art, und das höre ich auch, und dann stehe ich auf, um Dir entgegenzugehen. Einen Augenblick lang, einen einzigen, bin ich sehr glücklich. Um den Augenblick zu verlängern, lege ich die Hände vors Gesicht und stelle mir vor, daß Du vor mir stehst und mich ansiehst. Danach muß ich meine Hände ja auseinanderziehen und ins Leere blicken. Dann gehe ich zum Sofa hinüber, knie nieder und bete so, wie wir gemeinsam zu Gott zu beten pflegten: *Komm zu mir, zeige dich mir, gib mir ein Zeichen.* Aber ich weiß nicht mehr, ob ich zu Gott oder zu Dir bete.

Den 7. März a. D. 1960

Meine Geliebte!
Heute ist der zehnte Tag unseres Leidens, und Du willst immer noch nicht zu mir kommen oder mich zu Dir kommen lassen.

Ich glaubte den Schwestern nicht, als sie nein sagten. Ich hatte die ganze Nacht gebetet und mich nicht eine einzige Minute lang auf der Matratze ausgestreckt. Daher war ich überzeugt, daß Du mich hereinlassen würdest. Ich fragte drei verschiedene Schwestern, um wirklich sicherzugehen.

Erbarme dich! betete ich, während ihre Absätze durch den langen Flur davonklapperten. *Wende mir dein Angesicht zu und verwirf mich nicht.* Aber sie kamen alle mit gesetzestreu raschelnden Röcken und heuchlerischen Reden zurück: Du hättest eine schwere Nacht gehabt! Du hättest keine Kraft! Der Arzt hätte es nicht erlaubt!

Jetzt sitze ich in demselben Café, in dem wir damals saßen, als wir beschlossen hatten, im Krankenhaus nach einer Zuflucht zu fragen. Weißt du noch? Die Tische mit den rotweißkarierten Plastiktischdecken, deren Karos sich überschnitten, dünne Segmente voneinander abschnitten, als würden sie sich von hinten und von vorn auffressen, und die Vorhänge ebenfalls rot-weiß kariert, und die staubigen Topfpflanzen, die alle dahinsiechten, und die Musikbox und die Tische mit den verschrammten Platten und den Doppelringen nach den Gläsern, immer halbe und Dreiviertel-, Siebenachtel- und Neunzehntel-Ringe, kein einziger ganzer Ring –

Aber es war ein glücklicher Tag! Wir saßen da und träumten, daß es im Krankenhaus einen geschützten Platz für uns geben könnte, einen Platz, wo wir ungestört schlafen und mit Menschen sprechen könnten, die Verständnis für uns hätten!

Aber das ist ein erneuter Irrtum, Viveka. Die Welt will an keinem Ort das Spiegelbild des himmlischen Reiches sein. Du hast recht. Einen solchen Ort gibt es nicht. Jetzt weiß ich es auch. Männer und Frauen sind nicht einmal auf derselben Station untergebracht. Überall Widerstände.

Ich sitze am selben Tisch, an dem wir damals saßen, sitze auf Deinem Platz. Ich friere. Ich bin so lange durch den Park gewandert, und es ist wieder kalt geworden. Um hier sitzen zu dürfen, mußte ich Tee bestellen, aber ich werde ihn nicht trinken. Der lauwarme Dampf aus der Tasse kitzelt meine Wange, und ich weine wie so oft in letzter Zeit.

Heute hörte ich jemanden auf der Station schreien. Der Schrei kam nicht aus Deiner Richtung. Solange ich dort saß, war ich fest davon überzeugt, daß die Stimme nicht von Dir stammte. Es war kein Schrei, sondern ein großes, entsetzliches, trockenes Gebrüll. Aber jetzt bin ich nicht mehr sicher. Deine Augen starren mich so abwesend an. Sie haben ihre hohe unbarmherzige Form, und Dein rechtes Auge klagt mich an.

«Das war nicht ich!» rufe ich laut, und die Blechmenschen hinter mir lachen, allerdings wird ihr Gelächter dumpf von dem vielen Gebäck, das sie in sich hineinstopfen. Aber das Mädchen hinter der Theke sieht erschrocken aus. Ich selbst habe auch Angst, Viveka. Meine Stimme klang wie ein Gebrüll, aber ich darf doch nicht ebenfalls krank werden. Dann ist es aus mit uns.

Männer und Frauen sind nicht einmal im selben Haus untergebracht, Viveka.

Eine Fliege liegt auf dem Rücken auf einem roten Karo und zappelt mit den Beinen. Ich weiß, daß man sie dort hingeworfen hat, um mich zu quälen. Woher sollte eine Fliege im März sonst schon kommen? Sie ist schon halb tot, kann nur noch zwei Hinterbeine in verzweifelten, kurzen, krampfhaften Stößen bewegen. Ich lege die Hand vor die Augen, um sie nicht sehen zu müssen, aber die Feinde verlegen das Bild ins Innere meiner Hand und vergrößern es so sehr, daß ich ihre Qual ganz deutlich sehe. Ihre Augen flehen mich um Erbarmen an.

Da nehme ich sie mit dem Löffel und werfe sie in den heißen Tee. Ihr Tod muß augenblicklich eintreten. Ich schließe die Augen und warte, daß mich ihr dankbar segnender Hauch aus einer der vielen Wohnungen des Herrn erreicht, doch statt dessen sehe ich Dein Gesicht vor mir, so wie es war, als sie die Tür aufbrachen und Du Dich von mir abwandtest. Und ich sehe, daß ich für eine Fliege getan habe, was ich nicht für Dich tun wollte, obwohl du darum flehtest und batest.

«Nein, nein», rufe ich und schiebe die Teetasse so heftig beiseite, daß das Wasser überschwappt und damit auch die Fliege davonschwimmt. Jetzt bewegt sie sämtliche Beine. Das Wasser ist nicht heiß genug, die Wärme hat nur noch heftigere Schmerzen in ihr geweckt. Und ich habe ein weiteres Mal einen meiner vielen Fehler begangen.

Einer der Blechmänner kommt zu mir her. «Sie sind ja betrunken», sagt er. «Gehen Sie lieber nach Hause und schlafen Sie dort Ihren Rausch aus!»

Ja, betrunken bin ich wohl, aber nicht so, wie er glaubt. Betrunken vor Qual und Entsetzen bin ich. Was soll ich tun, um das zu sühnen, was ich verbrochen habe? Ohne Dich und unsere Liebe ist mein Wille unbeweglich festgefahren, bin ich völlig beschlußunfähig.

Du darfst Dich nicht von mir abwenden, Viveka, das wird unser Tod, und zwar nicht der Tod, von dem ich jetzt gern träumen würde, sondern ein Tod bei lebendigem Leibe, ganz ohne Sinn. Erbarme Dich doch und laß mich zu Dir kommen. Hauche Deine Vergebung über mich wie früher. Ich gehöre nicht zu den Feinden, Viveka, ich gehöre zu Dir, in alle Ewigkeit im Dom zu Uppsala.

Den 19. März a. D. 1960

Meine Viveka!
Heute war ich endlich in der Schule, um Deine Sachen zu holen. Schon zweimal habe ich den Versuch dazu gemacht, aber jedesmal hat der Mut mich im Stich gelassen. Dennoch habe ich ja gewußt, daß Du dies von mir verlangst. Aber ich wußte auch, daß Du mich mit meiner blauen Brille in der Schule sehen wolltest, und das war der Grund, warum mich der Mut verließ. Ein solcher Hasenfuß bin ich nun einmal, Deiner Liebe nicht würdig.

Ich begrüßte niemanden, sondern begab mich geradewegs zum Zeichensaal. Meine Hände waren eiskalt, aber sie verrichteten dennoch ihren Dienst. Der Saal war leer, ich nahm Deine Sachen und schrieb dann mit Kreide an die Wandtafel: Amor omnia vincit.

In den Gängen und im Lehrerzimmer hielten sich viele Menschen auf. Aber ich sah sie nicht an, merkte nur, daß sie mir auswichen, als wäre ich etwas Unmenschliches, das nicht in diese Welt gehört. Es war ein seltsames Erlebnis, Du hast es mir oft beschrieben, jetzt gehört es auch zu mir. Immer mehr von dem, was Dein ist, wird jetzt mein, Viveka. Bald wird kein Abstand mehr sein und kein Schmerz.

Als ich nach Hause kam, war ich so müde, als hätte ich zehn Stunden lang unterrichtet. Ich nahm die Kissen und Deine Decke und legte mich in die Garderobe. Im Traum wurde ich wieder in den Zeichensaal zurückversetzt. Die Schulglocke läutete, die Pultdeckel klapperten, die Fenster flogen auf, wichtige Papiere flatterten davon, und die Kinder wollten nicht in die Pause hinausgehen. Sie zeigten mit den Fingern auf meine Brille.

«Er ist ein Scharlatan», schrien sie, «ein Scharlatan!»

Ich rannte hinter ihnen her, schweißüberströmt, ein paar entwischten mir immer wieder. Schließlich hatte ich sie jedoch alle hinausbefördert. Todmüde lehnte ich mich an die Tür, um hinter ihnen abzuschließen. Da raschelte es hinter mir, ich hörte es grunzen und kichern. Als ich mich umdrehte, saßen sie alle miteinander da und hatten puterrote Gesichter vor unterdrücktem Gelächter. Ich langte nach der Wasserkaraffe, um etwas zu trinken. Da wurde das Wasser trübe. Durch die offenen Fenster drang plötzlich ein fürchterlicher Gestank herein, und sämtliche Schüler begannen mich anzuspucken. Ich wachte auf und die Spucke troff mir übers Gesicht, doch da warst Du es, die spuckte, Viveka.

«Judas!» schriest Du, und Dein Gesicht war verzerrt wie am letzten Tag zu Hause, Du wolltest mich nicht ansehen, mir nicht Deine Hand geben.

Vergebens zeigte ich auf meine Brille und auf die Sachen, die ich geholt hatte. Dein Gesicht wurde nicht milder.

Was verlangst Du denn dann von mir? Sag es, und ich werde es tun! Glaube nur nicht, daß ich es nicht wagen werde. Mit jedem Tag löst sich jetzt ein weiteres Stück der alten Welt von mir. Ich bin darüber erstaunt, daß noch so viel übrig war. Und wenn ich zurückdenke, erschrecke ich beim Gedanken, wie ich an Dir gehandelt habe. Warum wollte ich nicht zur Polizei gehen, als Du es wolltest? Warum wollte ich Dir nicht glauben, als Du mir von den Verhältnissen im Haus erzähltest? Ich begreife es nicht! Aber jetzt bin ich zu Dir unterwegs, Geliebte. Wenn Du nur Geduld hast. Täglich bin ich jetzt zu Dir unterwegs. Aber noch habe ich eine lange Strecke zurückzulegen. Heute habe ich nicht einmal erwartet, daß Du mich hereinläßt. Ich befinde mich erst am Anfang meiner Wanderung zu Dir. Aber ich weiß, daß Du mich am Ende des Weges erwartest. Bald kannst Du von mir verlangen, was Du willst, und ich werde es tun. Du hast das Recht dazu, ich habe die Schuldigkeit, um des Domes zu Uppsala und unserer Liebe willen.

Den 2. April a. D. 1960

Viveka, Viveka!
Ich lebe jetzt in großer Furcht, aber ich fühlte, daß die Furcht einen Sinn hat. Jeder Zustand unseres Lebens hängt ja von der Liebe ab. Die Liebe ist das Feuer unseres Lebens. Aber mitunter müssen wir von diesem Feuer verbrannt werden, um Frucht zu tragen.

Als Der Herr vor Bethanien Hunger hatte, verfluchte er den Feigenbaum, der keine Frucht trug. Und er warf den Tisch der Wechsler und die Verkaufsstände der Taubenhändler um, weil sie seinen heiligen Tempel verunreinigt hatten.

Genauso reinigst Du mich jetzt mit Furcht und Zorn. Du schickst Deinen Atem über die Welt, und die Welt verblaßt und schrumpft. Wenn ich die Hand nach dem wenigen ausstrecke, das in der Welt mir gehörte, berühre ich lauter tote Dinge. Und mit demselben grausamen Wohlbehagen, mit dem das Kind über den toten Körper seiner Mutter auf die jenseits liegende Freiheit zukriecht, mit derselben grausamen Wollust werde ich mich dereinst voll und ganz in Deine Richtung ausstrecken. Wenn alles um mich her tot ist und die Furcht mich weich gewalzt hat, dann endlich werde ich die Tat erreichen, die Dir *Für Ewig* eine entsetzliche, vollkommene Gleichheit beweisen wird.

Gestern im Bus sprach mich eine Dame an. Sie hatte ein sehr strenges und ernstes Gesicht und richtete ihren Blick direkt auf meine blaue Brille.

«Glauben Sie, daß man sich durch Falschheit freikaufen kann?« fragte sie.

Ich verstummte, konnte nicht einmal mit einem Zeichen antworten. So muß es einem ja ergehen, wenn die eigene wirkliche Schuld plötzlich offenbar wird, Viveka.

«Es kommt auf einen Beweis an», fuhr sie fort. «Die Liebe verlangt eine vollkommene Vereinigung.»

«Ich weiß!» brachte ich heraus.

Da stand sie auf, obwohl sie nicht aussteigen mußte. Sie setzte sich nur auf einen Platz weiter vorne im Bus.

Die Schwestern sind jetzt viel zu freundlich. Ihre Lügen sind zu grob. Seit ich begonnen habe, die Brille zu tragen, lächle ich sie nicht mehr an. Und ich verbeuge mich auch nicht mehr. Dein Strudel zieht mich an. Bald weiß ich mit ganzer Gewißheit, was ich tun muß.

Heute habe ich dem Rektor geschrieben und jegliche Verbindung mit ihm abgebrochen. Er wollte mir Schüler schicken, aber ich habe dankend abgelehnt. Dies sind ja die üblichen Lappalien, die man den Wölfen zuwirft, bevor sie den Schlitten einholen, um noch einen kurzen Aufschub zu gewinnen.

Anno Domini 1960

Meine Viveka!
Ich weiß die Zeit nicht mehr, weiß nicht mehr, ob Tag oder Nacht. Ich glaube, ich habe ein Weilchen geschlafen, bin aber nicht sicher. Die letzten Tage bin ich so leicht geworden, das ist wohl das letzte Aufbäumen der Furcht, so fühlt es sich an. Wenn es endlich soweit ist, werde ich ganz ruhig sein, ja, ich werde lächeln. Meine Hand wird nicht zittern.

Weißt Du, was das eigentliche Geheimnis der Sprache ist? Daß sie nur für das auserwählte Ohr benützt wird! An sich ist sie nichts, aber für das eingeweihte Herz ist sie ein Zeichen. Wer Ohren hat, der höre! Hör zu, Geliebte.

Wir träumten einmal davon, Hilfe zu suchen. Wir glaubten, das Krankenhaus, in dem Du jetzt bist, könne uns eine Zuflucht bieten. Einen Platz, wo wir schlafen könnten, und wo es einen Menschen gäbe, der uns verstünde. Welch ein Glück, während wir das träumten, welch eine Leichtigkeit im Körper, welch ein heller Himmel!

Es sind nur die Träume, die zählen, Geliebte. Im Traum waren wir stets glücklich. Als wir von Hälsingborg nach Göteborg wanderten und im Wasser wateten, um alle Spuren hinter uns zu tilgen. Oder als wir glaubten, die Wälder Smålands könnten das für uns tun, was das Wasser nicht vermocht hatte. Oder die erste Zeit bei den Gläubigen in Husqvarna. Aber weder das Wasser noch der Wald noch die Ausgesandten des Herrn vermochten uns länger als kurze Zeit Frieden zu schenken. Dennoch setzten wir unsere Träume fort. Wir träumten, daß der Löwe Heu fressen würde wie der Ochse! Daß der Panther neben dem Zicklein liegen würde! Daß der Wolf mit dem Lamm weiden würde! Liebste, siehst Du, was wir träumten? Ja, Du siehst es, aber ich sah es nicht. Aber jetzt sehe ich es auch.

Die Welt sollte ja das Abbild des Himmels sein, und wir sollten die Abbilder Gottes sein. Aber die Feinde der Liebe waren zahlreich. Mit List und Betrug und falschen Propheten stellten sie alles auf den Kopf, so daß jetzt dort, wo der Himmel sein sollte, die Hölle herrscht. Daher grinsen uns ringsum Tod und Bosheit entgegen. Doch Einer lebt, das wissen wir. Und da wir von Ihm und in Ihm leben, werden auch wir leben. Der Tod ist das Tor zum Himmelreich, wo die Liebe der Liebenden vollkommen wird. Unsere Körper sind ja nichts als Schreine, deren Deckel bereits halb geöffnet sind. Ja, Geliebte, so ist es, und ich stimme in allem mit Dir überein. Jetzt ist es bald soweit, wir nähern uns einander ununterbrochen, nur meine Tat trennt uns noch vom Ziel.

Die Furcht ist groß, aber ich weiß, daß das nur für kurze Zeit sein wird. Sie tun ihr möglichstes, um mich von meiner Tat abzubringen. Meine Wahrnehmungen sagen mir, daß sie Dich zur Entgiftung in eine zum Ersticken kleine Zelle eingesperrt haben. Aber ich komme, Viveka, ich bin bereit.

Den 28. April a. D. 1960

Geliebte!
Es ist vollbracht. Das letzte Glied in der Kette der Teile ist zerrissen, wir haben gesiegt!

Die Furcht, die meiner Tat vorausging, war entsetzlich. Der Feind setzte mir aus allen Richtungen zu. Aber ich ging unbeirrt meinen Weg, fest entschlossen, nicht zu weichen. Ich holte Deinen Spiegel und einen Deiner Pinsel heraus, einen Pinsel mit einem besonders dünnen spitzen Schaft. Ich legte die Brille neben mich auf den Tisch, um den Schaden hinterher verbergen zu können. Als ich mich an den Tisch setzte, wurde es im ganzen Haus völlig still, und plötzlich spürte ich, daß Du zu mir gekommen warst. Du standest neben meinem Stuhl und hattest mir die Hände auf die Schultern gelegt.

«Viveka!» sagte ich und hob den Spiegel auf. Meine Hand zitterte nicht mehr, als ich nach dem Pinsel griff. Lächelnd und mit ganz sicherer Hand führte ich den Pinselschaft in mein rechtes Auge hinein. Der Schmerz war nicht sehr groß, das Auge war ganz weich, und Seligkeit strömte in mich herein und spülte den Schmerz weg. Kaum hatte ich das getan, da brach der Lärm im ganzen Haus wieder aus, doch das berührte mich nicht.

Wenn ich bedenken, was für Umwege ich gegangen bin, um zu dieser Tat zu gelangen, die unsere vollkommene Gemeinschaft herstellt! Wie einfach jetzt alles ist! Aber wir müssen unerhört vorsichtig sein! Heute morgen war die Garderobe wieder voll Qualm, und der Strom ist wieder zurückgekommen. Ich mußte sowohl Gummischuhe als auch Handschuhe anziehen, um hinauszukommen.

Aber jetzt komme ich zu Dir. In alle Ewigkeit!

«Elisabet», sagte Christian Dettow, «du siehst doch, daß dies ein Zerrbild ist? Oder willst du das hier Liebe nennen? Sie hat ihn bis auf die Haut gerupft, ihm alles geraubt, was ihm gehörte. Für jedes Verlangen, das er befriedigte, wuchs gleich ein neues, größeres nach. Bis er nur noch zwei gesunde Augen und sein Leben übrig hatte. Da streckte sie auch danach ihre Hand aus, drängte ihn mit ihrem Schweigen, lenkte ihn mit ihrer Weigerung, ihn zu empfangen. Zäh, unbeugsam, triumphierend. Bis er sich den Pinsel ins Auge stach, um ‹eine vollkommene Gemeinschaft› mit ihr zu erreichen, mit ihr, die mit keinem Menschen außer mit sich selbst eine Gemeinschaft einging.

«Ja, ich weiß schon», sagte er etwas ruhiger, «sie war krank, aber ich spreche ja nicht von ihrer Krankheit, sondern von ihrer sogenannten Liebe. Von dem Zerrbild der Liebe, das sie in solchem Triumph vor sich hertrug. Du weißt, daß ich dieses

Zerrbild hasse. Ich habe es mein Leben lang gehaßt, bei mir selbst und auch bei anderen.»

Er vergrub das Gesicht in den Händen und saß eine Zeitlang schweigend da.

«Elisabet», sagte er bittend. «Ich meine ja nicht, daß Sune Burman nicht ‹die Liebe gehabt hätte›, wie du es nennst. Der arme Kerl war wohl strenggenommen die reinste Personifikation deines Korintherbriefes. Aber gerade das ist ja der Grund, warum es mich so plagt, daß ich ihn nicht vor ihr retten konnte. Eine allzu lüsterne Hand, Elisabet, und ein allzu magerer Nacken. Und er konnte nicht nein sagen. Aber die Liebe bedeutet Ebenbürtigkeit, und Gegenseitigkeit heißt nicht Unterwerfung.»

«Er starb glücklich», sagte Elisabet. «Von ihr getrennt, hätte er ewig unglücklich gelebt. Deine Reden sind nichts als Theorie, Christian, edle, schöne, ethisch richtige Theorie, aber so kann man nur reden, bevor die Liebe ins Spiel kommt. Dann kommt die Praxis!»

«Fräulein Bring», sagte Christian Dettow heftig. «Wir fahren direkt mit der Krankengeschichte der Viveka Burman fort. Neues Blatt natürlich!»

Fortsetzung der Krankengeschichte Viveka Burman.

25. April 1960

Seit ein paar Tagen wirkt die Patientin ruhig und klar. Sagt, sie fühle sich besser, sorgt selbst für ihre persönliche Hygiene. Schlaf und Appetit gut. Sitzt jedoch meistens für sich alleine.

28. April 1960

Die Patientin still und ruhig, sehr schweigsam. Antwortet jedoch bereitwillig, wenn sie von Mitpatienten angesprochen wird. Wirkt auch interessierter und wacher als bisher. Liest mehrere Stunden täglich in der Bibel.

Gespräch mit Oberarzt Dr. Dettow am 29. April 1960 (aufgeschr. v. Dr. Franzén)

Die Patientin ist still und schweigsam, behauptet aber, einen großen Unterschied gegenüber früher zu empfinden. Erinnert sich daran, daß sie sich zu Anfang ihres Krankenhausaufenthaltes sehr bedrückt gefühlt und daß sie Halluzinationen gehabt und Stimmen gehört habe. Erinnert sich auch, daß sie sich sehr vor Vergiftungen gefürchtet und Kollegen und Eltern ihrer Schüler im Verdacht gehabt habe, sie zu beobachten. Sieht ein, daß sie psychisch krank gewesen ist, ist jetzt jedoch der Ansicht, daß alle kranken Gedanken verschwunden seien. Die Müdigkeit habe auch nachgelassen.

Die Patientin schweigt eine Zeitlang, dann sagt sie plötzlich: «Die Märchen, die ich schrieb, waren auch vergiftet!» Auf die entsprechende Frage hin gibt sie gleichwohl zu, daß es für sie gut gewesen sei, die Märchen geschrieben zu haben. *So habe sie das Gift aus dem Körper gebracht.*

Die Patientin gibt auch zu, daß sie und ihr Mann sich sehr stark isoliert hätten. Das habe daran gelegen, daß sie den Abstand zu den anderen Menschen oft als sehr groß empfunden hätten und nur schwer mit ihnen ins Gespräch gekommen seien. Diese Gefühle habe sie jetzt jedoch nicht mehr. Sie bittet darum, daß ihr Mann sie besuchen dürfe.

30. April 1960

Besuch des Ehemannes. Den ganzen Morgen eifrig damit beschäftigt, sich hübsch zu machen. Stand an der Tür und wartete auf ihn, warf sich ihm begeistert um den Hals, als er kam. Saß die ganze Zeit mit um seinen Hals geschlungenen Armen da, flüsterte und redete pausenlos auf ihn ein.

3. Mai 1960

Die Patientin wirkt jetzt völlig klar. Hat heute vor sich hingesungen, als sie ihr Bett machte. Ihr Mann besucht sie an sämtlichen Besuchtstagen, und die Patientin ist jedesmal gleich entzückt. Legt ihm den Arm um die Taille oder um die Schultern, zieht mit ihm in ihr Zimmer davon und hockt dann die ganze Zeit neben ihm auf dem Bett, die Arme um seinen Hals gelegt. Sobald jemand ins Zimmer kommt, hören sie allerdings auf zu reden.

5. Mai 1960

Heute Besuch der Schwester aus Norrköping. Die Patientin weigerte sich trotz der entsprechenden Aufforderung, sie zu sehen. Behauptete, nichts mit ihr zu tun zu haben, wollte auch Obst oder Blumen nicht annehmen, die die Schwester mitgebracht hatte. Die Schwester verlangte daraufhin, mit dem Oberarzt oder dem Stationsarzt sprechen zu dürfen, doch da der Besuch ohne Voranmeldung und abends stattfand, war dies nicht möglich. Sie bat dann, einen Gruß ausrichten zu lassen; dem Verstand der Patientin habe nie etwas gefehlt, es seien nur äußere Umstände gewesen, die ihn durcheinandergebracht hätten.

Gespräch mit Oberarzt Dr. Dettow am 7. Mai 1960
(aufgeschr. v. Dr. Franzén)

Die Patientin kommt lächelnd auf den Oberarzt zu, sie wirkt offen und entgegenkommend, fröhlich und freundlich. Behauptet, sich noch nie so gut gefühlt zu haben, seit sie ins Krankenhaus gekommen sei. Zeigt auch eine relativ gute Krankheitseinsicht, beschreibt die Stimmen und ihre Krankheit mit auffallender Offenheit.

«Wenn man krank ist, bildet man sich vieles ein. Man glaubt, daß andere Menschen Funkkontakt mit dem eigenen Gehirn aufnehmen können. Aber während man krank ist, sagt man nichts darüber, sondern verheimlicht das alles. Es gibt kaum jemanden, an den man dann glaubt. Ich glaubte ja, daß mein Mann mich vergiften wollte. Das war so eine Sache, die ich mir eingebildet hatte. Aber jetzt ist all das vorbei. Die Stimmen wurden immer schwächer und verschwanden dann ganz.»

Die Patientin bittet eindringlich darum, nach Hause zu dürfen. Sagt, sie fühle, daß sie ganz gesund werden würde, wenn sie nur nach Hause kommen dürfe.

Ihr Mann hat ebenfalls darum gebeten, daß die Patientin nach Hause zurückkehren dürfe.

Versuchsweise nach Hause entlassen.

Mit einem wohlberechneten Ruck zog Christian Dettow die Tür zum Keller auf. Diese Tür war schon immer besonders stur gewesen, sie hatte schlecht in den Rahmen gepaßt und immer wieder gequietscht, obwohl sie die Türangeln eifrig geölt hatten. Schließlich hatte Elisabet die Tür Heulsuse getauft und sie quietschen lassen. Sonst hate Elisabet jedoch eine geradezu lustbetonte Geduld mit widerspenstigen Dingen gehabt. Wenn sie sich entgleister Reißverschlüsse, störrischer Dosendeckel oder nicht funktionierender Konservenöffner annahm, begann sie mit schöner Regelmäßigkeit zu summen – als liebe sie diese Dinge gerade ihres Unvermögens wegen.

Er lächelte und streckte die Hand nach dem Lichtschalter aus, drückte auf den altmodischen weißen Knopf, aber ohne Ergebnis, drückte dann ein weiteres Mal mit ungeduldiger Heftigkeit. Er wollte, daß die Dinge funktionierten, er verbrauchte seine ganze Geduld bei seiner Arbeit und hatte keine mehr für die Dinge übrig. Aber die Kellertreppe blieb im Dunkeln. Unentschlossen starrte er hinunter.

Die Glühbirne konnte natürlich kaputt sein, doch diese freundliche Hypothese verwarf er mit einem Seufzer. Mit müder Gewißheit erfaßte er, wie es sich verhielt. Sissi van Dorn verabscheute elektrisches Licht. Herausgeschraubte Glühbirnen waren stets das erste Anzeichen einer beginnenden Depression gewesen. Oder sie hatte die Reste eines alten Spitzenschals oder eines ausrangierten schwarzen Seidenstrumpfes um die Lampe gewunden, das heißt an den wenigen Stellen, wo sie noch keinen ihrer zahlreichen Lampenschirme hatte anbringen können. Das Haus war während ihrer Zeit buchstäblich von Lampenschirmen überschwemmt worden – schaukelnde, bauchige Ungeheuer aus Seide, mit Tüll überzogen und mit schwellenden Schleifen verziert, und auf den Bändern noch Rosen, Amoretten und Papageien mit langen Schwänzen, die über den Lampenrand hinunterwippten. Unfähig zu begreifen, daß so etwas in der realen Welt existierte, hatte er sie angestarrt. Aber Elisabet hatte sich darüber amüsiert!

«Ausgerechnet du, die keine ‹Sachen› mag!» hatte er geknurrt.

«Das hier sind alles andere als ‹Sachen›, Christian! Ich möchte nicht wissen, was Sissi zu dieser Bezeichnung ihrer Kreationen sagen würde!»

«Das ist mir scheißegal!»

«Armer Christian!» Sie lachte gutmütig, nachsichtig, mitleidig. «Dir ist niemand und nichts scheißegal. Manche sind übrigens recht hübsch, daß du's nur weißt, und schließlich brauchen ja nicht alle genau so vom klaren Licht der Wahrheit begeistert zu sein wie du!»

Die Erinnerung schmerzte. Es war eine schwierige Zeit gewesen. Elisabet war nach der schweren Entbindung und dem Verlust des Kindes körperlich und seelisch völlig erschöpft und ausgelaugt gewesen, und er selbst von der drängenden Einsicht erfüllt, daß er sie auf eine neue Art erreichen mußte, wenn ihre Ehe nicht zerbrechen sollte. Es war nicht leicht gewesen, sie zu erreichen: abgewandt, rebellisch und voller neuer Ansichten, die ganz gewiß nicht von ihr selbst stammten, sondern viel eher aus dem tiefen, schwarzen Fundus der Sissi van Dorn.

Erbittert griff er nach dem Treppengeländer und ging vorsichtig die steile Treppe hinunter. Er hatte nicht vor, sich wegen Sissi van Dorn die Beine zu brechen, aber er konnte sie nicht gut dort unten sitzen lassen, ohne etwas über ihren Zustand zu wissen. Am Nachmittag hatte sie ja recht verwirrt gewirkt. Es war jetzt beinahe zwei Uhr, aber um eins war noch viel von den Kerzen übrig gewesen, und Sissi ging nie zu Bett, bevor die Kerzen nicht heruntergebrannt waren . . .

Ein unwilliges Gefühl stieg in ihm auf und hinterließ einen bitteren Geschmack auf der Zunge. Am liebsten hätte er die Tür aufgerissen und gebrüllt: «Zum Teufel mit dir, du alte Vettel!» Aber so war er eben nicht. Seufzend spürte er den Zementboden unter den Sohlen und tastete sich mit ausgestreckten Händen durch die Dunkelheit.

Beim Heizkessel blieb er stehen, zündete ein Streichholz an und hielt es zum Wärmeregulator hoch. Sein Verdacht bestätigte sich: sie hatte die Heizung bis auf vier hinaufgedreht. Den ganzen Abend hatte er ein stickiges, eingeschlossenes Gefühl gehabt, er hatte geschwitzt, und es war ihm übel gewesen. Mit grimmiger Miene zog er den Hebel auf zwei herunter und tastete sich dann weiter. Hier unten roch es wie immer dumpf nach rohem Mörtel, aber durch die vertraute feuchte Luft zog sich ein süßlicher Schwanden, der immer dichter wurde, je mehr er sich der graugestrichenen Tür an der linken Wand der Waschküche näherte. Sissi van Dorn genierte sich nicht. Sie «brauchte nichts», aber sie verbrannte ihren Weihrauch, ihre Zigaretten und ihre Kerzen, wo immer sie sich aufhielt.

Er holte tief Luft, um sich den Unwillen aus dem Leib zu atmen, drückte die Türklinke hinunter und trat über die Schwelle. Sissi saß regungslos da, sie wandte nicht einmal den Kopf, nur die Kerzenflamme neigte sich im Luftzug. Aber sie wußte, daß er gekommen war. Die leichte Pendelbewegung der Hände über den Knien hatter abrupt in einem unnatürlichen Winkel angehalten. Ihr Kopf war steif auf dem langen Hals vorgeschoben, die grauen Hausschuhe zeigten zur Decke. Hinter ihr schwankte ihr Schatten mit dem Flackern der Flammen. Er schloß die Tür und trat so weit vor, daß er ihr ins Gesicht blicken konnte.

«Guten Abend, Sissi.»

Sie antwortete nicht, aber der friedlich sanfte Klang seiner Stimme bewirkte eine leichte Entspannung ihres Körpers. Vorsichtig sah er sich nach etwas um, auf dem er sitzen könnte. Das einzige, was er fand, war ein alter, schiefer Lederpuff mit aufgeplatzten Nähten, den zog er hervor und stellte ihn ihr direkt gegenüber. Sie hatte sich immer noch nicht bewegt, atmete nur mit leichtem Zischen aus und ein.

Er saß da und sah sie an und wußte nicht, wie er anfangen sollte. Es war Nacht, und er hatte einen langen Arbeitstag hinter sich. Er war müde und hatte genug von den Menschen und sich selbst. Ohne zu wissen, warum, streckte er seine Hand plötzlich nach ihrem einen Fuß aus, streifte den grauen Filzpantoffel ab und saß dann mit ihrem bloßen Fuß in den Händen da. Sie starrte ihn mit aufgerissenen Augen an, aber er lächelte ihr beruhigend zu. Da sank sie in den Stuhl zurück, schüttelte den zweiten Hausschuh ab und überließ ihm auch den anderen Fuß. Ihre Füße waren warm und erstaunlich weich, die langen Zehen gerade und unverbogen, die kleinen kurzgeschnittenen Nägel gesund wie bei einem Kind.

«Du hast sie dir bewahren können?»

Sie nickte kurz, konnte aber ihre Zufriedenheit über seine Beobachtung nicht verhehlen. Ihre Füße waren ihr Stolz und das einzige, was von ihrer ehemaligen Schönheit übriggeblieben war. Aus irgendeinem Grund waren sie nicht so schnell wie der übrige Körper gealtert, die Haut war immer noch weich, fast samtig; es fiel ihm wieder ein, daß sie ihnen eine fast kultische Pflege widmete.

«Als Kind lief ich barfuß. Oder in Holzschuhen. Später bestellte ich alle Schuhe bei einem Maßschuhmacher in Frankfurt. 100 Mark das Paar, schon damals. Und jetzt trage ich Filzpantoffeln.»

Die heisere Stimme war unverändert, die leiernde Gleichgültigkeit des Tonfalls, das graue Mahlen der Worte. Es war, als hätte sie das Haus nie verlassen.

«Aber dein Mann hat gern dafür bezahlt?» Die Säuerlichkeit dieser Frage stach ihm auf der Zunge, aber sie merkte es nicht, sondern warf den Kopf in den Nacken.

«Wäre ja noch schöner!»

«Er hat dich geliebt?» Er sagte er langsam und prüfend, wurde aber von der Süße der Worte überrascht. Sie lagen so gut auf der Zunge, er konnte es nicht lassen, sie zu wiederholen.

«Er hat dich geliebt, Sissi!» Einen Augenblick lang sah er Sune Burmans Gesicht vor sich: dünn und ausgemergelt, die große Brille auf der schmalen Nase, das in sich gekehrte, fast unmerkliche Lächeln.

Ihr Mund verzog sich verächtlich.

«Er hat meine siebzehn Jahre und meine weiße Haut geliebt. Jeden Abend riß er mich auf wie ein Wahnsinniger, um nachzusehen, ob nicht irgendwo in meinem Inneren noch ein Funken Leben war.»

«Aber du hast dich geweigert, hast dich ihm nicht preisgegeben?»

Sie gab ein lautes Schnauben von sich.

«Er nahm sich, was er haben wollte.»

«Und dein Herz, Sissi?»

Sie warf ihm einen raschen mißtrauischen Blick zu.

«Ich war doch tot, Herr Doktor.»

«Du bist ihm schließlich aus freiem Willen gefolgt», sagte er müde. «Du hattest versprochen, Freud und Leid mit ihm zu teilen.»

Sie zuckte die Schultern. «Ich konnte kaum ein Wort Deutsch, schnatterte es wie ein Papagei.»

«Aber was eine Trauung bedeutet, das wußtest du doch? Dumm warst du nicht, Sissi, und was man daheim in Målilla vor dem Pfarrer zu geloben pflegte, das wußtest du bestimmt. Solche Dinge pflegen siebzehnjährige Mädchen sehr gut zu behalten.»

Die Füße in seinen Händen erstarrten. Sie beugte sich zu ihm vor, während ihre Hände die Armlehnen des Stuhl umklammerten.

«Sie wissen genau, daß ich tot war. Er nahm mich wie ein totes Ding von meinem Elternhaus mit, er lag auf den Knien und flehte und bat, um die Tote mitzubekommen. Da mußte er sich eben damit zufriedengeben, er hatte es sich ja selbst so ausgesucht.»

«Du warst nicht tot, Sissi», sagte Christian Dettow ruhig. «Du warst nicht tot, nur weil dein geliebter Nils Henrik vom Auto eines Ausländers überfahren worden war. Aber der Haß hat dich genauso starr gemacht, wie der rigor mortis einen toten Körper erstarren läßt. Du bist dem Mann, der deinen Geliebten überfahren hatte, nicht gefolgt, weil ‹alles gleichgültig› war, sondern um hassen zu dürfen. Aber er hat dich geliebt.»

«Er und geliebt!» höhnte sie. «Nach drei Monaten ging er zu einer seiner früheren Freundinnen, und als er nach Hause kam, legte er sich neben mich und erzählte, was sie getrieben hatten. Alles, Herr Doktor, alles! Damals trug ich sein erstes Kind unterm Herzen, und das wußte er.»

«Und du hattest keine Schuld daran?»

«Ich habe mich ihm nie verweigert!»

«Aber küssen durfte er dich nicht, wenn ich mich recht erinnere. Und du hattest ihm verboten, deine Brüste zu berühren.»

«Ja!» sagte sie und zog ihre Füße heftig an sich, um mit den Zehen nach den Hausschuhen auf dem Fußboden zu tasten. Er beugte sich vor, um ihr zu helfen, aber sie stieß ihn mit dem Fuß weg. Ob absichtlich oder nicht ließ er dahingestellt sein. Die Müdigkeit quälte ihn nicht mehr, sie hatte sich wie eine wattige Wolke um ihn gelegt, in der er sich nun fern und dennoch mit großer Deutlichkeit bewegte. Er zog den Puff an die Wand, um seinen Rücken anlehnen zu können.

«Und als die Kinder auf die Welt kamen?» fragte er hartnäckig mit halbgeschlossenen Lidern. *Nie aufgeben!* dachte er, in seiner Wolke versunken und dennoch voller Klarheit. *Immer wieder aufs neue zuhören. Es gibt keine hoffnungslosen Fälle!*

«Als dir deine Kinder gebracht wurden, Sissi, Fleisch von deinem und seinem Fleische und von eurer beider Geist, da hast du doch gelebt?»

Sie seufzte schwer, und durch die Augenwimpern sah er, wie die Vergangenheit in ihr aufbrach, wie sie vor sie hintrat. Es ist wie eine Jagd, dachte er, aber er wußte nicht, was es war, das er jagte.

«Ich habe jedesmal gehofft», flüsterte sie. «Jedesmal, wenn ich ein Kind erwartete, hoffte ich, daß das Wunder geschehen würde. In diesen Zeiten ging ich auch immer in die Kirche, das waren die einzigen Augenblicke, in denen ich beten konnte.»

«Und um was hast du gebetet, Sissi?»

«Daß ich wieder lebendig werde. Um des Kindes willen.»

Er öffnete die Augen und sah sie an. Offen, voller Mißtrauen.

«Das hast du bisher noch nie gesagt.«

«Sie haben mich nie danach gefragt, Herr Doktor.»

«Bist du oft hingegangen?»

Sie schüttelte den Kopf, und er schloß erneut die Augen.

«Und nachdem das Kind geboren war?»

«Da betete ich auch. Betete, daß ich in der Lage sein würde, es anzunehmen. Nicht so zu sein, wie meine Eltern zu mir gewesen waren.»

«Und als dir das Kind dann gebracht wurde?»

Sie schwieg, aber er ermunterte sie geduldig.

«Du hattest doch schöne Kinder, Sissi?»

«Es ging nicht», sagte sie hart. «Das wissen Sie doch! Alle vier Male war es dasselbe – nein, nicht dasselbe – viel schlimmer war es!» Sie wiegte sich verzweifelt auf dem Stuhl hin und her. Eine solche Angst, Herr Doktor, eine solche Angst! Ich sah das Kind an. Ich versuchte die Arme zu heben, um es entgegenzunehmen. Und jedesmal sagte eine Stimme in genaue diesem Augenblick zu mir: *Dieses Kind hast du nicht mit Nils Henrik bekommen, nicht mit Nils Henrik!* Und meine Arme wurden schwer wie Blei, und ich drehte mich zur Wand um. Konnte das Kind nicht zu mir nehmen.»

Er fragte sich, wie oft er diese Geschichte schon gehört habe und wieviel davon wohl der Wahrheit entspreche. Den jeweiligen Umständen nach pflegte sie kräftig zu variieren, ohne jedoch ihren innersten Kern zu ändern. Er sah Sissi prüfend an.

«Du hast das Leben verraten, um einem Toten treu zu sein. Hast du nie daran gedacht, Sissi?»

«Die Kinder haben keine Not gelitten, Herr Doktor. Sie hatten alles, ja, alles!»

«Glaubst du, daß Geld und Dienstboten die Liebe einer Mutter ersetzen können?»

«Nun ja», sagte sie und strich sich über das straff nach hinten gezogene, noch schwarze Haar, befeuchtete ihre Fingerspitzen und strich wieder darüber.

«Und dein Mann?»

Sie kniff den Mund zusammen und antwortete nicht.

«Es ist wichtig, daß wir den Haß in uns erkennen, Sissi.»

«Sehen Sie den Haß in sich selbst, Herr Doktor?»

«Ich versuche es», erwiderte er gutmütig.

«Ich habe es auch versucht. Immer wieder. Ich mühte mich mit einer so einfachen Tat ab, wie meine Hand an seine Wange zu heben und sie dort liegenzulassen. Sieben Jahre lang mühte ich mich ab, aber als ich es endlich konnte, war er nicht mehr da.»

«Er kam zurück», erinnerte er sie.

«Er kam immer zurück», sagte sie hart. «Wenn das Spiel vorbei war, kam er angekrochen und wußte vor lauter Zerknirschung nicht, was er mir alles Gutes tun sollte.»

«Und damals, als er mit dem Kind zu dir kam?»

Sie antwortete nicht.

«Sissi», sagte er. Aber sie hörte nicht, sie war schon weit weg, saß mit angezogenen Knien vorgebeugt da, die Arme auf den Knien, das Kinn in die Hände gestützt. Der große Leib schaukelte vor und zurück.

«Erzähle, Sissi!» er berührte sie mit der Hand.

«Das habe ich doch schon mehrmals erzählt!»

«Wir sehen die Ereignisse verschieden zu verschiedenen Zeiten», sagte er, obwohl er nie geglaubt hatte, daß sich in ihr etwas verändern könnte.

«Es hatte den ganzen Tag geschneit», begann sie.

Christian Dettow lehnte sich an die Wand zurück, machte es sich bequem für das lange Schneemärchen – wahr oder nicht wahr, dachte er und unterdrückte ein Gähnen, irgendwo war es geschehen, da sie ständig darauf zurückkam. Wenn nicht in Wirklichkeit, dann in ihrem Herzen oder ihrem Willen. Als Angst – oder Wunschtraum . . .

«Es war ein seltsamer Schneefall. Große, schwere Flocken, die pausenlos, lautlos durch die Luft herabsanken. Ich saß im kleinen Salonerker und fühlte, daß der Schnee um meinetwillen gekommen war. Daß die Flocken nur für mich so still und lautlos senkrecht herabfielen.

Alle redeten davon, wie seltsam dieser Schneefall sei. Schrecklich, sagten sie. Aber für mich war es nicht schrecklich. Ich hatte meinen großen bestickten Stuhl schon nach dem Frühstück in den Erker gezogen und blieb danach dort sitzen. Ich hatte dem Zimmer den Rücken zugekehrt, ringsum waren nur Fenster, französische Fenster bis auf den Boden hinunter, und die Flocken fielen und fielen, sie bauten eine Mauer und trennten mich von der Welt. Ich empfand einen ungewöhnlichen Frieden, als ich dort saß. Alles wurde so still. Es war, als wäre mein alter Entschluß endlich für immer zu mir gekommen.»

«Dein Entschluß zu sterben?» fragte Christian Dettow, aber sie hörte ihn nicht, sie war in ihrer Schneewelt.

«Ich saß da und überlegte, daß ich dem Kindermädchen nach dem Abendessen frei geben und die Kinder selbst ins Bett bringen würde. Und dann würde ich etwas vom Inhalt meines großen Ringes in ihre Milchgläser träufeln und bei ihnen sitzen bleiben, bis sie einschliefen. Dann würde ich endlich für Nils Henrik bereit sein.

Die Kinder kamen mit verschneiten Stiefeln und roten Wangen hereingestürmt. Sie waren Schlitten gefahren und hatten draußen im Schnee Schneelaternen gebaut, und jetzt mußte ich zuschauen, wie ihre Laternen brannten. Ich küßte sie, wie ich sie schon lange nicht mehr geküßt hatte. Sie kletterten auf meinen Schoß, und wir saßen da und sahen die Schneelaternen in der Dämmerung leuchten. Doch schon bald hatten sie keine Lust mehr, bei mir zu sitzen.»

Sie schwieg und wiegte sich auf ihrem Stuhl vor und zurück, während er geduldig wartete.

«Kinder haben ja nie viel Geduld, aber diesmal war es nicht der Mangel an Geduld, der sie von mir trieb. Ich hielt sie so zärtlich in meinen Armen und flüsterte mit ihnen, aber sie wollten dennoch nicht sitzen bleiben. Ihre kleinen warmen Körper wehrten sich und wollten fort. Wollten fort von mir und meinen Gedanken. Sie liefen zurück zu ihren Spielen, doch nach einer Weile begannen sie zu singen, so wie Kinder gegen Unwetter und Unglück anzusingen pflegen. Und die Kleinsten begannen zu weinen. Ich saß da, hörte ihr Weinen und lächelte. Sie weinten nicht, weil es schneite! Und ich dachte: Bald weint ihr nicht mehr.

Der Schnee fiel und fiel. Gegen Abend hatte er schon die Hälfte der Fenster bedeckt, alle Schneelaternen waren zugeschneit und die Lichter erloschen. Die Kindermädchen ließen sich vom Weinen der Kleinen anstecken, sie kamen zu mir und machten sich Sorgen, weil der Schneepflug noch nicht gekommen sei.

‹Fahrt doch in die Stadt, da gibt es Schneepflüge genug», hatte ich auf der Zunge, brachte es dann aber nicht über die Lippen. Statt dessen begann ich die Kinder zu trösten, sie glaubten nämlich, wir würden über Nacht eingeschneit werden.

‹Dann nehmen wir einfach alle Kerzen, die wir haben›, sagte ich. ‹Und stellen sie ganz dicht nebeneinander hier im Erker auf den Boden. Und die Wärme wird den Schnee schmelzen lassen, es wird draußen zu plätschern beginnen wie im Frühling, das Gras fängt an zu sprießen, die Blumen kommen aus der Erde.›»

Christian Dettow sah sie an. Sie hatte jetzt aufgehört, sich zu wiegen, das Kindermärchen hatte sie zur Ruhe gebracht. Einen Augenblick lang war sie beinahe schön, ihre Lippen lächelten, die Stimme war voller Zärtlichkeit.

«Die Tränen auf ihren Wangen trockneten rasch, sie wurden eifrig und machten eigene Vorschläge, was alles geschehen könnte, wenn wir die Kerzen anzündeten. Sie kamen viel zu spät ins Bett, und als sie oben in ihren Betten lagen, riefen sie, ich solle zu ihnen kommen und ihnen gute Nacht sagen.

Aber ich konnte mich nicht vom Schnee losreißen. Sie mußten statt dessen zu mir in meinen Erker kommen. Frisch gewaschen, nach Seife duftend, standen sie mit geschlossenen Augen da und sprachen mit ernsten Gesichtern ihr Abendgebet. Über ihre Köpfe hinweg blickte ich auf den Schnee hinaus, der unablässig weiter fiel, und dachte, in dieser Nacht wird es geschehen. Irgendeines von ihnen wird gewiß husten oder schlecht träumen und die anderen wecken, und dann werde ich den Saft für sie bereithalten. Mit geschlossenen Augen werden sie ihn schlucken, in ihr warmes Bett zurückkriechen und ruhig werden.

Ich küßte sie lange und merkte zu meiner Freude, daß sie sich in meinen Armen wanden und fort wollten. Da ließ ich sie laufen und lächelte wie der liebe Gott, der die Menschen davonrennen sieht. Bald war alles still. Die ganze Welt war still, und ich dachte, um zwölf bereite ich den Saft zu. Mein Mann war seit fünf Nächten nicht nach Hause gekommen, und ich sagte mir, wenn er auch in der sechsten nicht kommt, dann ist das eine große Gnade. Da hörte ich einen Motor durch den Schnee brummen. Oh, die Angst, Herr Doktor, die große Angst!»

«Ja», sagte Christian Dettow und sah am Schatten an der Decke, daß sie wieder angefangen hatte, sich zu wiegen.

«‹Lieber Gott, laß ihn nicht kommen›, betete ich. Aber bevor ich fertig gebetet hatte, kam er schon durch das Zimmer, in dem ich saß. Die Türen hinter ihm standen weit offen, und bei jedem Schritt fiel Schnee von seinen Stiefeln. Ich versuchte, den Blick nicht höher als auf die Stiefel zu richten. Sie zögerten keinen Augenblick, marschierten einfach drauflos, bis sie vor mir stehenblieben. Da beugte er sich vor, holte etwas hervor, das er unter seinem Mantel verborgen gehalten hatte, und legte es in meinen Schoß. Ich versuchte, es von mir zu schieben, mit den Händen fühlte ich, daß es Pelzwerk war, und ich wollte seine Felle nicht. Er pflegte mir jedesmal Geschenke zu machen, wenn er untreu gewesen war, und gleich anschließend wurde ich dann wieder schwanger, und das entsetzliche Leben begann aufs neue.

‹Nils Henrik›, betete ich. ‹Nils Henrik!›

Da fühlte ich, daß sich etwas in dem Fell bewegte. Ich wurde starr vor Entsetzen, da ich begriff, daß er sich diesmal etwas so unaussprechlich Furchtbares ausgedacht hatte, daß nicht einmal mein Versprechen Nils Henrik gegenüber mich würde retten können. Mit beiden Händen versuchte ich, es von mir zu schieben. Da fiel er vor mir auf die Knie, und ich hörte, daß er weinte. Im selben Augenblick bewegte sich ein nackter Kinderfuß unter meiner Hand. Ich riß das Fellbündel auf. Ein vier Wochen alter kleiner Junge lag darin, drei Finger hatte er in den Mund gesteckt, den Zeigefinger, Mittelfinger und Ringfinger. Er lag auf meinem Schoß und sah mich mit klaren blauen, ganz ruhigen Augen an. Ich starrte auf ihn hinunter und wartete darauf, daß die Kälte in mir aufsteigen würde, damit ich mich von ihm abwenden könnte. Doch an Stelle der Kälte kam eine Stimme, die sagte: *Ich bin hier. Endlich bin ich zu dir gekommen.*»

Christian Dettow seufzte.

«War es Nils Henrik, der das sagte?»

«Es war seine Stimme. Ganz und gar seine Stimme.»

«Und du hast geglaubt, es sei Nils Henriks Kind?»

«Mein Mann sagte, es sei *sein* Kind, doch das glaubte ich nicht. Er benahm sich genau wie damals daheim in Målilla in jenem Sommer, er lag vor mir auf den Knien, weinte und flehte – ich wurde seiner so überdrüssig. Er schwor, daß, wenn ich das Kind annähme und es mit den anderen aufwachsen ließe, er mir nie mehr untreu sein würde. Ich ließ es ihn mit der Hand auf dem Degen schwören, und nachdem er geschworen hatte, sagte ich ihm meine Bedingungen.»

«War es Nils Henrik, der dich hieß, ins Dachgeschoß hinaufzuziehen und dort mit dem Kind zu leben?»

Sie schüttelte heftig den Kopf. «So etwas hätte Nils Henrik nie sagen können. Ich selbst war diejenige, die das wollte. Ich ließ alles für mich und den Jungen ins Dachgeschoß hinauftragen. Sieben Monate lang saß ich dort oben, ohne ein Wort zu sprechen. An einer Kette an meiner Taille hing ein goldener Stift. Auf dem Tisch lag ein Block, auf den ich alle meine Anordnungen schrieb, alles, was ich wollte, alles, was ich brauchte. Kein Wort kam über meine Lippen. Jeden Morgen kam die Köchin herauf, um den Speisezettel in Empfang zu nehmen. Die Kindermädchen kamen mit den Kindern. Die armen Kleinen küßten mich und weinten, vergaßen ihre Tränen aber schon wieder, als sie die Treppe hinunterliefern. Mein Mann kam jeden Abend und saß eine halbe Stunde auf einem Stuhl neben der Tür und sah mich an. Anfangs weinte er, dann sprach er, zum Schluß schwieg er. Das war die glücklichste Zeit meines Lebens.»

«Ja», sagte Christian Dettow und stellte erstaunt fest, wie unregelmäßig sein Atem ging. «Weil du endlich deine Möglichkeit gefunden hattest, dich zu rächen!»

Sie antwortete nicht.

«Und dein Mann?»

«Er hatte geschworen, und ich wußte, daß er sein Versprechen halten würde.»

«Und dennoch mußtest du ihn quälen?»

Sie zuckte die Schultern.

«Es gab keine andere Möglichkeit.»

«Doch», sagte er und fühlte, wie der alte Zorn wieder in ihm aufbrach, der Zorn darüber, daß das Verhältnis der Menschen zueinander so unmöglich war.

Er sah das große, einst sicher schöne Gesicht an, den hohen, harten Kopf, die kräftigen Backenknochen, und hielt ihren erfrorenen Blick hart und erbarmungslos fest.

«Du bist da oben in deiner Dachkammer gesessen und hast es genossen!»

Er sah, wie sie sich verfinsterte, wie sie erstarrte und sich verschloß. Die kleinen spitzen Fingernägel bohrten sich in ihre schlaffen Wangen.

«Ich habe nichts Unrechtes getan», sagte sie unerschüttert. «Ich tat, was ich tun mußte. Alle bekamen, was ihnen zustand, alles ging seinen Gang.»

«Und er?»

«Der Liebe kann man nicht befehlen, Herr Doktor!»

«Du bist da oben gesessen und hast die Peitsche geschwungen. Wie die Henker von Belsen!»

Da schrie sie auf und fuhr aus dem Stuhl hoch. Ihre Stimme kippte um und wurde schrill, Tränen schwangen in ihr mit.

«Sieben Monate lang saß ich da und hielt seine Liebe vor mich hin. Ich sah, daß sie einen Wert hatte, obwohl ich das früher nicht hatte sehen wollen. Ich redete mit mir selbst. Redete mich selbst zurecht. Es gab keine andere Möglichkeit, Herr Doktor. Eines Morgens stand ich auf und fühlte, daß ich lebte und leben wollte. Das war zur Mittsommerzeit, das Fenster war offen, die

Bäume waren grün, die Vögel sangen. Da nahm ich das Kind auf den Arm und ging hinunter ins Haus. Es war leer und still, da ich mir meine Zeit ausgesucht hatte. Mein Mann saß am Schreibtisch. Als er den Kopf hob und mich und das Kind erblickte, war es, als wäre die Welt stehengeblieben. Mit dem Kind an der Schulter trat ich vor und setzte mich auf den Stuhl ihm gegenüber. Ich zitterte am ganzen Leib.

‹Ich bin gekommen, um dir zu sagen, daß die schlimme Zeit vorbei ist›, sagte ich. ‹Um dich zu bitten, so gut es geht, mit mir und den Kindern zu leben. Wir werden viel Geduld brauchen, die Geduld des Heilands.›

Christian Dettow starrte sie an. Dies hatte er noch nie gehört, und er glaubte kein Wort davon. Diese Platte hatte sie aufgelegt, um ihn weich zu bekommen, dieses Märchen hatte sie sich ausgedacht, um Eindruck auf ihn zu machen. Aber er hatte nicht vor, sich noch einmal täuschen zu lassen.

«Das hast du noch nie erzählt.»

«Ich habe es Elisabet erzählt.»

«Und du willst, daß ich dir das glaube?»

«Es steht im zwölften Tagebuch.»

Er schluckte krampfhaft. «Woher weißt du das?»

Sie zuckte die Schultern und sah ihn mit kalter Verständnislosigkeit an.

Plötzlich begann er zu frieren, er wollte aufstehen und gehen, aber sie war schon in ihre Erzählung zurückgekehrt.

«Mein Mann saß da, als hätte er nichts gehört. An meiner Schulter hüpfte das Kind und gurgelte vor Entzücken. Ich beugte mich vor und wiederholte das, was ich zu sagen hatte, aber jetzt vermochte ich nicht laut zu sprechen, ich flüsterte, und ich wagte meinem Mann nicht in die Augen zu schauen, sondern hielt den Blick auf seinen dritten Uniformknopf gerichtet. Aber ich sah seine Hände. Als er oben bei mir in der Dachkammer gesessen war, hatten sie eine Zeitlang so heftig gezittert, daß er sie fest an die Knie pressen mußte, jetzt zitterten sie jedoch nicht mehr. Seine linke Hand griff nach einem Block, die rechte schrieb. Als er fertig geschrieben hatte, reichte er mir das Geschriebene.

‹Ich verzeihe dir›, stand da, ‹verzeihe dir, so wie du mir verziehen hast. Und ich bin gewillt, mit dir zu leben, so wie du mit mir gelebt hast, bis daß der Tod uns scheidet. Denn die Liebe ist Ebenbürtigkeit und Gegenseitigkeit, ist Auge um Auge, Zahn um Zahn.›

Christian Dettow stand heftig auf, der Puff kippte hinter ihm um und rollte davon, ohne daß er es bemerkte. Sie mokierte sich über ihn, offen und rücksichtslos. Er preßte seine Handflächen hart aneinander, um die Person nicht zu packen.

«Du lügst», sagte er. «Ich weiß, daß du lügst. Du hast immer gelogen, warum solltest du jetzt nicht lügen? Du stilisierst dich selbst, um dich nicht so sehen zu müssen, wie du bist . . .»

«Ich habe Beweise», sagte sie. «Es steht oben in Elisabets Regal, ich habe es schon oft gelesen.»

Da packten seine Hände zu und schüttelten sie vor und zurück. Sie leistete kaum Widerstand, ihr Kopf schlenkerte und wackelte zwischen seinen Armen.

«Sag die Wahrheit», schrie er. «Sag die Wahrheit!»

Dann ließ er sie genauso plötzlich wieder los, wie er sie gepackt hatte. Keuchend und verwirrt spürte er den Blutgeschmack auf der Zunge, den Alptraum, der sich fast um ihn geschlossen hätte, die Wolke, die sich schwer und süß auf ihn gelegt hatte. Sissi war auf den Boden gefallen, er stand über ihr und sah, wie sie sich hochhievte.

«Du hast nie geliebt», sagte er leise. «Du hast nie lieben wollen. Du hast nie danach gestrebt zu lieben. Seit du siebzehn warst, hast du im Haß gelebt. Bist mit dem Haß als einzigen Besitz in der Welt umhergezogen, hast deine Umgebung damit beschmiert, alle, die in deine Nähe kamen, damit beschmutzt. Alle mußten nachempfinden, wie sehr du gelitten hattest. Wir auch. Wir gaben dir ein Dach über dem Kopf, wir gaben dir Arbeit, wir hatten Geduld mit deinen Launen, waren nachsichtig deinen Fehlern gegenüber. Aber womit hast du uns das gedankt? Du hast spioniert und verleumdet, du hast versucht, Elisabet und mich im einzigen Augenblick zu trennen, als –»

Seine Stimme zitterte so sehr, daß er nicht fortfahren konnte.

«Du hast meine Gutgläubigkeit ausgenützt, meinen guten Willen. Du hast mich systematisch bestohlen und mich gleichzeitig verleumdet. Dennoch half ich dir auch weiterhin, gab dir Geld, besorgte dir neue Arbeitsmöglichkeiten. Aber du hast unbeirrt weitergemacht. Um deinetwillen habe ich manchen die Wahrheit vorenthalten, denen die Wahrheit zustand. Zu einem Lügner und Betrüger hast du mich gemacht. Hunderte von Kronen habe ich bezahlt, damit keine Anzeigen gegen dich erhoben wurden, aber jetzt ist Schluß.

Jetzt ist Schluß, Sissi», sagte er ruhiger. «Morgen früh verschwindest du von hier. Vorher kommst du noch zu mir und zeigst mit dein Gepäck, ich weiß, wieviel du immer mitlaufen läßt. Aber dann will ich dich nie mehr hier sehen. Dann schicke ich dir die Behörden auf den Hals. Hast du verstanden?»

Sie war inzwischen vom Boden aufgestanden und stand jetzt da und bürstete ihr schwarzes Kleid aus, die weißen Hände rieben den schwarzen, blankgewetzten Stoff mit unterwürfiger Geduld. Der Ärmelknoten der roten Strickjacke um ihre Taille hatte sich gelöst, und die Jacke war auf den Boden geglitten.

«Hast du verstanden?» fragte er noch einmal.

Da schleuderte sie die Strickjacke mit dem Fuß weg und kam auf ihn zu.

«So wie Sie hat noch niemand Sissi gekränkt, Herr Doktor! Niemand!»

«Ich wollte dein Bestes, ich wollte dir helfen.»

«Oh, nein», sagte sie, und plötzlich lebten die Augen in dem weißen Gesicht, sie verengten sich und versprühten Funken. «Sissi sollte merken, daß sie nichts taugte! So war es! In den Staub mit ihr, tief hinunter! Alles war ihr genommen worden, aber das war nicht genug. Jetzt sollte sie zu spüren bekommen, wie unnötig es gewesen war, daß sie in dem zusammengestürzten Haus auf Händen und Füßen über die faulenden Leichen gekrochen war, wie widerlich es war, daß man sie ausgegraben hatte, wie verkehrt der liebe Gott sich verhalten hatte, als er sie überleben ließ.»

«Sag gefälligst *ich*, wenn du von dir sprichst», brüllte er sie an. «Du bist keine siebzehn mehr!»

Sie warf den Kopf in den Nacken, holte tief Luft und starrte ihn durchdringend an.

«Ich kam her und wollte dienen. Alles andere hatte ich schon getan, hier wollte ich dienen, aber Sie haben nur auf meine Dienste gespuckt.»

«Du konntest nicht dienen», sagte Christian Dettow, «da du es nicht wolltest.»

Er bückte sich nach den Kerzen auf der Apfelsinenkiste. Sie waren noch nicht ganz heruntergebrannt, aber jetzt blies er sie aus.

«Ich werde nicht zulassen, daß du das Haus in Brand steckst», sagte er ruhig und ließ die Streichholzschachtel in der Tasche verschwinden. «Geh jetzt schlafen! Morgen früh um zehn kommst du zu mir hinauf.»

Er warf einen Blick zu ihrem Bett hinüber und sah, daß auf der durchgelegenen Matratze nur eine Wolldecke lag.

«Ich werde dir ein Kissen holen.»

Als er mit dem Kissen zurückkam, lehnte sie an der Wand und hielt gerade eine Flasche an den Mund. Er vermutete, daß es seine eigene Whiskyflasche war, aber er ließ sie fertigtrinken, bevor er die Hand danach ausstreckte.

«Du stiehlst also immer noch?»

Sie sah ihn mit funkelnden Augen an. «Sie haben auch nie geliebt, Herr Doktor. *Sie* hat geliebt, aber Sie nie!»

«Wage es nicht, Elisabet anzurühren», sagte er warnend.

«Sie wollte ein Kind haben, aber Sie haben es nicht gewagt.»

«Wir wollten beide ein Kind haben, aber es ist gestorben.»

«Stellen Sie sich vor, wenn es am Leben geblieben wäre», sagte sie dumpf, «wenn es auf ihrem Arm gelegen und geatmet hätte, und Sie hätten auf einmal Lust verspürt, es zu –»

«Du hütest deine Zunge», sagte er und umklammerte den Hals der Whiskyflasche und spürte, wie schwer sie war, wie gut sie in der Hand lag.

«Warum sollte ich das tun?» fragte sie und lächelte ihn an. «Viele Jahre lang habe ich sie um Elisabets willen gehütet, aber jetzt ist damit Schluß. Sie haben mir nie etwas Gutes zugetraut, warum sollte ich Ihnen dann etwas Gutes zutrauen? Sie hatte keine Menschenseele, an die sie sich wenden konnte, das arme kleine Würstchen, obwohl sie fast am Zusammenbrechen war. Da kam sie zu mir, legte ihren Kopf an meine Schulter und weinte. Ich ließ sie weinen. Sie brauchte mir ihre Tränen nicht zu erklären, ich hatte Augen im Kopf. Ich zwang sie nicht zu sprechen. Aber schließlich mußte sie es sagen.

‹*Er schafft es nicht, Sissi!*› weinte sie.

‹Das sehe ich, mein Lämmchen›, antwortete ich.

Wir saßen am Küchentisch, ich hielt ihre Hände. Sie waren eiskalt, und sie selbst war dünn wie ein Hauch. Sie war auf dem besten Wege, davongeweht zu werden.

‹*Er sagt, daß er ein Kind will, aber er wird es nicht verkraften.*›

‹Nein›, sagte ich. ‹Er hat den Willen, aber die Fähigkeit hat er nicht. So ist er nun mal.›»

Jetzt befand er sich wieder in dieser Wolke, er schaukelte in der süßen Wolke und dachte, niemand wird sie vermissen, niemand wird eine Suchanzeige aufgeben, sie hat keinen Menschen! Elisabet, dachte er verschwommen und versuchte, aus der Wolke herauszukommen.

«Geh jetzt schlafen, Sissi», brachte er heraus. «Du bist betrunken, du weißt nicht, was du sagst.»

«Betrunken bin ich wohl», gab sie zu, «sonst würde ich es nicht wagen. Aber so betrunken bin ich nicht, daß ich nicht wüßte, was ich sage.

‹*Kann man jemanden belügen, den man liebt, Sissi?*› fragte sie, und ihre Tränen tropften auf meine Hände.

‹Die Liebe besteht vor allem aus Lüge, mein Lämmchen›, antwortete ich. Aus ‹einfacher Lüge, doppelter Lüge, aus Lüge und verdammter Dichtung.›»

Christian Dettow stellte die Flasche auf den Tisch, trat vor und gab ihr links und rechts eine Ohrfeige, hart, aber nicht zu hart. Die Wolke war jetzt verschwunden, und er wußte genau, was er tat.

Sie sah ihn unterwürfig an. «Sie schlagen sich selbst, Herr Doktor.»

«Du schweigst jetzt», sagte er. «Du kannst mich nicht ereichen, aber trotzdem schweigst du jetzt.»

«Lesen Sie das zwölfte Buch», flüsterte sie. «Ausgerechnet das, was Sie hätten lesen sollen, haben Sie nie gelesen.»

Er nahm die Flasche und ging zur Tür. Auf der Schwelle drehte er sich um.

«Du konntest unser Glück nie ertragen», sagte er.

«Wie alles menschliche Glück hatte es seine Höhen und Tiefen, aber du hast es nie ertragen. Die ganze Zeit hast du versucht, ihm zu schaden, aber erreicht hast du unser Glück nie, und auch jetzt erreichst du es nicht. Geh jetzt ins Bett und schlafe, solange der Whisky anhält, morgen stelle ich dir ein Rezept aus.»

Sie stand an die Wand gepreßt da, in ihrem großen weißen Gesicht arbeitete und zuckte es, sie atmete unregelmäßig und keuchend, aber sie schwieg.

Da stellte er die Whiskyflasche auf den Tisch zurück und legte die Kerzen und die Streichhölzer daneben. Dann ging er.

Auf der Treppe fiel ihm die Heizung und die eine Wolldecke ein. Und daß es Sissi immer kalt war. Er zögerte, machte dann aber kehrt, ging zum Heizkessel hinunter und stelte den Regler auf vier. Drei wäre angemessener gewesen, dachte er, aber damit konnte er sich natürlich nicht begnügen. Seufzend stiefelte er in die Küche hinauf. Er sah, wer er war, sah Christian Dettow, den gütigen Unterdrücker, den kultivierten Frauenschinder –

Er zögerte noch, während er zerstreut Wasser für seinen Kräutertee kochte und Teedose und Tasse hervorholte. Zögerte, während er dürr und leer am Küchentisch saß und Apfelblätter, Kamillenblüten, Pfefferminzstiele und Hagebuttenhälften langsam in das heiße Wasser hinuntersinken sah, ja, auch noch während er den milden Trank widerstrebend und mit Mühe schluckte, zögerte er.

Dann gab es keine Möglichkeit mehr zu zögern. Er sah sich selbst, er sah Christian Dettow, aber er weigerte sich dennoch, Sissi van Dorn zu glauben.

Langsam ging er die blaue Treppe hinauf in das Zimmer mit den weißen Vorhängen, den verblaßten Tapetenranken, den chinesischen Drachenüberwürfen. Langsam zählte er die Bücher, zählte sie mehrere Male, bevor er den zwölften Band herauszog.

«Elisabet», betete er in seinem Inneren, ohne die Lippen zu bewegen, «Elisabet!»

Dann setzte er sich auf den Stuhl vor dem Sekretär.

Neujahrstag 1945

Leben, Christian, ja, ich weiß, daß das ein schwieriges Wort ist, belastet und vieldeutig, aber das ist nun mal ein Wort, das sich beim Jahreswechsel aufdrängt. Heute beginnen wir unser zwölftes gemeinsames Jahr, und gestern abend hast du mir wie üblich ein neues Tagebuch geschenkt, obwohl das vom letzten Jahr bei weitem nicht voll ist. Ich fange das neue an, Christian, das paßt mir ausgezeichnet.

Aber ich habe nicht vor, feierlich zu werden, nicht einmal auf der ersten Seite. Wenn es um das Leben geht, hat man für Feierlichkeit keine Zeit, und jetzt geht es ums Leben, Christian. Ja, so sieht es im zwölften Jahr unserer Lebensgeschichte aus. Du mußt dich im Laufe der letzten Wochen oft gewundert haben, ich weiß, daß du dich gewundert hast, und jetzt werde ich es dir sagen.

Dieses Jahr will ich *leben*, Christian. Ich sehe, wie deine linke Augenbraue in die Höhe fährt, aber du weißt sehr gut, was ich mit *leben* meine, obwohl wir in letzter Zeit sämtliche Diskussionen darüber sorgfältig zu vermeiden pflegen.

Um leben zu können, muß jeder Mensch Risiken eingehen, ja, manchmal wird einem so hart zugesetzt, daß man um des Lebens willen das Leben aufs Spiel setzen muß. Das weißt du zur Genüge; wenn es um andere Menschen geht, ist es dir selbstverständlich, aber wenn es mich erreicht, dann weigerst du dich. *Ich weiß ja auch, warum,* Christian. Nunmehr weiß ich wirklich, warum. Ich weiß, wie sehr du dich um mich sorgst. Wie sehr du dich davor fürchtest, daß etwas geschehen könnte, was uns trennt. Wie sehr du um das Glück, das aus uns beiden besteht, fürchtest.

Das Land von Mann und Frau ist eine Art Zweierwahnsinn. Ich weiß, daß du über diese meine Interpretation der folie à deux nachsichtig lächelst und daß du meinst, diese Art von Wahnsinn habe nichts mit gesunden Menschen zu tun. Also gut, auf dem Wahnsinn will ich ja nicht unbedingt bestehen, – aber ich glaube trotzdem, daß jede Ehe, jede menschliche Gemeinschaft einen Farbspritzer aus diesem Topf abkriegen muß, und wenn du das zugeben wolltest, hätten wir es viel leichter. Ob gesund oder nicht, auf jeden Fall leben wir in einer folie à deux! Und du warst derjenige, der während dieser elf Jahre der Stärkere war, *derjenige, von dem die Ansteckung ausging*. Du warst es mit vollem Recht, sonst hätte ich dir nicht nachgegeben. Und ich hätte es nicht anders haben wollen. Das glaubst du vielleicht nicht, aber es ist wahr! Denn obgleich es zeitweise schmerzlich und schwer war, das zu erfüllen, was du als ‹die dunklen Forderungen› unserer Liebe bezeichnest, lag doch immer auch eine selige Freude darin, sie erfüllen zu dürfen und zu können. Ich habe es ja zehnfach zurückerhalten!

Aber jetzt bin ich an einen Punkt gekommen, wo ich nicht mehr nachgeben kann. Wo ich nicht mehr die Schwächere sein will, sondern die Stärkere. *Diejenige, von der die Ansteckung ausgeht*. Das Wort Ansteckung ist negativ, aber es hat ja auch eine positive Bedeutung: die Freude steckt an und die Liebe. Und jetzt will ich dich mit Zuversicht anstecken, Liebster, und ich bete zu Gott, daß es mir gelingen möge.

Aber zuerst muß ich berichten, was in diesem letzten Jahr mit mir geschehen ist. Das wird eine lange Geschichte, du mußt dich mit Geduld wappnen. Seit jener Nacht (bald ist es drei Jahre her, als du mir sagtest, du wolltest mein Leben nicht noch einmal aufs Spiel setzen (nämlich mit einer erneuten Schwangerschaft), ist etwas in mir am Werk gewesen. Etwas, worüber ich nicht mit dir habe reden können. Etwas, worüber ich nicht im Tagebuch habe schreiben können. Etwas, das ich lange mit mir herumgetragen habe, ohne richtig zu verstehen, was es war.

Zu Beginn war es die Trauer um das Kind, das von uns ging. Und meine rein körperliche Schwäche. Die tatsächliche Bedeutung der Worte wurde mir wohl erst nach mehreren Monaten klar, und da bezweifelte ich sie anfangs noch. Ich konnte ja nicht glauben, daß du im Ernst der Ansicht warst, wir sollten nur wegen dieser zwar ernsten, aber doch einzigen Fehlgeburt für den Rest unseres Lebens auf Kinder verzichten. Aber du hattest es im Ernst gemeint. Und du weigertest dich, deine Meinung zu ändern.

Nachdem ich das begriffen hatte, versuchte ich es zu akzeptieren. Ich versuchte es wirklich, Christian, aber von Anfang an war da ein gewaltiger Widerstand in mir. Vielleicht hat ein Mann nicht dasselbe Gefühl (obwohl er das meiner Ansicht nach haben müßte!), aber für mich wurde die Vorstellung, daß ich kein Kind bekommen sollte, zu einer Art inneren Aussatz, der mich langsam zerfraß. Alle Freude wurde weggeätzt, alle Lust. Ich konnte es kaum fassen, ich habe die Lebensfreude ja stets als mein unzerstörbares Privateigentum betrachtet! Und jetzt war sie plötzlich verschwunden. Und an Stelle der Freude kam der Haß. Er kam langsam, sickerte ganz allmählich hervor, aber schließlich sah ich ja doch, was es war. Die Entdeckung, daß ich dich hassen konnte, war entsetzlich. Manchmal, nachdem ich mich im Tagebuch über Wind und Wetter ausgelassen hatte, mußte ich das, was ich wirklich empfand, auf einem anderen Blatt Papier aus mir herausspeien. Dieses Papier hätte von allein Feuer fangen müssen! Bis ich endlich begriff, daß es hier um Leben und Tod ging.

Was würdest du mit einer toten Frau anfangen, Christian. Wenn ich ehrlich sein soll (und jetzt darf ich nichts mehr vor dir verbergen), dann brauchst du eine ungewöhnlich lebendige Frau. Ich kann mir ja auch nicht vorstellen, als lebendige Tote weiterzuleben. Dann viel lieber den leiblichen Tod! Was hatte ich also zu verlieren? Ich sah nur einen Weg aus der Fäulnis: das Leben um des Lebens willen aufs Spiel zu setzen, dem Tod mit dem Risiko des Todes zu trotzen.

Ich sprach mit Gustav. Das war im September. Ich sprach lange mit ihm, aber ohne etwas von unseren persönlichen Spannungen zu verraten, Christian! Es war viel einfacher, als ich geglaubt hatte. Gustav war der Ansicht, daß *wir* (ich sprach mit ihm, als wären wir uns in dieser Frage einig) natürlich noch einen Versuch machen müßten. Das Risiko einer neuerlichen Fehlgeburt bestehe natürlich, aber ebenso die Möglichkeit, daß alles gutgehe. Deine Liebe hatte offensichtlich die Risiken übertrieben, was selbstverständlich ganz natürlich ist!

So faßte ich also meinen Entschluß! *Ohne mit dir zu sprechen.* Ich konnte es damals nicht, Christian, dazu brauchte ich mehr Mut. Zum erstenmal in unserem gemeinsamen Leben habe ich dich getäuscht. Es war scheußlich, aber dennoch: welch ein Triumph, als ich das Pessar in den Heizkessel warf! Eine große Welle aus Leben stieg in mir auf, deren Wärme alle Angst in mir schmelzen ließ. Daß du gar nichts gemerkt hast! Damals im Oktober und November ist ja alles um uns aufgeblüht!

Zwei Wochen vor Weihnachten bekam ich von Gustav positiven Bescheid. Was glaubst du wohl, was das für ein Gefühl war? Ich war in eine selige und eine unselige Hälfte gespalten und wollte mich so schnell wie möglich mit dir zusammen in eine einzige große Seligkeit auflösen. Zuerst wollte ich es dir als «Weihnachtsgeschenk» offerieren. Doch als der Heilige Abend kam, wagte ich es nicht. *Ich wagte es nicht, Christian.* Und seither habe ich mich Tag für Tag durchgekämpft, aber jetzt geht es nicht mehr. Am ersten Tag des Jahres muß es heraus: *Wir erwarten im Sommer ein Kind, Christian!* Ich bin stark und gesund, und das Kind ist in einem glücklichen Augenblick entstanden, Liebster, selbst wenn du jetzt noch so sehr findest, daß ich dich getäuscht habe. Aber ich sage dir mit allem, was in mir ist, mit Leib, Seele und allen Sinnen: Es war absolut und unausweichlich notwendig!

Du darfst nicht glauben, daß ich nicht gezögert hätte! Du darfst nicht glauben, daß ich das Für und Wider nicht erwogen hätte! Du darfst nicht glauben, daß ich nicht wußte, was ich tat! Ich habe es lange erwogen, und ich weiß, was ich getan habe, sonst würde ich jetzt nicht so zittern. So laß mich dich anstecken, mein Geliebeter, dich mit Glaube, Hoffnung und Liebe anstecken. Das bete ich in Jesu Namen. Amen.

Januar 1945

Ich hatte das Tagebuch auf dein Bett gelegt, damit du dich nicht vor der Lektüre drücken konntest – das tust du ja manchmal! Und ich blieb mit Absicht lange im Erdgeschoß, räumte sinnlos verschiedene Sachen hin und her, während ich mir vorzustellen versuchte, wie lange du brauchen würdest, um die ersten Seiten zu lesen. Schließlich setzte ich mich auf meinen schönen blauen Weihnachtsgeschenkteppich, auf die unterste Treppenstufe, und betete. Holprige, kindliche Gebete: Lieber Gott, laß ihn verstehen. Lieber Gott, mach, daß er nicht böse wird. Lieber Gott, laß ihn angesteckt werden!

Dann schleppte ich mich endlich langsam und zittrig die Treppe hinauf.

Als ich die Tür öffnete, hieltest du immer noch das Buch in der Hand. Ich blieb stehen, konnte nicht über die Schwelle treten. Da legtest du das Buch hin und kamst auf mich zu, du nahmst mich in deine Arme und hieltest mich fest. Ich weiß nicht, wie lange wir so standen. Langsam ließ der Krampf in mir nach, ich lachte und weinte gleichzeitig. Die Erleichterung war so ungeheuer groß. Du strichst mir unablässig über den Rücken. Gesegnet sei deine Hand, gesegnet. Du nennst es ‹guter Wille›, aber ich nenne es Erhörung.

Februar 1945

Ich habe einen langen, kräftigenden Spaziergang gemacht. Alles ist jetzt so schön! Mitten im kalten Winter ist alles so lebendig, so leuchtend schön. Und ich stapfe vorsichtig durch die Gegend und denke an die Schöpfung. Wandere eingeschlossen und einschließend umher. Verstehst du? Gott hat mich mit dichter, starker Freude umschlossen, und gleichzeitig hat er die Umschlossene in eine Umschließende verwandelt. Eine kleine Welt in einer etwas größeren Welt in einer unendlich großen Welt. Für den, der in mir lebt, bin ich eine lebendige Welt, für den, der mit meinem Atem atmet, sein Blut aus meinem Blut saugt und ganz und gar von mir abhängig in mir ruht. Aber auch in ihm schlummern neue schlummernde Welten. Und um uns beide die gewaltige Welt, Gottes Welt. Das und die Zwiebel von Peer Gynt – welch ein Unterschied!

Februar 1945

Du gibst dir Mühe, Liebster, du bemühst dich mit deiner ganzen fürchterlichen Kraft, um jeden Preis so zu mir zu sein, wie du gerade jetzt sein *willst*. Dennoch spüre ich, daß in dir eine Wand niedergegangen ist, unvermeidlich und unerbittlich. Ich war darauf vorbereitet, Christian! Und ich will, daß wir darüber reden!

Du brauchst dich nicht so zärtlich um meinen Zustand zu kümmern. Das ist es ja gar nicht, was du willst. Faß mich ruhig hart an. Quäle mich, wenn nötig. Ich bin bereit. Ich bin jetzt sehr stark, Christian, ungeheuer stark, ich werde kleine Löcher in deine Mauer bohren, kleine lebendige Löcher. Und wenn wir die Wand voller Ausdauer mit dem wärmsten Hauch unserer Liebe anhauchen, wird sie sich eines Tages wie Nebel überm Meer heben, und zurückbleiben wird nur der blaue klare Tag.

März 1945

Gestern abend habe ich das Schweigen zwischen uns durchlöchert. Da du es nicht getan hast, mußte ich es tun. Ich hatte den ganzen Tag dafür Mut gesammelt, aber es wäre bestimmt besser gewesen, wenn ich Worte und Gedanken zu sammeln versucht hätte – jetzt verhaspelte ich mich und stotterte wie eine Erstkläßlerin. Und du bist stumm dagesessen und hast mir nicht im mindesten geholfen.

Als ich endlich verwirrt und kurz vor den Tränen aufhörte, entstand eine Ewigkeitspause. Du hast dich nicht in deinem Stuhl bewegt, hast mich nicht angesehen. Dann sagtest du ziemlich rauh, wenn ich schon auf eigenes Risiko so ein Unterfangen gestartet hätte, müsse ich auch zusehen, wie ich es an Land ziehe.

Unterfangen, Christian, und *an Land ziehen!* Wenn es um unser Kind geht!

Da wurde ich wütend und antwortete zornig, ich werde es schon an Land ziehen, sogar ohne Hilfe!

Dann sagten wir nichts mehr, aber heute nacht habe ich nicht geschlafen. Du hast geschlafen, und ich bin neben dir gelegen und habe dich angeschaut. Zuerst sauer und stur, doch nach und nach mit immer größerer Zärtlichkeit. Schließlich fing ich an, dein Bett zu beneiden, du hast dich so herrlich wohlig darin ausgestreckt! Und als der Morgen kam, war ich wieder bereit. Das Leben in mir war bereit, und ich schaute voller Liebe zu, wie du aufwachtest. Du hast mir nicht gerade liebevolle Blicke zugeworfen!

März 1945

Du hast gesprochen. Endlich hast du gesprochen! Zwar nicht wie ein Mann zu seiner Frau spricht, aber so, wie ich mir vorstelle, daß du mit deinen Patienten sprichst. Diese leise, zögernde Stimme, diese langen Pausen voller Suchen, dieses vorsichtige Reden, nicht in eigener Sache, sondern um des anderen willen – so reden zwei Ebenbürtige nicht miteinander, Christian, und du willst doch, daß wir ebenbürtig sind.

Dennoch bin ich dankbar, grenzenlos dankbar! Es ist ein Anfang, ein Riß in der Mauer, und wenn ich mich sehr anstrenge, kann ich dich durch den Riß hindurch vielleicht erblicken. Vielleicht können unsere Augen sich wieder begegnen? Vielleicht kannst du anfangen, auch von *dir* zu reden? Davon, was du in dieser Sache wirklich denkst und empfindest!

März 1945

Was ist es, das du mir nicht verzeihen kannst, Liebster? Daß ich nicht vorher mit dir sprach? Daß ich dich mit deinem eigenen Kind ‹betrog›? Aber ich benötigte die Stütze und Bestätigung des Körpers, Christian, ich brauchte die Entstehung unseres

Kindes in mir, um meinen Sprung zu wagen. Jetzt jedoch brauche ich deine Hand, um weiterzukommen. *Jetzt*, Christian!

März 1945

Dieser Zustand, der jetzt zwischen uns herrscht – ist das eine dieser ‹hoffnungslosen Situationen des Lebens›, von denen du manchmal mit mir zu reden versucht hast? Ich weiß ja, daß ich nicht ordentlich zuhöre, ich bin zu eifrig und fliege in einer eigenen Richtung davon, bevor du dazu gekommen bist, die deine zu entwickeln. Ist diese Wüste zwischen uns der Preis, den wir dafür bezahlen müssen, daß wir Individuen sind? Wir werden als Gefäße geboren, sagst du, eng oder gewölbt, zerbrechlich oder stabil, und wir hämmern vergebens an unserer gegebenen Form. Vergebens.

März 1945

Vergiß nicht, daß ich in meiner nächsten Verwandtschaft ein Beispiel vor Augen habe. Mama Alma sollte ihr fünftes Kind nicht zur Welt bringen. Sie war 45, und das chinesische Klima hatte ihrer Gesundheit ziemlich zugesetzt. Der Arzt überzeugte zuerst Papa, und dann versuchten beide, Mama davon zu überzeugen, wie riskant es für sie wäre. Doch sie weigerte sich beharrlich wie ein alter Maulesel. Gott habe ihr die Aufgabe gegeben, dann werde er ihr auch die Kraft dazu geben. Das war ihre schlichte Überzeugung. Und das tat er dann auch! Von ihren fünf Geburten war dies die einfachste und ungefährlichste, und das Kind war die bezauberndste Mischung aus zwei Menschen, die du dir nur vorstellen kannst.

Ich versuche mir so oft vorzustellen, wie unsere Mischung werden wird. Ich wünsche unserem Kind die meisten Eigenschaften seines Vaters, sogar seine Dickköpfigkeit. Aber vom ‹Mütterchen› versuche ich ihm Ströme aus Lebenszuversicht zu schicken. Geduld und Vertrauen.

April 1945

Du sagst, daß wir uns augenblicklich in einem Stadium von Macht- und Widerstandsgefühlen befänden, das ebenso natürlich sei wie Ein- und Ausatmen, wie Ebbe und Flut. Und mit diesem Zustand müßten wir Geduld haben!

Ach, mein Liebster, mehr ist nicht nötig, damit meine Seele sich auf Engelsschwingen erhebt, geradewegs in den obersten der sieben Himmel hinaufstürzt und dort am Riegel der Seligkeit rüttelt.

April 1945

Du sprichst jetzt oft mit mir. Beinahe jeden Abend. So voller Klugheit, Freundlichkeit und Behutsamkeit. Du liegst auf dem Rücken, die Hände fest über der Brust verschränkt, du atmest gleichmäßig und ruhig und redest und redest. Aber ich begnüge mich nicht mit Reden! Ich liege auf den Ellenbogen aufgestützt da und betrachte dich, und mein Herz beschwört dich, haucht dich an und versucht dich anzustecken. Aber du liegst da wie ein Felsblock, und weder Blicke noch warmer Atem können dir etwas anhaben!

Ganz gleich, wie sehr ich versuche, um dich herumzuschwarwenzeln und dich zu locken, du bleibst unverändert erhaben, unverändert unerreichbar, unverändert fern liegen. Es hilft nichts, wenn ich meine Hand auf deine Brust oder meine Stirn an deine Wange lege, nicht einmal, wenn ich dir auf den Schoß krieche, hilft noch etwas! Nichts hilft! Dennoch weiß ich, daß die Wasseradern vorhanden sind, daß der Stein sich öffnen und alle Reichtümer der Welt offenbaren kann. Bei der Erinnerung daran, wie du dich mir im Oktober und November geöffnet hast, zittert mein Körper vor Glück. Als die Zärtlichkeit allgegenwärtig war und du mich begehrt hast. Ich sehne mich, Christian, sehne mich –

Ja, Christian, du hast recht. Recht, recht, recht. Und ich bin wieder einmal zu eifrig, zu gedankenlos, zu dumm gewesen. Habe nicht einmal versucht zu verstehen!

Gestern abend versuchte ich, dich zu verführen. Ich sehnte mich so sehr danach, auch dich in meinem Schoß zu fühlen, und ich wollte die dünne Wand zwischen uns, die zärtliche, behutsame, freundlich-verständnisvolle Wand mit einem einzigen, gewaltsamen Ruck einreißen. Christian, mein Liebster, du konntest nicht!

Ich kann den Schreck gar nicht beschreiben, der mich durchzuckte, als ich es begriff. Dies war etwas, das mich nicht einmal im entferntesten gestreift hatte, an das ich nie gedacht hatte. So dumm bin ich, so unrettbar kindisch und unerfahren. Und dabei ist es ja genaugenommen das Selbstverständlichste auf der Welt: Ich habe etwas getan, das du nicht ‹wolltest›, und jetzt ‹kannst› du mich nicht lieben. Kannst es tatsächlich rein physisch nicht.

Kann man sich ein deutlicheres Bild von den Voraussetzungen der Liebe vorstellen?

Unser guter Wille und meine Verzweiflung mühten sich tierisch mit unseren schweißnassen Körpern ab. Aber die Tatsache blieb. Hinterher warst du ganz ruhig, ganz still. Vermutlich hast du dies schon lange gewußt? Damit gerechnet? Gehofft, daß ich es ohne Worte verstehen würde! Heute ist der Tag meiner Zerknirschung. Ich sehe, wie kindisch ich bin, wie grenzenlos selbstversunken . . .

Aha! Das hatte sie schließlich also begriffen! Dieses Kindweib, das geglaubt hatte, die Liebe sei ein Apfel in einem Baum über ihr, man brauche nur die Hand auszustrecken und sich zu bedienen. Aber erst nachdem er nackt vor ihren Augen gelegen hatte, erbarmungslos und schändlich entblößt.

Christian Dettow starrte in die Tapetenranken hinein. Sie war so selig in ihrem Frauenglück eingeschlossen, so unerreichbar gewesen. Anwesend und doch nicht anwesend. Die Seine und doch nicht sein. Durch den legitimsten aller Gründe von ihm genommen . . .

«Das, was du damals geschrieben hast, konnte ich nicht lesen, Elisabet», sagte er «Ich hatte nicht die Kraft dazu. Aber ich tat so, als ob. Ich saß hier auf dem Stuhl vor dem Sekretär, auf dem das Buch immer aufgeschlagen lag, saß hier und spürte meine Pflicht. Und du hast summend hinter meinem Rücken herumgewirtschaftet. Die vielen kleinen Kleidungsstücke, das ewige Strickzeug – ich wollte mich umdrehen und dir sagen, was ich empfand, deine Hände zwingen, die Stricknadeln loszulassen, dein Herz mit kalter Hand pressen. Aber ich tat es nicht. Ich saß hier und tat so, als würde ich lesen, aber meine Augen weigerten sich zu sehen, was du geschrieben hattest, ich glaubte, du würdest dich nur in Lobpreisungen darüber ergehen, was jetzt in deinem Körper geschah, etwas, das ich haßte –»

Ja, er hatte die Anzeichen des Kindes an ihrem Körper gehaßt. Sie war mit jeder Woche schöner geworden, das hatte er wohl gesehen, aber er hatte sich geweigert, es zuzugeben. Einzig und allein die Deformierung des Körpers hatte er festgehalten, die mandelförmige Nabelkerbe, die herausgepreßt und entstellt worden war, der flache Mädchenbauch, der angeschwollen war, das Platzen der Blutgefäße in der zarten Haut, die Brüste viel zu früh hart von Milch –

Er wand sich ungeduldig auf dem Stuhl. Schon wieder stieg Übelkeit in ihm hoch, oder war es die ungewohnte Wärme im Haus? Er holte ein Taschentuch heraus und wischte sich das Gesicht ab, rieb sich die Handflächen trocken.

Mai 1945

Wie ruhig, wie entspannt du von der Tragödie der Persönlichkeit sprichst, mein Idealist. Du beschreibst, daß wir wie kleine Zapfen und Samen am großen Allbaum hängen, abgeschnürt vom göttlichen Stamm, für die Dauer der Zeit in die Form unserer Persönlichkeit gepreßt. Wie still du vom Fluch des harten Knotens redest, aus dem kein guter Wille, kein ehrlicher

Vorsatz, kein noch so brennendes Gebet uns lösen können. Und ich liege neben dir auf dem Rücken, mit meinem Bauch, der sich jetzt zu wölben beginnt, und höre deine Wunde bluten.

Aber gegen Morgen erwacht meine Oppositionslust und geht zum Angriff über. Dann schläfst du, aber das macht nichts, da ich es hier aufschreiben kann.

Denkst du nie daran, daß der Fluch des Knotens gleichzeitig unser großer Trost ist? Unser einziger, aber unser Trost. Gott hat uns auf ausgerechnet diese Art an sich gebunden. Er hat ausgerechnet den Kampf dieses Knotens gewollt. Und hierbei ist ausgerechnet unsere Hilflosigkeit unser Trost. Das göttliche Material in uns kann ja dennoch nie zu kämpfen aufhören, und es ist ja gerade der Kampf, der den Knoten ausmacht!

Hört, hört! Wie theologisch ich daherrede und wie geistreich! Ich wußte gar nicht, daß ich das kann. Aber ich bin voller Vertrauen aufgewachsen, das ist meine eigentliche Ursprungsreligion, und die möchte ich so unerhört gern mit dir teilen. Wie sollen wir denn ohne Zuversicht leben?

Mai 1945

Heute habe ich alle Hemdchen, Jäckchen, Nabelbinden und Wickeltücher gewaschen und in langen wonnigen Reihen in der Sonne aufgehängt. Es ist zu früh, viel zu früh, das weiß ich, aber ich mache jetzt andauernd alles falsch. In meiner großen Verwirrung, in meiner Freude, die ich nicht verbergen kann, und in meiner Furcht, der ich täglich mit derselben verrückten Zuversicht entgegentrete, mache ich ununterbrochen lauter Sachen, die ich nicht tun sollte.

Natürlich hätte ich alles hereinholen sollen, bevor du nach Hause kamst. Auch wegen der Feuchtigkeit hätte ich das tun sollen! Aber die dumme Hoffnung in mir spielte uns diesen Streich. Du kamst, ich ging dir ans Gartentor entgegen, du küßtest mich auf die Wange, und langsam gingen wir den Weg hinauf. Die Luft war kühl und still und von dieser abwartenden, schmerzlichen Schönheit erfüllt, die es nur gibt, bevor der Frühling richtig angefangen hat. Eine schwache Abendbrise rührte leicht an meine Freude, die weiter oben in der Abendsonne hing. Ich konnte es nicht lassen, ich mußte meine Hand heben und dir die flatternde Wonne zeigen. Da wandtest du den Kopf ab und gingst wortlos weiter.

Mai 1945

Heute nacht geschah etwas, das Mama Alma als Erhörung bezeichnen würde. Ich habe es heute nacht auch so genannt. Du schliefst, aber ich lag wach, wie so oft in letzter Zeit, da unser Kind ausgerechnet nachts seine muntersten Turnübungen macht. Du schliefst schwer und sehr weit weg, und ich lag mit meinem Berg von einem Bauch auf dem Rücken neben dir. Ich hatte Angst, ich hatte Schmerzen, und ich konnte nichts tun außer beten. In dieser ganzen Zeit ist das Gebet meine Hilfe gewesen, meine einzige Laterne in der großen weißen Eiswüste zwischen uns. Gott ist mir so nahegekommen. Aber heute nacht war Er plötzlich verschwunden. Ich lag da und suchte nach Worten und Wünschen, nach Gebeten, die ich beten könnte, fand aber keine. Zwar ist mir bewußt, daß meine Gebete in letzter Zeit immer dünner geworden sind, aber jetzt waren sie plötzlich überhaupt nicht mehr da. Das einzige, was mir einfiel, war dies: Hilf mir, still hier im Bett liegen zu bleiben, bis der Morgen kommt. Hilf mir, nichts anderes zu tun, als hier zu liegen und auf das Licht zu warten.

Die entsetzlichsten Versuchungen setzten mir zu. Ich wußte nicht, daß du den Schlüssel zum Giftschrank versteckt hattest. Ach, Christian, mein Geliebter, nicht einmal in dieser großen Kälte entfernen wir uns auch nur einen Augenblick aus der Anwesenheit des anderen!

Meine Lippen bewegten sich immer langsamer, immer steifer, und ich stellte mit eigenartiger Ruhe fest, daß ich nur darauf wartete, bis auch dieses Gebet so dünn und nichtig würde, daß ich aufstehen und widerstandslos in die Versuchung hineingehen könnte, die sich am nächsten befand . . .

Da hast du dich plötzlich neben mir bewegt, du hast dich im Schlaf umgedreht und aus alter Gewohnheit deine Arme nach mir ausgestreckt. Du weißt es sicher nicht. Wenn du nur ein klein bißchen bewußt gewesen wärst, hättest du sie zurückgezogen! Jetzt blieben sie liegen: deine eine Hand auf meiner Brust, die andere auf meinem Hals. Aus Angst, dich zu wecken, wagte ich kaum zu atmen. In diesem angsterfüllten Glück lag ich lange ganz still, dann gelang es mir mit großer Vorsicht, mich so zurechtzurücken, daß deine Hand sich um meine Brust schloß und mein Nacken in deiner Handfläche ruhte. Da erst begannen meine Tränen zu strömen. Sie strömten und strömten. Ich hatte mich so grenzenlos danach gesehnt, daß der schwere Klumpen in meiner Brust aufbrechen und aus mir herausfließen würde, und als ich jetzt endlich weinen konnte, kam es mir wie eine Erhörung vor. Die Tränen flossen mir in die Ohren und in den Mund, das Kinn hinab und den Hals entlang, und mir war, als wäre es kein gewöhnliches Weinen, als wäre es nicht *meine* Trauer, sondern als wären es die Tränen aller Menschen über alle Trauer der Welt . . .

Ich glaube, selbst unser Kind fühlte es, es wurde still und schlief in seiner dunklen, warmen Höhle, vielleicht mit dem Daumen im Mund, ein. Als du schließlich nach einer Ewigkeit voller Tränen aufgewacht bist und dich von mir weggedreht hast, konnte ich in der Dunkelheit schon lächeln. Und zwischen den Tränen, die noch nicht auf meinen Wangen getrocknet waren, und diesem Lächeln bestand kein Unterschied, die Grenze dazwischen war verschwunden.

Juni 1945

Gesegnet sei dein guter Wille, der immer wieder zu erneuten Versuchen ansetzt. Genau wie der meinige. Wie rührend beharrlich ist doch dieser vergebliche Kampf unserer beider Willen!

Abends, wenn wir uns ausziehen, schweigend und vielleicht beide betend, unablässig betend, während wir unsere Kleider so behutsam aufhängen, als wären sie aus sprödem Glas, das bei der geringsten falschen Bewegung zerbrechen könnte, und als wären unsere Seelen so schrecklich erschöpft, daß jede Bewegung so schwerfällt wie ein ganzer Arbeitstag – an diesen Abenden tobt ein Kampf zwischen Gott und der bösen Lust in uns. Und dieser Kampf saugt das Blut aus unseren Adern und verwandelt die Welt in eine Glasglocke.

Wenn ich langsam und widerstrebend die Knöpfe an meinem weiten Umstandskleid aufknöpfe, zieht böse Lust durchs Zimmer. Die böse Lust hebt den Kopf, wenn ich, halb im Wandschrank verborgen, mein Kleid ausziehe und es auf seinen Bügel hänge. Und wenn ich abgewandt und sehr leise die Haken meines Korsetts aufhake, spüre ich, wie die böse Lust direkt hinter meinem Rücken steht.

Sie will mich umdrehen, Korsett und Hemd auf den Boden schleudern und mich nackt und groß mit meinem rot-blauschimmernden Ballon auf dich zugehen lassen. Ihn triumphierend zu erbarmungslosem Betrachten hinhalten, deine Hände packen und sie über die Wölbung führen, sie dazu zwingen, die Bewegungen des Kindes zu fühlen, sie weiter hinunterzwingen, zu meinem Schoß, der dann wie ein behaartes kleines Tier anschwellen würde.

Von meinem Flehen verjagt, verzieht sich diese Lust geduckt zur Tür hinaus, und ich beuge mich außer Atem über meine Schuhe. Da bist du schon da, liegst vor mir auf den Knien! Du bist da und dennoch sehr weit weg, wie ein Hirte auf einem Gemälde von der heiligen Jungfrau, und du hilfst mir mit den Schuhen. Wir sehen uns nicht an. Deine Hände zittern, und wenn meine Knie nicht so weit auseinanderstünden, würden meine Kniescheiben aneinander schlagen.

Aber noch ist der Kampf nicht zu Ende. Jetzt kommt der Augenblick, da du nackt im Zimmer stehst. Der Schlafanzug ist in Reichweite, er liegt auf dem Fußende des Bettes, aber da du dein Hemd über den Stuhlrücken hängen und die Unterhose und die Strümpfe auf den Sitz legen mußt, stehst du mehrere Sekunden lang ganz nackt zwischen dem Stuhl und dem Bett. Würde ich mich in diesem Augenblick umdrehen, dann stürzte die Welt zusammen, unsere spröde gewordene Glaswelt. Und die Scherben würden in der Dunkelheit davonstieben ...

Jeden Abend glaube ich, daß es geschehen wird, und jeden Abend geschieht es nicht.

Schließlich stehen wir in unseren Nachtgewändern da und kehren uns gegenseitig den Rücken zu, dann kommst du auf meine Seite herüber, wo du sehr sachte, mit unerhörtem Widerwillen meine Decke zurückschlägst, dich hinlegst und mich an dich ziehst. Deine Hand löscht das Licht, und mein Blick fängt einen Augenblick deine Hand ein, dann legst du die Arme deines Willens um den Leib meines Willens, und regungslos ausgestreckt, wortlos und total erschöpft ruhen wir nebeneinander.

Dann tritt Gott auch an diesem Abend über die Schwelle.

Juni 1945

Wir müssen durch diese Sache hindurch. Das müssen wir! Ich werde wieder schlank und hübsch werden, und du wirst zu mir kommen. Unsere Körper werden sich wiederfinden, und das Kind wird außerhalb von uns existieren. Hast du mich gehört? *Außerhalb*. Ein Einzelwesen, das uns braucht, aber das nicht *wir* ist. Und du wirst es lieben, das weiß ich ganz sicher. In dem Augenblick, wenn du es in seiner ganzen rotverhutzelten Wonne sehen wirst, wird dein Herz brechen und die Zärtlichkeit aus dem Stein hervorquellen –

Juni 1945

Ich habe so schlimme Träume, Christian! Ich träume, daß du zu mir kommst, aber dein Kopf ist schrecklich angeschwollen und groß, wie bei einem Embryo schwankt er auf einem dünnen schmalen Hals. Du kommst und willst mir deinen Riesenkopf in den Schoß legen. Aber das geht nicht. Es geht auf gar keinen Fall! Mein Bauch ist gewaltig, und wie sehr wir uns auch abmühen, dein Kopf findet keinen Platz. Es ist schrecklich, er stößt überall an, wir tun unser Äußerstes, aber es geht nicht, und ich schreie wild, und presse gleichzeitig die Hände an den Mund, um den Schrei zurückzuhalten, und wache auf, und du sitzt neben mir auf dem Bettrand und siehst mich mit Hirtenaugen an, berührst mich mit Hirtenhänden, streichst mir hirtenstill über die Schulter. Ja, ja . . .

Juni 1945

So, nun hast du erreicht, was du wolltest! Die fürchterliche Lust in dir ist gestillt, der Hunger in deinen Augen, das Verlangen in deinen Händen, der Brand in dir, der Brand! Endlich hat er den Höhepunkt seiner Lüsternheit erreicht.

Unser Kind ist zur Welt gekommen, aber es ist tot. Du hast geweint, als du es mir erzählt hast, aber ich verachte deine Tränen, du hast kein Recht darauf. Hast du mich gehört! Du hast kein Recht auf Tränen, kein Recht darauf, mit diesen trauerschweren Gliedern umherzugehen, kein Recht darauf, in deinem Arbeitszimmer rastlos auf und ab zu wandern. Überhaupt kein Recht!

Du hast ihn die ganze Zeit gehaßt, du konntest die schwarze Lust in dir nicht überwinden. Dein ganzes Gerede über den guten Willen ist nichts als Lüge und verdammte Schöngeisterei. Das Gute in deiner Liebe hat nie im Ernst den Kampf mit dem Bösen aufgenommen. In deiner grenzenlosen, fürchterlichen Machtgier hast du uns dem Bösen ausgeliefert, und das Böse hat unseren Sohn umgebracht.

Ich weiß wohl, daß du andere Erklärungen hast. Ich weiß sogar, daß diese Erklärungen ihre objektive Gültigkeit besitzen. Aber für mich wirst du immer derjenige sein, der ihn umgebracht hat. So eng, so schief, so wahnwitzig ichbezogen kann die Liebe also sein. So ist unsere Liebe, sowohl deine als auch meine. Nicht so wie in der ‹*Judenbraut*› und den ‹*Liebenden*›, nein, unsere Liebe ist ein Wahnsinn, jawohl, Wahnsinn!

Rühr mich nicht an, sage ich dir. Ich bin voller Gift. Als ich in dein Haus kam, in dein weißes Traumhaus, da lebte ich. Ich war jung, unerfahren, kindisch gutgläubig, romantisch, aber ich *lebte.* Ich war eine lebendige junge Frau, die essen, lieben, Strümpfe stopfen, Kinder gebären und mit ihrem Geliebten lachen wollte. Aber jetzt bin ich tot. Mein Kind ist tot. Und der Mann, den ich liebte, ist auch tot.

«Elisabet!» flüsterte Christian Dettow und stützte den Kopf in die Hände, «Elisabet»! Ich wußte nicht, daß es so schlimm war! Ich habe ja nicht mehr gelesen! Hörst du mich, Elisabet? Ich wußte es nicht, und ich war der Meinung, du wüßtest, daß ich nicht mehr las.»

Er rieb sich heftig die Stirn und versuchte sich zu erinnern. Das war nicht schwierig, Elisabet hatte ihn schon hingeführt. Er erinnerte sich an den Blick, an den ersten Blick, gleich nachdem er die Schwelle übertreten hatte, den Blick hinüber zum Sekretär, wo das Tagebuch lag und darauf wartete, daß er seine Pflicht erfüllte, er erinnerte sich daran, wie schwer seine Beine gewesen waren, als er hinüberging, an den Widerwillen, mit dem er den Stuhl hervorzog, daran, wie er dagesessen hatte, mit Augen, die sich weigerten, zu sehen, mit seinem ganzen komplizierten, weitverzweigten Unwillen, der in diesem einen Beschluß konzentriert war: er wollte nicht lesen.

Aber lange hatte er diese jämmerliche Komödie nicht ertragen. Und eines Abends, als er die Treppe hinaufgekommen und ins Zimmer getreten war – jetzt erinnerte er sich daran! –, da war das Tagebuch verschwunden gewesen und die Klappe des Sekretärs zugeschlagen: Elisabet hatte endlich begriffen und ihn befreit. Aber wann?

Er blätterte rasch weiter. Den Herbst wollte er finden, den Herbst der Befreiung, als nach zwölfjähriger Mühsal endlich der Wendepunkt für ihn gekommen war. Als das Böse in ihm verheilt war und er sich vorbehaltlos Elisabet hatte zuwenden können. Er erinnerte sich daran, wie kühl sein Blut geworden war, und wie selige Schwerelosigkeit seinen Körper erfüllt hatte; diese Empfindungen mußte er wieder in sich lebendig werden lassen ...

September 1945

Vor drei Tagen war ich bei Gustav. Er untersuchte mich mit sanften Händen und milder Umsicht. Anschließend sprach er lange mit mir, schenkte mir fast eine ganze Stunde seiner Zeit, während die werdenden Mütter draußen im Wartezimmer warteten.

Ich habe Gustav gern! Seinen großen friedlichen Leib, seine beinahe weibliche Sanftheit, sein geduldiges Zuhören. Ein wahrer Strom aus Gedanken und Sorgen durfte aus mir herausfließen, während ich ihm dort gegenübersaß. Dinge, über die ich gern mit dir gesprochen hätte, was aber bei unserer augenblicklichen Beziehung nicht möglich ist.

Schließlich fragte ich ihn, wie man es anstellen sollte, angesichts der Unfähigkeit des eigenen Körpers, Kinder zu gebären, zu resignieren. Da sagte er, zum Resignieren sei es zu früh! Ich müsse erst einmal richtig kräftig und gesund werden, und dann würden wir es mit neuen Medikamenten, neuen Kräften und neuer Hoffnung wieder versuchen.

Das erzählte ich dir beim Mittagessen, mitten in der Erbsensuppe und mit unserem seltsamen neuen ‹Dienstmädchen› im Rücken. Du hast mit keinem einzigen Wort geantwortet. Das hatte ich auch nicht erwartet!

September 1945

«Laß mich dein Kind sein», hast du mir heute nacht mit einer Nacktheit zugeflüstert, die du bisher nie zu zeigen gewagt hast.

Unbeweglich, wie Schiffe ohne Wind, lagen wir in der Dunkelheit in unseren Betten. Keiner von uns konnte schlafen. Es war ein Wunder, daß deine Worte die Kraft hatten, aus dieser Reglosigkeit abzuheben. Dennoch antwortete ich nicht. Ich *wollte* antworten, Christian! Ich wußte ja, wieviel diese Worte deinen Stolz kosteten, und ich wußte auch, wie grausam ich in diesen Monaten zu dir gewesen war. Wie ich dich mit Anklagen geschlagen hatte, die du ohne ein Wort der Verteidigung angenommen hattest.

Ich wollte, Christian, aber ich konnte nicht. Deine Frage war ja eine Art Antwort auf das, was ich dir am Donnerstag gesagt hatte, eine Antwort, die deine Unveränderbarkeit offenbarte, die den Kampf aufgab, die die Waffen streckte. Aber anstatt angesichts dieser Antwort weich zu werden (was ich bisher immer geworden war, da du bei all deiner Unverbesserlichkeit so unerbittlich ehrlich und so niedergeschmettert warst und weil ich dich liebte!), erstarrte mein Herz vor Haß. *Vor Haß*, Christian. Ich wollte dich nicht anlügen. So habe ich nun auch *meine* Unverbesserlichkeit erreicht. Bisher habe ich keine gehabt (wenn man meinen unheilbaren Optimismus, meine Naivität nicht als halbe Unverbesserlichkeit bezeichnen sollte?), aber jetzt habe ich eine dunkle Wand in mir erreicht, ich stehe da und schlage mit dem Kopf dagegen. Kann nicht mehr das, was ich will.

So befinden wir uns wieder in einem neuen ‹Stadium›, wie du es zu nennen pflegst, Christian, aber ob es eines des *Lebens* ist? Ich habe eher das Gefühl, es ist eines des Todes.

September 1945

Wie könntest du mein *Kind* werden? Mich beanspruchen und von mir abhängig sein, so wie ein kleines Kind einen fordert und von einem abhängig ist? Ein kleines Kind stirbt, wenn es nicht versorgt wird. Ein kleines Kind liebt gedankenlos, blind, ohne Willensanstrengung, ohne Fragen. Es spielt ohne Furcht mit der Brust seiner Mutter. Lächelnd und zappelnd ruht es Haut an Haut mit ihr. Wie könnte ich es wagen, dich zu besitzen, wie man ein Kind besitzt?

Im Vergleich mit dem Kind, von dem ich träumte, bist du ein Fremder.

September 1945

Schwarze Gedanken dringen in mich ein, und dabei hatte ich bei allem Blut in meinen Adern geschworen, die schwarze Machtgier des Zweierwahnsinns niemals, unter keinen Umständen von mir Besitz ergreifen zu lassen.

Nachts, wenn wir in der Dunkelheit nebeneinanderliegen, in der Stille von Jahrmillionen liegen und die Atemzüge des anderen belauern, da spielt meine Rachsucht mit der Vorstellung, wie der Mann sein sollte, den ich mir als Vater meines Kindes wünsche.

Jenes Kindes, das ich immer noch zu gebären hoffe.

Jenes Kindes, das ich ersehne.

Jenes Kindes, von dem du schweigst.

Ich liege im Bett und denke, daß er eigentlich so sein könnte wie Gustav, der so viele geeignete, positive Erbanlagen hat! Ich denke, daß ich zu Gustav gehen und sagen könnte: Ich will ein Kind haben, aber Christian will nicht. Gib mir ein Kind, und ich werde die ganze Verantwortung, alle Sorgen und alle Freuden auf mich nehmen.

Und wenn das Kind eine Tatsache und so groß wäre, daß es sich nicht mehr verbergen ließe, dann würde ich zu dir gehen und dir mitteilen, was da vor sich geht. Von einem warmen, fernen Stern würde dir eine fremde Frau mit gleichgültiger Stimme berichten, daß sie wieder ein Kind gebären werde. Von einem anderen Mann, von einem Mann, der lebendig sei und ans Leben glaube.

So würde ich den Tod unseres Sohnes rächen.

September 1945

Du liest unser Rotes Buch nicht mehr, unser Großes Tagebuch, unser Urmaß – das Werk, das das Symbol unseres gemeinsamen Strebens sein sollte. Und ich frage dich nicht, warum. Das hat ja keinen Sinn. Das Schreiben ist ebenso sinnlos wie das Lesen, ebenso sinnlos, wie daß wir weiterhin gemeinsam aufwachen, aufstehen und uns anziehen, gemeinsam essen, uns in ernsten, umständlichen Figuren aufeinander zu und voneinander weg bewegen, als würden wir tatsächlich füreinander existieren.

Aber unsere Reden verraten uns! Tote Worte kommen über tote Lippen. Vertrocknete Zungen mühen sich gegen verfaulende Gaumen ab. Unsere Worte sind die toten Reden, die im Mondschein zwischen Steinstatuen geführt werden und die nichts als eine vom Schein des toten Mondes hervorgerufene Sinnestäuschung sind.

Ja, wie zwei steinerne Riesen liegen wir nebeneinander und sehen den Mond durch unser blaues Rouleau hereinscheinen, während die Dunkelheit der Nächte verstreicht. Ein schönes Monument des monumentalen Wahnwitzes des Zweierwahns!

September 1945

Ich spiele das Spiel der Liebe mit mir selbst. In der Dunkelheit neben deinem regungslosen, wachen Körper spiele ich das Spiel der Liebe mit mir selbst. Hart, bitter, voller Gift. Die Hand schleicht sich hinauf zu den Brüsten, befreit sie von Leintüchern und Nachthemd. Mit steifen Brustwarzen zeigen sie zur Zimmerdecke hinauf. Die Milch ist jetzt ganz und gar verschwunden, die Schwellung der Drüsen auch, nicht einmal ein hartnäckiger Liebhaber könnte ihnen noch ein paar süße Tropfen entziehen. Aber sie fühlen sich weich an unter den Händen, kühl und zugleich heiß.

Du liegst unbeweglich neben mir. Aber du schläfst nicht. Mein heißer Leib wirft ungeduldig Leintuch und Decke ab, der Bauch brennt unter dem dünnen Nachthemd, ich ziehe es hinauf, damit der heiße Bauch, der heiße Schoß in der Dunkelheit entblößt sind.

Du rührst dich immer noch nicht. Ich warte, aber du rührst dich nicht. Da tun meine Hände das, wozu sie sich in meiner Jugend nie überwinden konnten, sie tun es entschlossen, hart und haßerfüllt. Ich versuche nichts vor dir zu verbergen, ganz im Gegenteil: Dies tue ich um deinetwillen, nicht für mich. Hinterher liege ich ebenfall regungslos da. Meine Wangen und meine Haut brennen vor Scham. Kleine, harte Tränen rollen mir die Wangen hinunter. Da erhebst du dich sachte, beugst dich zu mir herüber, ziehst Leintuch und Decke über meinen schamlosen Leib hinauf, und nachdem du das getan hast, suchst du nach meiner Hand, liegst du neben mir und hältst in der Dunkelheit meine Hand. Hart und ohne Worte.

Ich will nicht, daß du meine Hand hältst. Ich will sie dir entziehen, doch nicht einmal das kann ich. Warum hast du meine Hand genommen, warum?

«Elisabet!» sagte Christian Dettow erregt. «Mußtest du das wirklich fragen? Hast du so wenig von mir gewußt? Von uns? Hast du nicht gemerkt, wie dünn die Schale meines Ichs im Laufe jenes Herbstes geworden war? Sie war nur noch eine Hülle, durch die ich hindurchblickte und sah, daß du auf dem besten Weg warst, für mich zu sterben, und da wußte ich, daß es nur eine Möglichkeit gab, wenn ich dich behalten wollte: ich mußte für dich sterben.»

Seine Hände zitterten so sehr, daß er mit den Fingernägeln an den glatten Tagebuchseiten scharren mußte, um sie umblättern zu können.

September 1945

Natürlich verstehe ich, Christian, und dennoch habe ich das Gefühl, überhaupt nichts zu verstehen. Nichts, nur das eine – daß ich tot bin und daß alles zu spät kommt.

Als ich heute mit meinem Strickzeug, das nur noch dazu dient, das schwarze Gift in mir aufzuspießen, am Fenster saß, bist du zu mir gekommen. Du hast meine Hand genommen, wie neulich nachts, nur noch sanfter. Du hast geweint, glaube ich, aber deine Tränen berührten mich unangenehm, erweckten meinen Widerwillen. Und ich erinnerte mich an das erste Mal, als ich dich weinen sah – wie ich damals vor Kummer zitterte.

Du sagtest, daß alles jetzt so werden solle, wie ich es wolle.

Daß wir noch einmal versuchen sollten, ein Kind zu bekommen und daß es diesmal nicht sterben werde. Keiner von uns werde sterben. Und selbst wenn wir sterben sollten, so sei das bedeutungslos, da wir unseren Traum verwirklicht hätten: die Erfüllung der Liebe.

Christian, Christian! Kann es sein, daß wir ganz und gar die Rollen getauscht haben? So daß ich jetzt die Kalte, die Versteinerte, die Unbewegliche bin, während du lebendig, warm und hoffnungsvoll bist?

Es gibt ein altes chinesisches Sprichwort: «Alles kommt zu dem, der wartet, aber wenn es kommt, bist du selbst nicht mehr derselbe.» Im Laufe der Jahre habe ich oft an diese Worte gedacht, doch jedesmal habe ich sie so interpretiert, daß meine heißesten Wünsche nicht erfüllt werden könnten, bevor ich für sie reif geworden sei, bevor ich gesehen und gelernt hätte, ohne zu verzweifeln, gehärtet worden sei, ohne verhärtet zu werden . . .

Aber so kam es also nicht. Du hattest endlich das erreicht, von dem wir so lange geträumt hatten: die Erlösung deiner Liebe, und bebend und selig, blind und taub im Jubel deiner Liebe kamst du zu mir, und da saß ich wie eine Eissäule. Ich legte meine eiskalten Hände auf deinen Kopf, ich vermochte keinen Schritt in deine Richtung zu tun, konnte nur die Zähne zusammenbeißen, um nicht zu schreien.

Aber du warst so sehr von deiner Seligkeit erfüllt, daß du nichts bemerktest. *Du hast nicht bemerkt, daß ich dir nicht glaubte.*

Christian Dettow hob den Kopf. Er schwitzte nicht mehr, seine Hände waren eiskalt, und jedesmal, wenn sie aneinanderstreiften, flog ein Schauder durch seinen Körper. Langsam drehte er sich im Stuhl um und sah zu den beiden Bildern hinüber, die über den Betten hingen. Es waren ‹*Die Judenbraut*› von Rembrandt und ‹*Die Liebenden*› von Picasso, und es war kein Zufall, daß sie dort hingen.

Seine Augen brannten von der durchwachten Nacht und altem, vertrautem Zorn, als er die Bilder ansah. Die Erinnerungen in ihm waren schwer, aber von deutlicher Schärfe.

‹Die Judenbraut› war die große Entdeckung seiner Jugend gewesen, das Erlebnis, das wie eine Offenbarung in sein enttäuschtes Herz eingedrungen war. Neunzehn oder zwanzig Jahre alt war er gewesen, nach Paris unterwegs, aber zufällig in Amsterdam gelandet. Ein viel zu weicher und viel zu harter Jüngling, der ohne Hoffnung durch Europa zog, vom ununterbrochen pochenden Zorn über die Bedingungen des Lebens erfüllt: die spöttischen Trugbilder, die wie Schaumperlen dahintrieben und spurlos in das gleichgültige Wasser hinuntergesogen wurden, der Verrat, der so schlau und unausweichlich ins Leben eingebaut war. Man kam auf die Welt, zur Gemeinschaft bestimmt, zur Teilhaftigkeit, zur menschlichen Wärme, mit einer Sehnsucht im Herzen, die in der Lage sein müßte, Berge zu versetzen. Aber das Leben selbst machte diese Sehnsucht unmöglich. Der ganze menschliche Gemeinschaftsapparat existierte zwar, war aber unbrauchbar. Denn kaum bewegte man sich nur ein klein wenig auf die Menschen zu, schossen andere Gesetze aus dem Boden: die Gesetze der Unterscheidung, die Gesetze der Eingeschlossenheit, des Mißtrauens, der Ichbesessenheit. Ein jeder saß in seiner Kammer, war dazu verdammt, in seiner eigenen Kammer zu sitzen, und je älter man wurde, desto höher wuchsen die Wände zwischen den Kammern. Wollte ein Mensch zum anderen reden, konnte er nur dumpf und ichverzerrt aus seiner einzelnen Kammer rufen. Kein Mensch konnte mit dem anderen zusammensein, ohne daß der räuberische Instinkt erwachte: das animalische Verlangen danach zu besitzen, zu beherrschen, auszunützen. Der Traum des Kindes von Freiheit, Offenheit, Vertrautheit war und blieb ein Traum. Die Geschichte und die Welt waren voller kindlicher Träume und deren Schiffbrüche . . .

Ja, dieser Art war sein Zorn gewesen, und daher war er ohne Erwartungen durch die leuchtenden Kunstsäle gestreift, war blind und gleichgültig vor der Nachtwache gestanden, hatte sich beim Hinausgehen jedoch aus unergründlichem Anlaß vom goldbraunen Helldunkel der *‹Judenbraut›* einfangen lassen. Er hatte sich davor hingesetzt, war lange sitzengeblieben, war gegangen, wiedergekommen und hatte wieder davorgesessen. Denn dieses Bild hatte eine andere Sprache gesprochen als jene, die ihn sein Zorn gelehrt hatte, es hatte die Sprache des Traumes gesprochen, allerdings in einer leisen, eindringlichen Wirklichkeitsform, vor der er mißtrauisch die Augen aufgesperrt hatte.

Mit sicherer Hand hatte Rembrandt hier eine Möglichkeit der Verschmelzung eingefangen, die er so einfühlsam, so detailliert unter Beweis stellte, daß der Betrachter schließlich keinen Zweifel mehr haben konnte. Diese Liebe existierte. Die verzagte, stammelnde, ängstliche, ichgebundene, aber den anderen ersehnende Liebe existierte im Geiste und in der Wahrheit, voller Ernst und Treue. Nicht die aufreizende tierische Verschmelzung der Leidenschaft, die nichts anderes war als der ekstatische Ich-Wahn des Auerhahnes, sondern das sanftmütige, schwierige Wachsen, das in Toleranz und Barmherzigkeit hineinführte.

Zu diesem Bild hatte er Elisabet auf ihrer Hochzeitsreise geführt. Er hatte geglaubt, daß sie es verstanden hatte, da ihre Augen so gestrahlt hatten, er hatte geglaubt, daß sie dieselben Empfindungen, Auffassungen geteilt hatte . . .

Il faut être mort plusieurs fois pour peindre ainsi.

Er hielt inne, wußte nicht, woher die Worte kamen, wem er sie zuschreiben sollte. Aber sie entsprachen der Wahrheit, dachte er und versuchte, den Zorn in sich zu bremsen, ihn beiseite zu schieben.

Eine Woche später in Paris hatten sie ‹*Die Liebenden*› gefunden. Elisabet hatte das Bild als erste gesehen und augenblicklich die Ähnlichkeit mit der Judenbraut gespürt:

«Sieh mal, Christian, eine moderne ‹*Judenbraut*›!»

Und sie hatte recht gehabt. Die Bewegungen waren die gleichen, die Haltungen der Körper im Verhältnis zueinander, der Ernst, die Wehmut, die Innerlichkeit. ‹*Die Judenbraut*› mußte Picasso als Vorlage gedient haben, aber er hatte sie mit seinen eigenen Farben gemalt, mit den klaren Farben dieser Periode: das Rot gegen das Gelb, das Grün gegen das Blau, und dahinter das Fensterkreuz. Picasso hatte den Mut gehabt, das Kreuz zu sehen! Darüber hatten sie viel geredet, er und Elisabet. Und über das symbolische Eheopfer der alten Griechen –

Mais il faut être mort plusieurs fois –

Ein Instinkt warnte ihn davor, die Lektüre des zwölften Bandes fortzusetzen, dieses sinnlose Nachgeburtsleiden auf sich zu nehmen.

Laß Sissi van Dorn doch in ihrem Haßkeller sitzen. Wir haben gelebt, Elisabet, glücklich gelebt!

Er wußte, daß er recht hatte. Aber der Zorn war schon in ihm erwacht und bedrohte nun allzu kostbare Besitztümer. Christian Dettow drehte sich in seinem Stuhl um, zurück zum zwölften Buch, scharrte erneut mit den Nägeln, um die steifen Blätter packen und umblättern zu können. Es war sein Traum und seine Hoffnung gewesen, daß sie das dritte Paar werden würden. Mit allen Kräften hatte er danach gestrebt, sich die Wirklichkeit der Gemälde anzueignen, und er war der Meinung gewesen, daß es ihnen in den letzten Jahren gelungen war. Die Schwierigkeiten hatten das Gold aus ihren Bemühungen herausgewaschen, und schließlich waren sie gemeinsam ans Licht gelangt.

Ohne Opfer war es nicht abgegangen. Auch nicht ohne Leiden. Die großen klassischen Begriffe! Aber er war in der Lage gewesen, seine Hand auf Elisabets Herz zu legen und zu fühlen, wie wild und anders als das seine es pochte. Die Erinnerung konnte ihn nicht trügen! Ihre Herzschläge waren notwendiger für ihn geworden als seine eigenen. In einem Augenblick unverlierbaren Lichtes hatte er alles in ihre Hände gelegt. Und die Seligkeit des Augenblickes war ihm Lohn genug gewesen. Ein einziges Mal ganz außerhalb seiner selbst zu sein. Und wenn auch nur für einen einzigen Abend ohne Christian Dettow existieren zu dürfen . . .

Und dies sollte sie nicht mit ihm geteilt haben? Es stimmte, daß ihre Reaktion oder vielmehr ihr Mangel an Reaktion eine gewisse Enttäuschung in ihm hervorgerufen hatte. Er erinnerte sich daran wie an einen Schatten, der jedoch im Vergleich mit der strömenden Kraft, die ihn damals erfüllt hatte, nichts bedeutet hatte. Er hatte unendlich viel Zärtlichkeit und Geduld gehabt, und ihre Kraftlosigkeit und ihr Zögern hatten nur neue Zärtlichkeit, neue Geduld in ihm erweckt.

«Und wenn du nicht die Kraft dazu hast, Christian?»

Elisabet hatte ihren Kopf an seine Brust gelegt, und ihre Finger hatten unruhig die Noppen von seinem alten Morgenrock gezupft, ähnlich wie ein kleines Kind, das die Wolle von seiner Decke zupft, um dann seine Nase in den weichen Bällchen zu vergraben. Damals hatte Elisabet sich am Rande einer Depression befunden. Er hatte sie behutsam wie ein kleines Kind überreden müssen, damit sie das akzeptierte, was sie ein paar Monate zuvor so heftig ersehnt hatte. Wie im halben Dämmerzustand hatte sie an seiner Brust geruht, aber ihre Fragen waren voll hinterhältiger Schärfe gewesen, daran erinnerte er sich. Und er hatte sich bemüht, vorbehaltlos zu antworten, weder seine alte Furcht noch seine neue Zuversicht zu verbergen. Voller Sanftmut hatte er versucht, in ihre Angst einzudringen und sie zu klären.

«Natürlich ist es möglich, daß meine alte Furcht wieder in mir aufflammt, Elisabet, aber im selben Augenblick wird meine neue Einsicht dort sein: daß dies unser einziger Weg ist.»

«Du wirst die ganze Zeit Angst haben. Insgeheim.»

«Ja», hatte er zugegeben, «aber jetzt habe ich das Gefühl, daß meine Liebe stärker ist als meine Angst.»

«Und wenn du dich verhebst? Wenn du so lange Angst haben und dabei immerzu liebevoll sein mußt, daß du hinterher völlig ausgelaugt bist und weder mich noch das Kind lieben kannst?»

«Dieses Risiko müssen wir eingehen, Elisabet, aber ich glaube nicht, daß es groß ist!»

Da hatte sie seinen Morgenrock an den Revers gepackt und sich daran hochgezogen, bis ihre Augen auf derselben Höhe waren wie die seinen.

«Ich will, daß du lebst, Christian! Das ist meine Entdeckung!»

Christian Dettow schüttelte den Kopf und seufzte. Wer von ihnen beiden hatte in jenem Jahr leben wollen? Er hatte es ja schwarz auf weiß. Wer von ihnen beiden war nahe daran gewesen unterzugehen? Er hatte es ja vorhin mit eigenen Augen gelesen.

«Elisabet», flüsterte er, «du warst doch diejenige, die fast untergegangen wäre, du warst doch diejenige, die leben wollte!»

Aufs neue beugte er sich über das zwölfte Buch.

Oktober 1945

Ich frage mich, warum du Sissi van Dorn eigentlich in unser Haus geschleppt hast? Diese Neandertalerin aus der Unterwelt!

Ehemalige Schwedin, ehemalige Millionärin, ehemalige Gattin und ehemalige Mutter von fünf Kindern, ehemalige Herrin eines großen Hauses. Sie kann sich doch wohl nicht alles ausgedacht haben, Christian? *Fünf Kinderzimmer, zwei Kindermädchen, Hausmädchen, Köchin, Diener, Chauffeur, meine Liebe!* Ehemaliges liebendes junges Mädchen: *Ich starb, als ich siebzehn war, Frau Doktor!* In allem ist sie eine Ehemalige, bis auf die Groteske des Dienens, in der sie jetzt beharrlich zu leben versucht. *Ich habe alles probiert, das aber nicht!* Das Dienen also! Folglich will sie auch keinen Lohn haben, nur ab und zu eine kleine «Liebesgabe». Keine Freizeit. Nicht am Tisch mitessen, sondern bedienen. Nicht einmal einen Besen mit langem Stiel will sie benützen – sie muß auf den Knien «dienen»! Frühmorgens, bevor wir aufgewacht sind. Oder spätabends, nachdem wir schlafen gegangen sind. Aber noch habe ich sie keine anständige Arbeit in diesem Haus ausführen sehen! Wenn sie einkaufen geht, benütze ich die Gelegenheit, um aufzuräumen. Die Ärmste, das einzige, was sie noch will, kann sie nicht tun. Ihr heißester Wunsch steckt in ihrer hoffnungslosesten Unveränderbarkeit. Wenn ich es mir überlege, ist sie für uns und unser Haus wie geschaffen.

Ach, Christian, was ist das nur? Hast du dich früher so gefühlt, wie ich mich jetzt fühle? Tagaus, tagein strahlst du nur so von Zuversicht und scheinst nicht zu merken, daß ich wie ein Eisberg in deinem Sonnenschein liege.

Oktober 1945

An manchen Tagen weiß ich kaum, wie ich in meinem jetzigen Zustand dieses Denkmal vergangener Größe namens Sissi van

Dorn überhaupt ertragen soll. Oder hast du sie hergebracht, damit ich mich an ihr übe? Ja, denn jetzt bin ich ja diejenige, die sich üben muß, während für dich plötzlich alles möglich erscheint, sogar meine Eisbergpassivität trägst du mit Gleichmut.

Aber heute habe ich Sissi plötzlich nicht mehr ausgehalten. Wie üblich schlich ich vorsichtig die Treppe hinunter, um, wenn möglich, ungesehen in den Garten hinauszukommen, aber natürlich stand sie schon da und wartete auf mich, schwer und unbeweglich in ihrem ewigen schwarzen Kleid, ihren ewigen Filzpantoffeln, ihren ewig gefalteten langen weißen Händen. Und kaum war ich unten angelangt, da kam sie mit ihren raschen, fast lautlosen, unheimlichen Schritten angeglitten, kam dicht an mich heran, legte ihre bloßen, erstaunlich weichen Arme um meine Schultern, drückte sich an mich und flüsterte: «Nun, Mütterchen, jetzt habe ich alles abgestaubt, sag, daß ich tüchtig bin!»

Die Situation war nicht neu, sie kommt fast täglich vor, aber heute verkraftete ich sie nicht. Ich wand mich auch ihren Armen und sagte hart und verzweifelt: «Sie dürfen mich nicht Mütterchen nennen, Sissi, ich habe keine Kinder und werde nie welche bekommen!»

Das, was dann geschah, war ziemlich erstaunlich. Sie trat zwei Schritte zurück und hob den schweren Kopf mit den glattgeleckten schwarzen Haaren. Ihr Kinn hing nicht mehr schlaff herab, ihre ganze Haltung war verändert, die ganze ehemalige Kraft war wieder in sie zurückgekehrt. Als ob die Not ihr Kampfsignal wärc, der Trommelwirbel, der das ehemalige Paradepferd wieder in Form brachte! Sie nahm mich an die Hand. Alles Falsche war verschwunden, die ehemaligen Diamanten, die Prachtequipagen mit den weißen Pferden, die heuchlerische Demut – sie dachte nur an mich! Kochte mir Kaffee, setzte mich in einen bequemen Stuhl, zündete eine Kerze an. Und so blieben wir sitzen und redeten darüber, wie es ist, von einem Mann, den man nicht liebt, Kinder zu bekommen, und wie es ist, wenn man es nicht wagt, von dem, den man liebt, eines zu bekommen . . .

Ich weiß nicht, wie lange es her ist, daß jemand so menschlich zu mir war.

Erneut stieg der Zorn in ihm auf, und er hob ungeduldig den Kopf.

«Und warum hast du es nicht gewagt, Elisabet? Hatte ich dir denn nicht gesagt, daß *ich* es wagte? Hatte ich nicht in deinem Schoß geweint vor Glück darüber, daß die schwarze Raserei in mir endlich gestorben war? Hatte ich dir nicht immer wieder versichert, daß dein Glück meines sei? Hatte ich dich nicht gebeten –»

Oktober 1945

Ach, Christian, es ist schade, daß du nicht mehr liest, was ich schreibe. Und daß ich nicht mit dir sprechen kann. Obwohl wirklich Anlaß dazu bestünde. Tagsüber mache ich jetzt nicht viel, insofern bin ich folgsam. Aber mein Verhältnis zu Sissi – ich bin wie ein kleines Kind geworden, kann nicht allein sein, trage meinen Stuhl hinter ihr her, wohin sie auch geht. Und Sissi erzählt –

Stell dir vor, als sie nach sieben Monaten endlich aus ihrer heimpsychiatrischen Dachkammer heruntergekommen war und ihren Mann darum gebeten hatte, wieder neu anfangen zu dürfen – da weigerte er sich sieben Monate lang, mit ihr zu sprechen. Genau so lange, wie sie geschwiegen hatte! Aber Sissi war ja krank gewesen, und der Mann war gesund. Oder waren sie etwa beide gesund, und die «Krankheit» war lediglich der übliche, unvermeidliche Liebeswahnsinn? Ich weiß es nicht, ich erzähle nur das, was sie mir erzählt hat.

Es hätte ja sein können, daß Sissi nach einer solchen Antwort wieder krank geworden wäre – aber nein? Sie akzeptierte seine Rache voll und ganz und ertrug sie, ohne zu murren, durch die eigenartigsten Umstände hindurch.

In ihren Kreisen muß das ja ein ziemliches Aufsehen erregt haben. Sissis Mann war die ganze Zeit im Dienst, und er und

Sissi waren sozusagen immer im vollen Einsatz: sie besuchten zusammen Einladungen und Diners, saßen bei Premieren und in Salons nebeneinander, reisten zusammen und führten ein offenes Haus. Aber jedesmal, wenn der Mann ihr etwas mitzuteilen hatte, jedesmal, wenn sie ihn etwas fragen mußte, wurde ein Diener mit einem geschriebenen Kärtchen auf einem silbernen Tablett geschickt. Sieben Monate lang, Christian! Sissi erzählte mit großem dramatischen Einfühlungsvermögen und brachte mich ebensooft zum Lachen wie zum Weinen. Wenn das kein Zweierwahn war, dann bin ich eine Sardine!

«Aber hast du denn nicht begriffen, daß sie log, Elisabet!» sagte Christian Dettow aufgebracht. «Das ist doch eine völlig unvorstellbare Geschichte, ein Märchen vom großen Vergeben, das sie sich ausgedacht hat, um dich zu beeindrucken.»

Nachdem ich mich etwas beruhigt hatte (obwohl das Lachen mir guttat!), fragte ich, wie sie das ausgehalten habe. Da sah sie mich mit ihren Kohleaugen an, die manchmal so seltsam sanft werden können, und sagte: «Ich sah, daß ich ihn umgebracht hatte, mein Täubchen, genauso effektiv wie sein Auto früher einmal Nils Henrik überfahren hatte. Wir waren quitt!»

Das finde ich erstaunlich. Es sagt etwas darüber aus, *was nach dem folie à deux-Stadium kommen kann.*

«Ein menschenwürdiges Verhältnis», sagte Sissi.

Nach sieben Monaten sprach ihr Mann allerdings wieder mit ihr. Ohne weitere Umstände. Sie versuchten auch nie, sich die dazwischenliegende Zeit gegenseitig zu erklären. Das war ja nicht nötig: das Geschehene hatte gesprochen! Danach lebten sie «glücklich» miteinander, bis der Krieg kam. Ist das nicht genau das, was du als Gegenseitigkeit bezeichnest? Hier hast du einen Fall, Christian! Aber nach dem «Schweigen» schliefen sie nie mehr miteinander! Und das finde ich natürlich bedauerlich, obwohl ich es verstehen kann. Ja, *jetzt* verstehe ich es, jetzt, da du mich unaufhörlich mit der ganzen Liebe, der ganzen Zärtlichkeit suchst, die du aufbringen kannst, und ich tot in deinen Armen liege.

Oktober 1945

Langsam, langsam versuchst du mich an dich zu ziehen, ganz gleich, wie sehr ich mich sträube. Ich bin ängstlich und ungerecht, aber du gibst nicht auf. Du bewegst dich Millimeter um Millimeter voran und hältst zwischendurch abwartend den Atem an. Bilde dir nur nicht ein, daß ich nicht merke, was du tust!

Ich arbeite jetzt täglich im Garten. Mein kleines Heilkräuterbeet ist erstaunlich gewachsen, und dort halte ich mich am meisten auf. Es gewährt mir eine seltsame Befriedigung, die alten Giftpflanzen zum Gedeihen zu bringen: den Mohn, den Fingerhut, den Stechapfel und das Bilsenkraut. Ein paar Liebeskräuter habe ich wohlweislich auch dabei: die anmutige hellrote Malve zum Beispiel. Linné steckte sie einst versuchsweise der Jungfrau Stina Trolle ins Haar und bekam eine solche Bestätigung für die Wirkung der Pflanze, daß er als Jüngling nicht anders konnte, als den Namen der Jungfrau in Spiegelschrift in seine erste Flora zu schreiben!

Du, der du dich bisher noch nie mit Gartenarbeit beschäftigt hast, kommst jetzt täglich früh nach Hause, um mir zu helfen. Armer Christian, du hast nicht viel davon. Heute fragte ich dich so richtig boshaft: «Findest du das hier nicht eigentlich gräßlich?»

Du sahst mich von der Seite an und antwortest sehr geschickt: «Nicht, wenn ich es mit dir zusammen tun darf!»

November 1945

Zum erstenmal in meinem Leben liebe ich den November, der sonst immer der schwierigste Monat überhaupt war. Er ist bisher nicht einmal besonders schön gewesen, sondern genauso regnerisch und grau wie sonst auch. Aber ich kann die üblichen Novemberworte nicht über die Lippen bringen: ungemütlich, grau düster. Statt dessen stellen sich Worte ein wie: still, mild, harrend. Wie kann der November harrend sein?

Sieben Monate lang bin ich mit der Stirn an der Wand

gestanden, an meiner Unverbesserlichkeitswand. Ich hatte fast begonnen, mich daran zu gewöhnen! Und dann tat sich plötzlich etwas vor mir auf: ein schmaler Pfad, kaum erkennbar in dem dichten Gestrüpp, aus dem ich zur Zeit bestehe. Wie und wohin?

Ach, so fragt man doch nicht, wenn man mit der Stirn an der Wand gestanden hat. Man starrt das Unerwartete an, das Unmögliche. Die Seele ist lange Zeit so voller Staunen, daß für etwas anderes kein Platz dort ist. Langsam, wie ein seit langem vergessener Duft, kommt von weither die Freude. Die Freude?!

November 1945

Sissi und ich haben die ganze Woche im Garten gewirtschaftet und unter den Rosenbüschen Mist gestreut, den der Gärtner hergefahren hat. Bengtsson mißtraut uns ganz entschieden und bedenkt diese Frauenzimmer mit ihren Gummistiefeln und Mistgabeln mit finsteren Blicken. Aber wir haben uns durchgesetzt.

Die Rosen blühen immer noch, obwohl in drei Tagen Dezember ist. Ich begreife nicht, wie sie den Frost der vergangenen Wochen überstanden haben. Jeden Morgen bestaune ich die Anzahl der tapferen Knospen aufs neue: fuchsienrot platzen sie aus den schwärzlich gewordenen Blatthüllen hervor, so zuversichtlich davon überzeugt, daß sie es noch schaffen werden, aufzublühen und zu leben.

Eine wunderschöne, halberblühte Rose schaukelte heute in dem scharfen Wind an der Steinmauer. Der ganze übrige Strauch sah völlig winterlich abgestorben aus, aber diese Blüte war auf einem schmalen Stengel schräg vom kräftigen Stamm herausgeschossen. Viel zu schwer für ihren zarten Stiel, viel zu groß und empfindlich für die Jahreszeit trotzte sie allen Gesetzen, blühte und duftete im kalten Novemberwind.

Sissi arbeitete weiter weg zwischen den Stauden, vornübergebeugt und völlig absorbiert. Es macht ihr Spaß, im Garten zu arbeiten, wenn ich dabei bin, und sie mag sogar den Mistgeruch!

Ich stand da und sah die Rose im Wind an, schaute und schaute, während die Ewigkeit vorüberzog. Plötzlich waren meine Augen voller Tränen, ich war so weit in die Zeit davongetragen worden . . .

Vergebung! Die ganze letzte Zeit war das ein absolut sinnloses Wort, lächerlich und unmöglich. Jetzt sah ich plötzlich, daß Vergebung möglich war. Nicht so, wie wir es wollen, aber vielleicht so, wie Gott es will? Auf jeden Fall ganz anders möglich, als ich es mir vorgestellt hatte. Keine Willensanstrengung, keine Christenpflicht, keine soziale Notwendigkeit, sondern ein waschechtes Wunder: eine Rose im Novemberwind.

Natürlich habe ich in die Richtung der Vergebung gestrebt, das liegt ja in meiner Natur und in meinem Milieu! Und dennoch scheine ich vor allem in die entgegengesetzte Richtung gestrebt zu haben.

Wieder sah ich Sissi an. Diese ganz unmögliche Person, dieses Ungeheuer aus Egozentrismus und Hochmut, die sich jetzt einbildet, sie bewege sich «im Geist des wahren Dienens» voran. Und dabei fiel mir ein, was sie geantwortet hatte, als ich sie danach gefragt hatte, wie sie und ihr Mann sich gegenseitig hatten vergeben können.

«Das waren nicht wir, die einander da verziehen, mein Lämmchen, das war Gott, der einem im anderen verzieh.»

Genau das sagte sie! Und diese grotesk verzerrte Person, die unentwegt nur schändet, zerbricht, nach rechts und links ausschlägt und das bißchen Gute, das man für sie zu tun versucht, mit Bösem vergilt, diese Person trägt demnach ebenfalls die Rose der Seligkeit irgendwo in ihrem Herzen. In das tiefe, dunkle Chaos, aus dem sie besteht, ist der zarte Duft eingedrungen, und jetzt hat sie auch mir diesen Duft vermittelt. Vergeben, das ist nichts, was man *tut*, das ist etwas, das man erhält. Das ist keine Leistung, das ist ein Wunder. Und die Ehre gebührt Gott, der plötzlich dort einen Weg öffnet, wo es keinen Weg gab.

Auf einmal sehe ich ganz klar, was ich tun muß. Schon heute werde ich Gustav anrufen und einen Termin ausmachen. Ich weiß genau, was ich ihm sagen werde und wie ich dir entgegenkommen kann. Endlich weiß ich es!

Nachdem ich einen Termin bei Gustav verabredet hatte, ging ich in den Garten hinaus und schnitt die große Novemberrose ab, stellte sie in eine Vase und trug sie zu dir hinein. Heute habe ich endlich auch etwas geben dürfen. Zum erstenmal seit ewig langer Zeit. Ja, ich fühle, daß das, was ich jetzt tue, das einzig Richtige, das einzig Mögliche ist. So begebe ich mich also in die Gewalt des Wahnsinns, in die Gewalt von Christians Wahnsinn. Bin ebenso verrückt wie er und nehme ihm dennoch nicht seinen Wahn. Liebe, irrsinnige, unnachahmliche folie à deux – bist du das Muster oder bin ich es?

Mit erzürnten, brennenden Augen starrte er die Worte an. Was hatte sie *damals* noch bei Gustav verloren? Er hatte doch schon längst eine neue Schwangerschaft gutgeheißen, jetzt lag es bei ihnen, und sie waren sich darin einig gewesen, daß sie ein Kind haben wollten.

«Was war denn das für eine Idee, Elisabet?» fragte er heftig. «Wir versuchten doch alles, hofften jahrelang, noch die allerletzten Jahre hast du gehofft. Ich weiß noch, wie wir über das Kind zum Vierzigsten scherzten – war das alles etwa Spiel? Betrug?»

Aber es war Sissi van Dorn, die ihm bösartig und herausfordernd aus ihrem Kellerzimmer herauf antwortete.

«Sie wollte Kinder haben, aber Sie wagten es nicht, Herr Doktor. *Sie sah, daß Sie es nicht wagten!*»

Rasend hob er den Kopf. Draußen war es schon hell. Die Dunkelheit bot keine Zuflucht mehr. Der Winter mit seiner schützenden Schneedecke, seinen hartgefrorenen Kältewällen war vorbei, jetzt kam der Frühling herangebraust. Außer sich vor Seligkeit priesen die Vögel draußen vor dem Fenster seine Ankunft. Eine Amsel hatte schon lange vor Anbruch der Dämmerung damit begonnen, er hatte sie gut gehört: Leise, aber beharrlich, sanft, aber siegessicher, als würde von ihrem Schnabel ein Faden quer durch die Dunkelheit ins dahinterliegende Licht führen . . .

Er hatte versucht, ihr nicht zuzuhören, aber seine Schutzmechanismen funktionierten nicht mehr, und der Vogel hatte weitergemacht, ruhig und sanft hatte er seinen Lichtfaden eingeholt und im Takt des Einholens immer lauter gesungen. Jetzt sang er aus voller Kehle. Von eigenartiger Machtlosigkeit erfüllt, saß Christian Dettow am Sekretär und hörte zu. Noch dauerte es zwei Stunden, bis die Zeitungen in den Briefkasten unten am Gartentor gesteckt würden, die mit dem Beistand des Unglücks in der Welt ein bis zwei Stunden Vergessen bereithielten. Erst nach dieser Stunde würde es ihm möglich sein, Gustav anzurufen. Der saloppe Gustav, der nie pünktlich war, kein Versprechen hielt und vermutlich nie irgendwelche genaueren Aufzeichnungen über seine Patienten geführt hatte. Der verantwortungslose, redselige, charmante Gustav, mit dem er schon seit der Zeit vor Elisabets Tod nicht mehr gesprochen hatte und dessen joviale, unaufrichtig herzlichen Worte er um keinen Preis in sein Ohr lassen wollte. Aber jetzt ließ es sich nicht mehr vermeiden. Jetzt war ein Gespräch unausweichlich!

Er fühlte den Haß in sich hochschießen, den Haß auf jene Person, die jetzt schnarchend und zufrieden in seinem Kellerzimmer lag und, betrunken von seinem Whisky, schlief. Zufrieden, weil sie über ihn triumphiert hatte, über ihn, den sie haßte, weil er ihr zu helfen versucht hatte . . .

Er stand rasch auf, ließ das Tagebuch an seinem Platz liegen und ging ins Arbeitszimmer hinunter. Das Licht stach bereits mit zahllosen beharrlichen kleinen Nadelstichen durch die grünen Vorhänge, drang aber dennoch nicht ganz hindurch. Er begab sich zum Schreibtisch hinüber.

«Elisabet», sagte er, «bist du jetzt zufrieden? Hat dir deine folie das gebracht, was du wolltest? Dann kannst du dich ja an ihrem endgültigen Triumph im Fall von Sune und Viveka Burman ergötzen. Bediene dich! Bitte sehr!»

Im Stuhl zurückgelehnt, begann er wieder zu lesen. Auf der blanken Schreibtischplatte tickte die Uhr, und während er las, sah er, wie der Sekundenzeiger sich zäh im Minutenzirkel bewegte und der Minutenzeiger mit schneckenhafter Langsamkeit über das große weiße Zifferblatt kroch.

Hinterlassene Papiere zu Fall 263

Herr Oberarzt, lieber Herr Dr. Dettow!
Ich habe Ihnen so viel zu sagen, Sie sind der einzige, der versteht, der einzige, der zuhören will, Herr Oberarzt.

Ich verlange nicht, daß Sie mir glauben! Aber das, was ich erzählen werde, ist wahr, Gott ist mein Zeuge. Dennoch glaube ich nicht, daß irgendeiner der Gründe, die ich hier angebe, der richtige ist. Meine Schilderung hätte umgearbeitet werden müssen, doch dazu ist keine Zeit mehr. Mein Gehirn funktioniert nicht mehr so, wie es soll, große Teile sind weggebrannt. Aber ich muß versuchen, etwas mitzuteilen. Denn jene, die sehen, müssen Zeugnis ablegen, Herr Doktor, sonst ist ihr Leben verfehlt.

Alles ist ein großer Irrtum, und ich glaube nicht, daß es mir irgendwie gelungen ist, ihn zu berichtigen. Alles, was aus den dunklen Wolken, die sich mein Leben lang um mich geballt haben, herausgekommen ist, ist dies: In der Welt besteht ein großer Irrtum, ein sehr großer Irrtum. Doch es gibt eine Gnade, Herr Oberarzt: die Gnade, lieben zu dürfen. Doch das sieht die Welt nicht.

Die Welt sollte ja das Abbild des Himmels sein, Herr Oberarzt, ebenso wie der Mensch das Abbild Gottes sein sollte. Gott ist die Liebe, und die Liebe ist die Quelle des Lebens, und so wie die Liebe ist, so wird auch das Leben. Aber dies sieht die Welt nicht, und darin liegt ihr Irrtum.

In uns tragen wir ja sowohl den Himmel als auch die Hölle, und der Herr hat uns die Freiheit gegeben, das eine oder das andere zu wählen. Doch dies hat die Welt nicht verstanden, und das ist der Grund, warum ich Ihnen jetzt schreibe. Die Welt hat nicht verstanden, daß man das eine oder das andere wählen muß, die Welt glaubt, man könne erst das eine und später das andere wählen. Das ist der Irrtum der Welt. Wir müssen hier und jetzt wählen, Herr Doktor, davon bin ich fest überzeugt.

Doch da die Welt dies nicht begreift, ist alle Ordnung vertauscht. Alles ist auf den Kopf gestellt, und anstatt hinaufzuschauen, werden unsere Blicke nach unten gezwungen. So wird die Gnade der Liebe in Wahnwitz vertauscht.

In der Welt von heute darf die Liebe nicht leben, Herr Oberarzt, und das ist der Grund, warum ich dies schreibe.

Das Gesetz gründet ja auf der Bibel, und die Bibel ist Gottes Gesetz. Und dies ist das vornehmste Gebot: daß wir unseren Nächsten lieben wie uns selbst.

Jeder Mensch ist mit einem Funken der göttlichen Liebe geboren. Um dies zu bezeugen, sandte Gott seinen eingeborenen Sohn in die Welt. Er wollte die Welt in einem brennenden Liebesfeuer in die Arme schließen, doch die Welt wollte es nicht.

Wie sieht es heute in Schweden aus, Herr Oberarzt? Doch so: Die Liebe darf hier nicht existieren, und das ist der Irrtum, der größte Irrtum, dem man erliegen kann.

Von Anbeginn an lernen Schwedens Kinder und Jugendliche, die Liebe durch Lügen, Ausreden, Verfolgungen und Roheit zu verspotten. Jeder Traum von der Liebe wird aufs grausamste bestraft. Jedes wahre und echte Liebesgefühl wird geschändet und vernichtet.

Dafür kann mein ganzes Leben Zeugnis ablegen, Herr Doktor. Als Kind liebte ich meine Mutter über alles auf der Welt. Das konnte mir mein Vater nie verzeihen. Als Schulmädchen liebte ich eine Zeichenlehrerin. Das konnten mir meine Klassenkameraden nicht verzeihen. Als Erwachsene liebte ich meinen Mann. Das hat das schwedische Volk mir nie verziehen.

Nein, die Liebe darf im heutigen Schweden nicht leben. Die Freiheit, die Gott uns gegeben hat, existiert nicht mehr. Das schwedische Volk wird von Polizisten, Ärzten, Militärs und Sozialarbeitern dirigiert. Die Macht des Feindes ist so groß, daß er beliebig viele mit modernen Wandgemälden ausgeschmückte Anstalten errichten kann. Und wenn der Funke der Liebe in der Brust eines Menschen trotz der Beeinflussungsmethoden des Feindes nicht erlöschen will, dann wird dieser Mensch auf gesetzlichem(!) Weg und von gesetzlich(!) dazu bestimmten Eindringlingen ergriffen, eingesperrt und wie ein Tier behandelt, gehetzt, gepeinigt, ja, noch Schlimmeres –

Ich verstehe, daß Sie von alledem nichts wissen, Herr Oberarzt. Sie sind nicht von dieser Welt, aber Ihre Augen sind verschlossen. Sie sehen nicht, und daher möchte ich Ihnen das alles berichten. Der Funke der Liebe darf nicht sterben, Herr Doktor, und jetzt, da ich sterbe, muß ein anderer davon Zeugnis ablegen, daß die Liebe existiert.

Der Strombehandlungspfleger der Elektrizitätsabteilung küßt jede Nacht mit elektrischem Strom für acht Kronen die Stunde. Das Krankenhaus ist eine der Hauptzentralen, Herr Doktor. Dort sind defekte Robotergehirne ununterbrochen damit beschäftigt, teuflische Pläne auszuhecken, mit denen jeder Funke Liebe zwischen zwei Menschen, die einander lieben, getötet werden kann.

Ich glaube, der Strombehandlungspfleger der Elektrizitätsabteilung, Sven Johansson, ist der Anführer. Er war davon überzeugt, daß ich das Krankenhaus niemals lebendigen Leibes verlassen würde (er hatte nicht mit der Macht der Liebe gerechnet, Herr Doktor!). Daher erzählte er mir Sachen, die ich noch nie zuvor gehört hatte, die aber von meinen eigenen Erfahrungen im Krankenhaus voll und ganz bestätigt wurden. Durch heftige Unterbrechungen der Stromzufuhr beeinflußte er mein Herz auf eine Art und Weise, die zu meinem Tod hätte führen können, wenn mein Herz nicht so stark gewesen wäre. Die Matratze in meinem Bett wurde jede Nacht auf vierzig Grad erhitzt, und brennende Strahlen wurden auf mein Gesicht und insbesondere auf mein rechtes Auge gerichtet. Jeder einzelne meiner Gedanken wurde abgelesen und verhöhnt. Das, was durch die Wände hindurch gesagt wurde, läßt sich nicht niederschreiben.

Der Strombehandlungspfleger erzählte mir, die «Haßliga» (so nannte er sie!) sei übers ganze Land verstreut, insbesondere aber auf die Hauptstadt konzentriert. Ihre Spionageapparate seien überall angebracht, vor allem aber in den Schulen, da man die Jugend so früh wie möglich erreichen wolle. Sie übten die ungeheuerlichsten Teufelsdienste hinter ihren Apparaten aus, und das schwedische Volk bezahle diese Apparate selbst mit Steuergeldern, die der Reichstag (!) bewilligt habe.

So wird die Liebe täglich und stündlich vernichtet. Hierbei leisten der Schwedische Rundfunk, das Fernsehen und die Presse ihren großen Einsatz.

Das schwedische Volk besteht aus geduldigen Mündeln ohne Mumm in den Knochen. Wenn die Nervenkliniken ausgebaut werden, protestieren sie nicht, sondern bedanken sich noch dafür.

Herr Oberarzt! Durch systematische Verfolgung in *allen* Krankenhäusern wird das ganze schwedische Volk beeinflußt und geschwächt. Durch Apparate, die den Stoffwechsel der Menschen hemmen und den Kreislauf ins Stocken bringen, erhalten die Menschen den *Anschein* von Krankheiten, sie werden in die Krankenhäuser gebracht, wo sie von angeheuertem Personal betreut werden, das dafür sorgt, daß das Herz vertrocknet und jeder Funken Liebe stirbt.

Im Schwedischen Rundfunk wimmelt es von illegalem Personal, das an gewissen, vom Staat (!) angebrachten Spionageapparaten die Gedanken eines Menschen zu jeder Stunde ablesen und die Liebe aufspüren und vernichten könne.

Dies alles hat mir der Strombehandlungspfleger erzählt. Er glaubte nicht, daß ich durchkommen würde, daher hat er es gewagt. Und mein ganzes Leben entspricht diesem Bericht, Herr Doktor.

Dennoch bildet dies nur den Hintergrund für das, was ich sagen will. Das wichtigste, Herr Oberarzt, ist dies: Es gibt eine Gnade, und die steht allen offen – die Gnade der Liebe!

Wer waren wir schon, Viveka und Sune Burman? Zwei ganz durchschnittliche Menschen, ganz klein, ganz grau. Von Mißtrauen, Mißachtung, Mißlingen, Mißbilligungen verfolgt. Um uns herum nichts als Mißfallen und Mißverständnisse.

Aber die Hoffnung der Liebe war nicht in uns gestorben! Der Traum war nicht fahl geworden! Wir wollten die Liebe und nicht den Haß. Den Frieden und nicht den Unfrieden. Und Gott sorgte für uns. Er ließ uns das Bild seiner Liebe schauen, und das

Licht in unseren Herzen wurde im Dom zu Uppsala für alle Ewigkeit angezündet.

In seiner unergründlichen Gnade bewirkte Gott dies in uns, und im Licht der Liebe waren wir nicht mehr klein, nicht mehr grau. Wir traten voreinander und waren vertraut, nicht mißtrauisch, gelungen und nicht mißlungen, gebilligt und nicht mißbilligt. Zwei armselige Rinnsale, Herr Oberarzt, aus armseliger Erde, die völlig verarmt war, doch der Zusammenfluß war groß. Dort war das Reich des Friedens. Wölfe weideten dort mit Lämmern und Kälber mit jungen Löwen. Sein linker Arm ruhte unter ihrem Kopf, und seine Rechte umarmte sie.

Störet die Liebe nicht, steht in der Bibel, doch die Welt achtet nicht auf die Bibel. Darin liegt ihr Irrtum. Die Welt versteht nicht, daß man wählen muß. Es gibt eine Gnade: die des Liebens. Doch die Welt versteht sie nicht.

In Schweden ist der Mensch nicht frei, Herr Oberarzt. Wer hier seine Wahl trifft und lieben will, der wird verfolgt. Unsere ganze achtjährige Ehe legt davon Zeugnis ab. Ich habe nicht genügend Zeit, um alles zu berichten, aber ich muß Ihnen Beweise liefern.

Die Welt gibt nie auf. Ständig ist sie auf der Hut, ständig ist sie auf der Jagd. Die Welt ist ein Wolf, vom Wahnwitz des Hungers erfüllt, ein Wolf, der mit leuchtenden Augen ums Haus streicht. Da helfen auch keine dicken Teppiche auf dem Boden, keine doppelten Vorhänge vor den Fenstern, keine dreifachen Schlösser vor der Tür. Da hilft weder Schweigen noch Geduld. Nichts hilft, Herr Oberarzt. Die Welt ist ein Wolf, und wie soll man das Licht der Liebe schon verbergen? Eine Stadt, die auf dem Gipfel eines Berges liegt, läßt sich doch auch nicht verbergen.

Einer der Beweise dafür, daß ich die Wahrheit spreche: Wohin es uns auch verschlug, immer sind wir in Häusern mit schlechten Decken gelandet, die sämtliche Geräusche durchließen und so verwittert waren, daß man sie mit einer Stricknadel hätte durchstechen können.

Wie lang ist doch ein Menschenleben, Herr Oberarzt, wie lang der Weg zur wahren Einsicht. Ich hätte meine Schilderung noch umarbeiten müssen, aber große Teile meines Gehirns sind für acht Kronen die Stunde vom Stromabteilungspfleger weggebrannt worden.

Voller Verzweiflung stellten wir fest, daß die Gesellschaft (!) uns immer wieder erneut dazu provozierte, so zu handeln, daß Zwietracht und Mißtrauen bei uns entstanden, damit die Liebe in uns stürbe.

Die schwedischen Frauen haben eine besondere Art zu gehen. Sie bewegen ihre Beine wie Huren, und mein Mann ist schwach. Aber die Liebe hat gesiegt, Herr Oberarzt. Im Augenblick des Untergangs hat sie sich befreit. Es war mein Mann, der uns durch eine freiwillige und absolut selbstlose Liebestat loskaufte: Er stach sich mit einem Pinselstiel in sein gesundes rechtes Auge, um mir in meinem kranken Auge gleich zu werden. Auf diese Art wurden wir losgekauft, Herr Oberarzt, und in der Gnade der Liebe wieder vereint.

Wir haben die Liebe gewählt und nicht den Haß. Den Glauben und nicht den Unglauben. Die Seligkeit und nicht die Unseligkeit. Aber es ist nicht möglich, unter solchen Umständen in der Welt weiterzuleben. Daher verlassen wir die Unseligkeit um der Seligkeit willen.

Im Krankenhaus hätte die Welt um ein Haar gesiegt. Fast wäre es ins Auge gegangen, Herr Oberarzt! Es hieß ja, ich sei geisteskrank gewesen, als ich ins Krankenhaus kam, aber was war ich, als ich herauskam? Ich log Ihnen vor, daß es mir besserginge. Das entsprach nicht der Wahrheit. Die Zerstörungsarbeit lief während meines ganzen Aufenthaltes weiter, denn das ist das eigentliche Ziel der Krankenhauses. Um dieses Ziel zu erreichen, werden Ereignisketten arrangiert, die krankhaft wirkende Verhaltensformen und Einstellungen schaffen. In modernisierten, kunstgeschmückten Wohlfahrtszellen, mit Hilfe von Mitgliedern der Haßliga, die als Therapeuten ausgebildet sind, spielt sich alles unter dem Deckmantel der falschen Liebe ab. Hüten Sie sich vor der falschen Liebe, Herr Oberarzt, die ist schlimmer als offene Feindschaft. Die Haßliga ist überall vertreten, und ihre Mitglieder bewegen sich durch unterirdische

Tunnels vorwärts. Nachts sitzen sie in den Räumen der Oberschuldirektion, in der Riddarholmskirche, im Reichstagsgebäude, in der Reichsbank. Sie sitzen in der Polizeidirektion und im Königlichen Schloß. Als Mordmethode werden Säurebäder benützt, und der Abfall wird wie Abfall ins Kloakensystem hinuntergespült.

Doch der Herr selbst verwandelte die Niederlage des Todes für meinen Mann und mich in einen Sieg. Bitte trauern Sie nicht um uns, Herr Oberarzt. Lieber Dr. Dettow. Wir sterben selig. Wir verlassen die Unseligkeit.

In aller Bescheidenheit haben wir eine letzte Bitte, und außer Ihnen, Herr Oberarzt, haben wir niemanden, dem wir sie anvertrauen können.

Es ist unser einziger und letzter Wille, daß unsere Körper in ein und denselben Sarg gelegt und in ein und demselben Feuer verbrannt werden sollen und daß die Asche in der Nähe einer Kapelle begraben wird.

Der Sarg ist schon in Jonssons Beerdigungsinstitut bestellt und bezahlt. Es ist die größte Größe, und da unsere Körper dank der Verfolgungen recht ausgemergelt sind, dürfte unser Wunsch auf keinen äußeren Hinderungsgrund stoßen. Das Geld für die Beerdigung wird hiermit beigefügt.

Darum bitten wir als letzte Gnade.

Viveka und Sune Burman

Christian Dettow legte den Brief neben das Diktiergerät, zerknüllte den sorgfältig adressierten braunen Umschlag und warf ihn in den Papierkorb. Für einen Kommentar fehlte ihm jetzt die Kraft. Später, dachte er und sah auf die Uhr. Inzwischen war es halb neun geworden. Er hatte bis neun damit warten wollen, Gustav anzurufen, konnte es aber genausogut jetzt tun. Das Gespräch würde ohnehin so peinlich werden, daß eine halbe Stunde früher oder später keine Rolle spielte.

Er warf einen Blick zum Telefon hinüber, fühlte sich aber schwer vor Unlust. Er mußte, aber er wollte nicht! Langsam begann er sein Gesicht mit den Händen zu reiben, als würde er es waschen. Seine Haut war schlaff und feucht, er rieb so lange, bis sie brannte.

«Ich sehe schon, was du damit sagen willst, Elisabet», sagte er, müde zurückgelehnt, mit schlaff herabhängenden Armen.

«Sie haben geliebt, willst du sagen. Inmitten ihrer Verwirrung haben sie geliebt und die Liebe in Ehren gehalten. Sie sind glücklich gestorben, willst du auch sagen. Und du meinst, wenn ich ihnen die Liebe genommen hätte, dann hätte ich das einzige Lamm des Armen genommen. Das meinst du doch?

Aber siehst du die Konsequenzen?» fragte er plötzlich laut und aggressiv und umklammerte die Stuhllehnen.

Einen Augenblick lang sah er ihr Gesicht. Aus irgendeinem Grund hatte sie die Haare aufgelöst, sie saß mit gesenktem Kopf, vermutlich auf der Bettkante, und ihre aufgerissenen Augen leuchteten voller Verzweiflung durch die schwarzen Haarschlingen. Wie damals in Dalagatan! flog es ihm durch den Kopf, allerdings hatte sie die Haare damals nicht offen gehabt. Natürlich hatte sie ihn auch bei anderen Gelegenheiten so angesehen . . .

«Elisabet», sagte er mit rauher Stimme und sank in den Stuhl zurück. «Du brauchst nicht zu glauben, ich wüßte nicht, worum es sich hier handelt. Denn das weiß ich sehr genau. Glaubst du, ich hätte den Wahnwitz der Liebe so sehr bekämpft, wie ich es getan habe, wenn ich ihn nicht selbst in mir getragen hätte? Glaubst du etwa, ich hätte nicht wie Viveka Burman sein wollen? Elisabet, Elisabet!» Er stöhnte plötzlich in seine feuchten Hände hinein, richtete sich aber gleich wieder auf.

«Den andern ohne Sinn und Verstand zu besitzen, Elisabet, ihn in den Tod hinein zu besitzen! Als ich oben in der Burmanschen Wohnung stand und die beiden Leichen nebeneinander auf dem Boden liegen sah – was glaubst du, was ich da empfand? Ich fand es nicht lächerlich, ich hatte nie über die beiden lächeln können wie die anderen. Mitleid empfand ich auch nicht, ja kaum Gram darüber, daß sie mir entwischt waren, daß sie meine Heilungsstatistik drücken würden. Ich empfand Neid, Elisabet, eindeutigen, starken Neid. Weil es nicht wir beide waren, die dort lagen.

Fast sogar Haß, weil sie das bekommen hatten, was uns nicht vergönnt gewesen war: einen gemeinsamen Tod. Aber eine solche Liebe ist eine *folie* Elisabet. Und was enthält diese *folie?* Nichts als einen *Egoismus à deux!* Wenn du Burmans recht gibst, dann sagst du im selben Atemzug: Die Liebe ist ein Traum. Sie kann nie etwas anderes sein als ein Traum. Ein Traum, der zugleich ein Gefängnis ist, in das man mit Haut und Haaren, gegen sein besseres Wissen, eintreten muß.

Aber das war es doch nicht, was wir wollten, Elisabet!» sagte er, schob den Stuhl heftig zurück und begann im Zimmer auf und ab zu marschieren.

«Wir weigerten uns doch! Wir weigerten uns, die Augen zu schließen und uns den Mund mit den Süßigkeiten der Liebe vollzustopfen, zu schlecken, mit triefenden Mundwinkeln zu schlabbern und uns den Mund mit süßem Wahnwitz zu füllen.

So ging Sune Burman in den Tod! Mit diesem Bonbon im Mund legte Viveka sich für den Sarg zurecht. Und Sissi? Ab und zu wacht sie für fünf Minuten auf und *sieht*, aber sonst läuft sie immer noch mit ihrem Nils Henrik als Dauerlutscher im Mund herum.

Opium fürs Volk pflegten wir es zu nennen. Weißt du noch? Und wir wollten es anders machen. Wir wollten offenen Auges *sehen.* Wir wollten Seite an Seite nebeneinander leben und vor unseren Unterschieden und Deformationen nicht die Augen schließen, sondern lernen, sie zu akzeptieren. Wir wollten den Schwerpunkt der Liebe nicht unbedingt auf den Rausch der Sinne verlegen. Wir lernten es, die Worte ‹ich liebe› zu vermeiden. Wir hatten andere Worte, die viel inhaltsreicher, viel schwieriger waren: *Ich toleriere dich.*

Und du wolltest dasselbe wie ich. Wenigstens hast du das behauptet. Und all dein Tun schien das zu verdeutlichen. Du hast die Tatsache, daß ich nicht in unser Tagebuch schreiben konnte, ohne Vorwürfe akzeptiert. Auf eine mir unbegreifliche Art nahmst du die unkontrollierten Seiten meines Gefühlslebens hin – und hast sie toleriert!

Oder war alles nur Einbildung? War es meine eigene Sehnsucht, die ich in deinen Augen leuchten sah? Meinen eigenen brennenden Willen, etwas Größeres und etwas Besseres zu sein als das, was ich war?

Ich wollte *die Wirklichkeit*, Elisabet, keinen wilden Traum. Glaubst du etwa, ich hätte nicht gewußt, wie unmöglich die Liebe für mich war? Aber *mein* Traum bestand darin, daß ehrlicher Wille, ehrliches Streben etwas bedeuten sollten, daß sie so einfach, so alltäglich, so lebensnotwendig wie Brot werden sollten. Ich wollte, daß einer des anderen Alltagsbrot sein sollte, in Freud und Leid ehrlich gebrochen. Und das Wunder geschah. Wenigstens bildete ich mir das ein!

Damals, als ich zu dir kam und sagte: ‹Alles soll so werden, wie du es willst!›, da befand ich mich weder im Traum noch im Wahnwitz, Elisabet. Das war das Ergebnis eines zwölfjährigen Kampfes, und ich brachte alles mit, was es in mir an Gutem gab. Zwölf Jahre lang hatte ich dich so lieben wollen, wie ich es mir erträumt hatte, wie ich es aber nicht konnte. Doch in diesem Augenblick war ich angelangt. Ich war von Christian Dettow befreit, von den Gesetzen befreit, die ihn regiert hatten, ich hatte endlich die schwierige Kunst gelernt –»

Er hielt inne, als er spürte, wie das Selbstmitleid in ihm hochstieg. Er zwang es zurück und begann auf einem anderen, niedrigeren Niveau.

«Du hast immer gesagt, ich hätte so viel, worauf ich stolz sein könne: die Erfahrung, Menschen, die Hilfe benötigen, helfen zu können; das Ergebnis, daß mein Glaube an einen kranken Menschen wirklich etwas für ihn bewirkt, meine Heilungsquoten, die Früchte des langen Ringens um verbesserte Bedingungen in der Psychiatrie, die sich langsam einstellten . . . All das mag vielleicht stimmen, Elisabet, aber im Laufe der Jahre hat es mir immer weniger bedeutet. Ich wollte etwas Nützliches in der Welt ausrichten, nicht nur, um selbst befreit zu werden, sondern auch, damit die Welt besser wurde. Das glaubte ich wenigstens. Aber mein Wille spannte sich so sehr an, daß er von Krämpfen geschüttelt wurde, und jetzt stehe ich da, mit leeren Händen und leerem Herzen, und sehe, was sich im Innersten des Weltverbesserungswillens verbarg: Lebensvergoldung, Selbstbeweihräucherung, Karriereträume der feineren Art, die aber dennoch nichts als Karriereträume waren . . .

Das einzige, was ich respektiert habe, Elisabet, das einzige, was der Säure der Zeit standgehalten hat, war jenes eine Mal, als ich zu dir kam. Das, was ich dir damals sagte, war kein leeres Gerede, kein Traumgefasel. Ein ‹Opfer›, wie du vielleicht glaubtest und wie ich es selbst eine Zeitlang auch glaubte, war es auch nicht – es war meine einzige Freiheit, Elisabet, und ich durfte sie dir in den Schoß legen.

Nimm sie mir nicht weg, Elisabet», flüsterte er, «ich habe seither davon gelebt. Es war mein einziger Trost, als du starbst, der einzige.»

Der Telefonhörer in seiner Hand fühlte sich warm an. Die Bewegung erzeugte einen Fieberschauer in ihm, der ihn erkennen ließ, wie kalt er selbst war: ein Eingefrorener, ein Einsamer. Wenn sie nur nicht so plötzlich gestorben wäre! Wenn er sie krank und gequält gesehen hätte, wenn er den Tod wenigstens in irgendeiner Hinsicht als Befreiung für sie hätte empfinden können. Aber dieser Blitzschlag: Ein Abendspaziergang durch den Wald, wo sie so oft gegangen war. Sie ging immer mitten auf dem Weg, sagte stets, nach Anbruch der Dunkelheit kämen dort keine Autos mehr, aber an diesem Abend war doch eines gekommen, und zwar so rasch, daß sie nicht einmal hatte versuchen können, sich zur Seite zu werfen. Und als er nach Hause gekommen war, war das Haus leer gewesen.

Sein eiskalter Zeigefinger wählte Gustavs Nummer, ohne daß er sie im Verzeichnis nachzuschauen brauchte. Wie aus dichtem Nebel drangen ihm die Signale dumpf ins Ohr.

«Hallo?» Gustav Stimme klang außer Atem, als wäre er gerannt und leicht verärgert darüber, so früh am Sonntagmorgen gestört zu werden.

«Hier ist Christian Dettow, Gustav. Ich habe dich hoffentlich nicht geweckt?»

«Keineswegs, mein Freund, keineswegs! Bin unendlich dankbar, daß du nicht einer von meinen Privatpatienten bist, die lieben die Sonntagvormittage nämlich ganz besonders . . .

Gustav verströmte jetzt polternde Herzlichkeit, um seine Überraschung zu verbergen.

«Gustav», sagte Christian rasch, «ich möchte dich nicht lange aufhalten. Es geht um eine private Angelegenheit.»

«Ja?» Das Polternde schrumpfte unmittelbar zusammen, die Stimme wurde klein und wachsam. Christian Dettow registrierte es mit Dankbarkeit. Irgendwo ganz hinten empfand er etwas wie Wärme! Gustav war besser, als er erwartet hatte, er war gut, hatte im Laufe der Jahre wohl ebenfalls etwas dazugelernt!

«Es geht um Elisabet», sagte er. «Ein Besuch im November 1945.»

Eine kurze Pause mit vielen unausgesprochenen Fragen, die gegen das Trommelfell hämmerten, dann war die knappe, wachsame Stimme wieder da:

«Einen Augenblick, Christian, ich hole die Karte.»

Er atmete aus und preßte den Hörer etwas weniger fest ans Ohr. Gustav war in Ordnung, und es gab eine Karte! Er brauchte nicht mehr wie ein Verrückter in der Luft herumzufechten, ohne zu sehen, wogegen er anfocht. Dennoch verspürte er einen verräterischen Impuls, den Hörer aufzulegen den Telefonstecker herauszuziehen und alles zu vergessen –

«Der letzte Besuch 1945 war im November.»

«Ja, das meine ich. Damals war sie noch ziemlich mitgenommen von der Entbindung, recht labil.»

«Stimmt! Sie war der Ansicht, keine weitere Schwangerschaft mehr wagen zu können, hatte aber Schwierigkeiten mit dem Pessar. Ich gab ihr ein Cervispessar, das war damals noch ziemlich neu, aber sie wollte es gern versuchen. Sonst nichts Ungewöhnliches.»

Christian Dettow versuchte, die Lippen zu befeuchten, aber seine Zunge fuhr trocken über trockene Lippen. Dennoch gelang es ihm unglaublicherweise, ein paar Worte herauszubringen. Sie sprachen nicht mehr von Elisabet, dachte er, sondern von einer fremden Frau, mit der er nichts zu tun hatte, von einem Fall –

«Hat sie es lange benützt?»

«Soviel ich weiß, die ganze Zeit.»

«Und ist sie nie mehr auf die Frage einer neuen Schwangerschaft zurückgekommen?»

«Nein». Er sah, wie Gustavs Lippen sich um das Wort schlossen, und wußte, was er dachte: Sie hatte doch dich, um das zu besprechen, das war doch eine Angelegenheit zwischen euch beiden.

«Und der letzte Besuch?»

«Im März 56.»

Das Todesjahr. Elf Jahre lang also, und er hatte nichts davon gewußt.

«Vielen Dank, Gustav», sagte er rasch. «Das war alles, was ich wissen wollte.»

Er warf den Hörer auf die Gabel, bevor der andere dazu kam, etwas zu sagen. Sollte Gustav doch denken, was er wollte. Vieleicht verstand er es sogar? Christian Dettow stand vor dem Telefon und starrte mit leerem Blick auf den Hörer, der jetzt große feuchte Flecken von seinen Fingern aufwies.

Noch empfand er keinen Schmerz. Ohne zu wissen warum, trat er ans Fenster und zog die grünen Vorhänge auseinander. Das Morgenlicht strömte breit und weiß herein, doch das berührte ihn nicht. Er ging zum Schreibtisch hinüber, sammelte die Burmanschen Papiere ein, vergewisserte sich, daß die chronologische Ordnung erhalten geblieben war, zog die Aufzeichnungen der Nacht hervor, zerknüllte sie und ließ sie im Papierkorb verschwinden. Der Fall 263 sollte nicht für die Nachwelt erhalten bleiben. Auf jeden Fall nicht durch seine Hilfe. Er würde das Band löschen und die Akten im Krankenhausarchiv ertrinken lassen. Aber nicht jetzt. Im Augenblick schaffte er nur kleine Schritte. Als er den Metallverschluß der Aktentasche zudrückte, stellte er fest, daß seine Hände kaum zitterten. Aber dicht hinter ihm kamen Zorn und Schmerz angesegelt, bald würden sie ihn einholen . . .

Langsam ging er ins Schlafzimmer hinauf, blieb in der Türöffnung stehen und sah zum Sekretär hinüber. Das zwölfte

Tagebuch lag immer noch dort, bei «das einzig Richtige, das einzig Mögliche» aufgeschlagen. Er starrte das Tagebuch und das Regal über dem Sekretär mit den zweiundzwanzig übrigen Bänden an.

Lüge also, alles Lüge! Nichts von dem, was er geglaubt hatte und worauf er stolz gewesen war, als er die Tagebücher jeden Morgen und jeden Abend dort hatte stehen sehen, als er mit ihr geredet hatte, sie angelächelt, sie geliebt hatte –

Mit Mühe wandte er den Kopf, so daß er die Bilder über den Betten sah. Die heiligen Vorbilder. Er starrte sie an. Sie hatten sogar die Ähnlichkeit miteinander verloren. Die wichtigste Geste bei der ‹*Judenbraut*› – seine Hand auf ihrem Herzen – fehlte ganz einfach bei Picasso. Demnach waren Elisabet und er wohl auf ihre eigene Weise verrückt gewesen und hatten sich gegenseitig Zuckerpillen in den Mund gesteckt, wenn auch von anderer Art, feiner, geschickter gerollt, deren Süße ihren Gaumen angepaßt gewesen war. Aber dabei blind und taub wie zwei Auerhähne bei der Balz –

Schwer atmend stützte er sich gegen den Türpfosten, erstaunt darüber, daß der Schmerz nicht heftiger war. Es war eher wie ein großes Loch in ihm, klaffend vor idiotischem Staunen: Unglaublich, daß mir dies passiert ist! Mir!

Erinnerungsbilder flogen vorbei, mit kleinen kurzen Zornimpulsen vermischt, die ohne aktive Folgen blieben.

Einmal hatte er im Badezimmerschrank eine Ortho-Salbe gefunden und Elisabet die Tube erstaunt überreicht. Sie hatte ihn angelächelt, als sie die Tube entgegennahm, rasch, offen und ohne den geringsten Anschein von Verwirrung.

«Ich bin wirklich unverbesserlich schlampig! Die ist ganz einfach liegengeblieben.»

Und er hatte ihr geglaubt, er, der sonst ewig Mißtrauische. Viele Jahre lang «liegengeblieben»!

«Elisabet«, stöhnte er und umklammerte den Türpfosten. Das Lügennetz schloß sich um ihn, er wollte sich davon losreißen, aber wie? Die Kopfschmerzen, die ihm die ganze Nacht wie ein Band um den Kopf gelegen hatten, blühten plötzlich zu einer

Eisenkrone auf. Zu einer Narrenkrone! dachte er und erinnerte sich daran, wie Elisabet geweint hatte, wenn sie ihre Periode bekam, an ihre bebenden Schultern, wie sie sich an ihn geklammert und mit halboffenem Mund an seinem Hals geschluchzt hatte . . .

Mit plötzlichem Entschluß trat er über die Schwelle und zu den beiden Bildern hinüber. Er packte sie und hielt sie einen Augenblick in den Händen, bevor er sie auf die Betten schleuderte. Der Staub wirbelte hoch, und an der Stelle, wo sie gehangen hatten, leuchtete die Tapete in voller Klarheit. Elisabets gelbgraue Blatt-Tapete. Er starrte die beiden klaren Rechtecke an, während Rachegedanken in ihm aufschossen und sich wie dicke Sommerwolken um ihn scharten. Aus allem – aus den Tagebüchern, den Kleidern, den Bildern – würde er ein Feuer machen. Und zuoberst würde er das Burmansche Band legen – eine überdramatische, lächerliche Geste, doch durch solche Gesten konnte sich der Körper vom Schmerz befreien.

Er riß die Garderobentür so heftig auf, daß der Schlüssel heraussprang und klirrend über den Boden fuhr. Ihr Geruch schlug ihm entgegen, ihr verfälschter Geruch, ihr von ihm eigenhändig aufrechterhaltener, verfälschter Geruch. Er streckte die Hände nach den Kleidern aus, unterbrach sich aber abrupt. Zuerst mußte er ein Feuer machen. Er wußte auch genau, wo er es haben wollte, im Mohnbeet, im soeben für ihr heiliges Gedenken hergerichteten Mohnbeet! Und ganz in der Nähe des Hauses, des Traumhauses. Das konnte ein Riesenfeuer werden!

Schwer wir ein Betrunkener ging er die Treppe hinunter, das Gesicht maskenstarr, mit aufgesprungenen Lippen, die Beine so steif, daß jeder Schritt wie ein Aufprall durch den Körper fuhr.

«Paß auf!» warnte eine Stimme in ihm. «In deinem Alter können so heftige Gemütsbewegungen gefährlich sein.»

«Schweig!» murmelte er, aber es war nicht Elisabets Stimme gewesen. Das war es wohl auch nie gewesen! Nichts als seine Einbildung, sein Traum, sein sechs Jahre altes Beerdigungsbonbon.

Erhitzt und schwankend stand er auf dem Kiesweg. Die kühle

Luft des Frühlingsmorgens strich ihm übers Gesicht, er fühlte, wie sie kurz durch die dichte Wolkenmauer drang, die ihn einhüllte. Erregt und sich gleichzeitig seiner halbtrunkenen Besessenheit bewußt, hielt er Ausschau nach heruntergewehten Zweigen. Um diese Jahreszeit lagen sie meistens reichlich auf dem Rasen verstreut. Aber das Grundstück war so gründlich aufgeräumt, als wäre Bengtsson das ganze Jahr über angestellt gewesen.

Erst unten am Gartentor entdeckte er einen schon zusammengetragenen Haufen aus Laub und Zweigen. Voller Eifer packte er zwei kräftige Äste, zerrte sie aus dem Zweiggewirr und begann sie hinter sich her zum Haus hinaufzuziehen. Oben am Hang zwischen dem Himbeerbeet und der Fliederhecke blieb er stehen. Dort begann er die Äste unsanft voneinander zu trennen. Irgend etwas war in den kräftigen Kiefernnadeln hängengeblieben. Er bückte sich und hielt plötzlich einen karierten Filzpantoffel in der Hand, Sohle und Filz waren durchlöchert.

«Verdammt noch mal!» fluchte er außer sich vor Wut, holte aus und schleuderte den Pantoffel, so weit er konnte, aber natürlich landete er innerhalb der Grundstücksgrenze. Er würde ihn noch einmal aufheben müssen, würde noch einmal fluchen, noch einmal werfen müssen! Die Äste lagen dick und kräftig vor ihm. Er würde eine Axt und Papier benötigen, um sein Feuer zum Brennen zu bringen, und dabei hatte er nicht einmal Streichhölzer . . .

Rasend begann er die schwarze Erde des Beetes mit dem Fuß hochzuschleudern. Der Humus war locker und bot keinen Widerstand. Die leichte Erde stob ihm in die Augen, und eine Welle der Übelkeit stieg in ihm auf.

Halbblind trat er aus dem Beet heraus. Ein paar Meter entfernt stand ein alter Apfelbaum, zu dem er blinzelnd hinüberstapfte. Mit schwindligem Kopf lehnte er sich an den bemoosten Stamm, streckte den Arm zu den untersten Zweigen hinauf und hielt sich daran fest.

Die Wolken, die sich um ihn geballt hatten, waren jetzt verschwunden, und er konnte wieder sehen. Vor sich sah er

Christian Dettow, den ständig auf sich selbst Wartenden, am Ausgang zu sich selbst stehend, eingesperrt, abgeschnürt, steifgefroren. Und kein Zauberstab hatte ihn jemals berührt. Kein Mensch war je im Geiste und in der Wahrheit sein gewesen.

«Akzeptiere dich selbst!» sagte er höhnisch zu sich selbst. «Lebensregel Nummer eins für alle Patienten. Akzeptiere deine Kälte, dein Unvermögen zu direkter Gemeinschaft, deine Armut.

Und die anderen! Akzeptiere die anderen wie dich selbst! Bereite ihren Absonderlichkeiten Platz, laß ihren heiligen Wahnsinn neben deinem eigenen bestehen. Ich bin selbst krank, sagte der Arzt.»

Er spürte, wie seine Lippen sich zu einem Grinsen verzerrten, blieb stehen und wartete darauf, daß die Wolken wiederkämen, damit er das Feuer in Angriff nehmen könnte. Obwohl er sie gern festgehalten hätte, schienen sie sich eher zu entfernen. Über die Wolken hatte er allerdings keine Macht. Sie kamen und gingen nach ihrem eigenen Gutdünken. So setzte er seine trockene, höhnische Rede an sich selbst fort.

«Sieh deine Begrenzung, Christian Dettow, aber gib nie den Versuch auf, deine Möglichkeiten, noch besser zu werden, auszuquetschen! Du gehörst zu den Mitschöpfern der Welt und mußt immer weiter in die Vollkommenheit des Erschaffens vordringen. Es gibt keine hoffnungslosen Fälle, keine hoffnungslosen Situationen; wer sein Bett verkotet, kann lernen, um eine Schüssel zu bitten, und wer seine Frau haßt, kann lernen, Mitleid mit ihr zu haben!»

Doch das hatte seine Gültigkeit verloren. Er war selbst nie weitergekommen als bis zur aufdringlichen Neugier der Güte, bis zur Selbstzufriedenheit!

Einmal, wimmerte es weinend in ihm, ein einziges Mal! Doch das schob er beiseite.

Er hatte Viveka Burman verachtet, und daher hatte er ihr nicht helfen können. Dennoch hatte ihr maßloses Besitzverlangen seinem eigenen geheimgehaltenen Verlangen entsprochen. So hatte er sich selbst in ihr gehaßt und sich selbst in ihrem Mann bedauert. Er hatte die beiden mit seiner Prächtigkeit beleidigt, genau wie er Sissi beleidigt hatte ...

Genaugenommen hatte Elisabet vermutlich das Beste aus ihrer komplizierten Lebenssituation gemacht!

Das mußt du festhalten! dachte er. Jetzt bist du auf der richtigen Spur! Aber er konnte es nicht. Der Schmerz war allzu heftig, die Enttäuschung allzu lebensbedrohend. Einen Augenblick lang dachte er an den Jungen im Auerhahnwald und sagte sich bitter, so war das also: Es begann mit Enttäuschung und es endete mit Enttäuschung, und dazwischen lag das Leben, die blinde Fahrt blinder kosmischer Nebel, die Jahrmillionen dauernde Drehung der Sternengewölbe.

«Laß mich sterben!» flüsterte er mit der Stirn am schwarzen Stamm. Und endlich füllte sich das Sprüchlein des Gartens mit Sinn: «Wachse, wachse über mich, laß mich vergessen, laß mich sterben.»

Er hob den Kopf und sah mit brennenden Augen, daß der Frühling unterwegs war. Sah den Hauch, der wie ein schwebender Schleier um die schwarzen Baumkronen lag. Schon in einer Woche würde der Schleier voller kleiner grüner Schnäbel sein, und aus den Schnäbeln würden die Laubtütchen sich entfalten und das dichte Sommergrün, das rauschend Kühlung und Vergessen verhieß ...

«Du mußt das Selbstmitleid erwürgen», sagte er hart. «Die Lust am Erwürgen hast du ja sowieso schon immer in dir gehabt, erwürge deine Gefühle, du brauchst sie nicht. Mit deinen Gefühlen hast du nichts Nützliches vollbracht –»

Hinter sich vernahm er Schritte. Er wußte nicht, ob er laut gesprochen hatte oder nicht, beugte sich aber instinktiv über den Baumstamm, als untersuchte er ihn. Als bemühte er sich, irgendeine geheime Krankheit an den alten knorrigen Zweigen zu erforschen. Vielleicht war es Bengtsson, sonntags pflegte Bengtsson besonders gern zu kommen. Er versuchte seine Gesichtszüge zu ordnen. Schließlich konnte er sich ja nicht endlos lang über diese Zweige bücken. Langsam drehte er sich um. Aber es war nicht Bengtsson, sondern Sissi.

Mit ihren ewigen Pappkartons unterm Arm stand sie abreisebereit am Rand des aufgewühlten Beetes. Ihre Haltung drückte demütige Katerstimmung aus: sie ließ den Kopf hängen und zog die Schultern hoch, die Arme preßten die Kartons fest an den Leib, der Blick kam von unten, erreichte sein Gesicht aber nicht.

«Es ist zehn.»

«Gut», sagte er. «Du kannst gehen.»

Aber sie rührte sich nicht, nur ihr Mund bewegte sich verzweifelt.

«Ich möchte gern, daß Sie die Kartons durchschauen, Herr Doktor.»

«Von mir aus!» sagte er und stapfte vor ihr aufs Haus zu. Wenn er sie nur nicht mehr sehen mußte, war er zu allem bereit. Er räumte den Zeitungstisch im Flur ab, wollte sie nicht weiter ins Haus hereinlassen. Unbeweglich und gefühllos stand er da und sah, wie ihre Finger an den Knoten herumfummelten. Die Zeit? Dies war ein Zustand, der von Ewigkeit zu Ewigkeit gewährt hatte. Diese fummelnden Finger, die langsam und unbeholfen die mühselig und zu keinem Nutzen geknoteten Knoten zu lösen versuchten . . .

Langsam nahmen ihre Hände die armseligen Kleidungsstücke heraus, schüttelten sie aus und hielten sie zur Musterung hin.

«Weißt du noch, wie du damals unsere Urlaubskasse gestohlen hast?» fragte er. «Wir wollten nach Griechenland und hatten das ganze Jahr über Geld in eine große Dose gesteckt – wir verdächtigten jeden, nur dich nicht. Weißt du noch?»

Sie nickte und wickelte mit zittrigen Händen ein Paar schwarze Strümpfe aus, krempelte ihr Inneres nach außen, um zu zeigen, daß nichts in den Zehen versteckt war. Die Fersen waren gestopft, doch das versuchte sie zu verbergen. Heute spielt sie nicht die Märtyrerin, dachte er widerstrebend. Er spürte den Geruch nach Trauer, der von ihr ausging, unterwürfig und still.

«Das genügt!» sagte er ungeduldig, als der erste Karton durchgesehen war. «Den zweiten kannst du lassen.»

«Ich möchte gern, daß Sie es sich anschauen, Herr Doktor», murmelte sie hartnäckig.

«Ich hätte dir die Polizei auf den Hals schicken sollen», sagte er.

Sie nickte schwer. «Das wäre besser gewesen! Sie wissen ja, wie ich bin – ich kann es nicht lassen, selbst wenn ich es will.»

«Hast du bei Ströms aufgehört?»

«Sie hatten ihren ganzen Alkohol in der Speisekammer stehen«, sage sie verächtlich.

«Das war doch eine gute Stellung!»

Sie zuckte die Schultern und begann den zweiten Karton zuzuknoten.

«Und was machst du jetzt?»

«Ich werde schon jemand finden, den ich hereinlegen kann. Sie wissen ja, daß ich es nicht lassen kann, aber diesmal werden Sie nicht mehr in Verlegenheit kommen, Herr Doktor.»

Gegen seinen Willen übte die eintönige, unterwürfige Stimme ihre Wirkung auf ihn aus.

«Du bist auch nicht schlimmer als wir anderen, Sissi», sagte er mühsam. «Wir betrügen uns doch alle auf die eine oder andere Art. Der Betrug ist in uns eingebaut, vielleicht mit derselben Notwendigkeit wie Atmen und Hunger, eine organische Funktion –»

Sie starrte ihn mit offenem Mund an, ihre Finger hielten mitten in einem Knoten inne.

«Elisabet hat niemanden betrogen», sagte sie, «wennn es das ist, was Sie meinen.»

«Doch», entgegnete er trocken, «sie war auch nicht besser als die anderen. Du hattest ja die Freundlichkeit, mich heute nacht auf die Spur zu bringen. Sonst hätte ich ja mit einer intakten Illusion ins Grab gehen können.»

«Ich war betrunken», sagte sie.

«Du hast ganz gut gewußt, was du tatst.»

«Ja», gab sie zu, «ich wollte Ihnen eins auswischen. Aber das ist schiefgegangen.»

«Vielleicht hatte ich es nötig, eins ausgewischt zu bekommen», sagte er müde.

«Aber es war trotzdem verkehrt. Sie hat Sie geliebt, Herr Doktor.»

«Und was ist Liebe?» fragte er höhnisch. «Einfache Lüge, doppelte Lüge, Lüge und verdammte Dichtung!»

Sie duckte sich unterwürfig mit gesenktem Kopf, gab aber nicht auf.

«Und trotzdem ist es Liebe! Sie log, weil sie Sie liebte, Herr Doktor.»

«Wahre Liebe hat es nicht nötig zu lügen», sagte er kurz.

Sie zerrte den Knoten so fest zu, daß die Schnur abriß und der Karton zu Boden fiel. Langsam bückte er sich danach, hob den Karton auf, wickelte die Schnur ab, verknotete sie an der Stelle, wo sie gerissen war, und begann sie wieder um den Karton zu binden. Er sah, daß ihre Hände heftig zitterten. Als sie fertig war, hob sie den Kopf und sah ihm direkt in die Augen.

«Eine solche Liebe, wie Sie sie wollen, die gibt es nicht. Aber die Liebe an sich gibt es schon. Wenn man damit vorliebnehmen will!»

Sie brachte die Worte kurzatmig und keuchend heraus, bohrte sie aber in ihn hinein.

«Wenn man weiß, was es heißt zu frieren. Wenn man Armut, Einsamkeit und Haß erlebt hat. In jenem Herbst, im zwölften Herbst, hatte Elisabet das alles erfahren, und daher wählte sie den einzigen Ausweg, den es gab. Sie log, damit Sie so mit ihr leben konnten, wie Sie es wollten.»

«Aber es gab einen anderen Weg», brüllte er sie an. «Es gab einen anderen Weg, aber den wagte sie nicht zu gehen. Daran wagte sie nicht zu glauben. Sie brachte mich mit ihrem Betrug um das Beste, was ich hatte, das einzige, was ich hatte . . .»

Er wandte sich heftig von ihr ab, stand keuchend in seiner ganzen Blöße da und wartete darauf, daß sie ging. Aber sie rührte sich nicht.

«Du mußt jetzt gehen, Sissi», sagte er. Aber sie ging nicht.

«Vielleicht irrte sie sich!» kam es schließlich hinter seinem Rücken.

«Sie irrte sich!» sagte er dumpf. «Aber geh jetzt, Sissi.»

«Und jetzt können Sie ihr nicht verzeihen, daß sie sich irrte? Obwohl es aus Liebe geschah?»

«Sie hat mich um das einzige betrogen, was ich hatte», entfuhr es ihm.

«Sie gab sich selbst für Sie auf, Herr Doktor, ihren innersten Wunsch. Sollte das nicht gestattet sein, da Sie doch sagen, das sei das Größte überhaupt? Sie hat genau das gleiche getan wie Sie, aber das gönnen Sie ihr nicht. Sie sind der einzige, der das Edle tun darf, nur Sie! Elisabet opferte ihr Glück für Sie, und Sie opferten Ihr Glück für Elisabet – wenn sich das nicht ausgleicht, dann können Sie von mir aus gerne da stehen!»

Auf seinem Weg durch den Raum ist das Licht unsichtbar. Erst beim Zusammenstoß mit einem Gegenstand wird es zu Licht.

Sie hatte recht! Er sah es. Er war die Blinde Kuh mit einem Tuch vor den Augen, die sich um sich selbst im Kreis drehte. Wie alle anderen auch. Weder mehr noch weniger –

«Sissi», sagte er heftig und drehte sich um. Aber sie war schon gegangen. Der Flur war leer, die Pappkartons waren verschwunden.

Da ging er ins Arbeitszimmer hinein und zum Tonbandgerät hinüber. Er nahm das Burman-Band heraus und legte es in die dazugehörende Schachtel. Es dauerte lange, seine Hände zitterten jetzt stark.

Sie hat recht! dachte er, aber der Schmerz in seinem Inneren wollte nicht nachlassen. Der Betrug brannte und stach. Es würde nie mehr so werden wie zuvor, nie mehr!

Er stand am Fenster und blickte hinaus, zwinkerte heftig ins scharfe Licht, während er seine Narrenkrone musterte. Sie hatte noch zusätzliche Dornen bekommen und ließ sich jetzt noch schwerer tragen.

Da sah er, wie sich hinten beim Mohnbeet etwas bewegte. Barhäuptig und in Hausschuhen ging er zu ihr hinaus und ließ die Türe hinter sich offen. Er blieb vor ihr stehen und blickte auf sie hinunter. Sie lag auf den Knien und klopfte die Erde wieder glatt, die er vorhin aufgewühlt hatte. Die beiden Pappkartons lehnten am Apfelbaum.

«Du solltest doch verschwinden, oder?»

«Sie haben es so zertrampelt, Herr Doktor.»

«Du wirst sie nie blühen sehen, Sissi.»

«Ich weiß», murmelte sie und klopfte noch ein paar letzte Male mit ihren langen weißen Händen auf die Erde. Dann kam sie mühsam auf die Beine.

«Rufe morgen Schwester Stina an, dann bekommst du einen Termin!»

Sie nickte mürrisch.

«Ich werde dafür sorgen, daß du noch in dieser Woche einen Termin bekommst.»

«Ich kann Ihnen nicht die Hand geben, ich bin so dreckig.»

«Unsinn!» sagte er und packte ihre erdige Hand.

«Dann kommst du also ins Krankenhaus?»

Sie nickte. Dann wandte sie sich von ihm ab und begann in ihren Filzpantoffeln zum Gartentor hinterunterzuschlurfen. Groß, schwer, ewig. Er sah die grünen Wolkenschimmer des Frühlings um die Baumkronen schweben, noch ließen sie sich nur erahnen, lagen wie Dunst oder Schleier in der Luft. Jetzt öffnete Sissi das Gartentor. Jetzt trat sie hindurch. Jetzt stand sie auf der anderen Seite. Drehte sich nicht einmal um.

«Sissi!» rief er. Sie hörte nicht, wanderte mit ihren Kartons einfach weiter den Weg entlang. Er lief den Gartenweg hinunter, überquerte den Rasen und fing sie auf seiner Seite des Zaunes ab.

«Sissi!»

Jetzt hörte sie und blieb stehen, wandte den Kopf und entdeckte ihn. Er bedeutete ihr, sie solle durchs Gartentor hereinkommen, damit er mit ihr reden könne, aber sie trat nur an den Zaun heran.

«Du kannst bleiben!» sagte er.

Sie starrte ihn an, und er sah, daß sie wirklich keine Hoffnung gehabt hatte. Höhnisch beobachtete er seine eigene Reaktion: die ob der eigenen Güte zugeschnürte Kehle, die feucht zwinkernden Augen.

«Es wird eine einzige Katastrophe!» sagte er schroff. «Aber es gibt keinen anderen Ausweg.»

Er sah, daß sie weinte. Kleine, harte Tränen, die ihr über die Wangen liefen, ohne sie zu befeuchten, Hageltränen. Rasch drehte er sich um und begann zum Haus hinaufzugehen, ohne sich zu vergewissern, ob sie mitkam oder nicht.

Die Haustür stand weit offen. Er streifte die Hausschuhe ab, die voller Erde und Sand waren, und ging in Strümpfen die Treppe hinauf. Plötzlich war er ganz leer, bis auf das Bewußtsein, daß er 65 Jahre alt war und seit 28 Stunden nicht mehr geschlafen hatte. Die beiden Bilder lagen noch auf den Betten, er schob sie beiseite und streckte sich aus, zog die Wolldecke über sich und schlief sofort ein.

Er wachte davon auf, daß ein Vogel sang, befand sich aber noch mitten in einem Traum, einem großen, lebhaften Traum, den er mit geschlossenen Augen festzuhalten versuchte.

Es war draußen auf dem Land, eine fremde Gegend, aber sehr schön. Es war Abend, und sie kamen beide angewandert, ja, Elisabet war bei ihm, sie ging an seiner Seite und hatte sich bei ihm eingehängt. Die Dunkelheit senkte sich rasch herab, und plötzlich standen sie vor einem großen, unbekannten Haus. Ringsum rauschten hohe Bäume, und sie begannen zu frieren.

«Meinst du, daß wir anklopfen können?» flüsterte Elisabet. Es war schon spät, aber er klopfte hart an die Tür, die sofort geöffnet wurde. Das Licht fiel in einem großen gelben Viereck auf sie, und mitten im Licht stand eine hochgewachsene fröhliche Frau, die sie hereinbat.

Das Haus war groß und schön, und Elisabet und er gingen umher und freuten sich, sie bewunderten die breiten Bodendielen, die kunstfertig gefertigten Balken, die klaren Farben der Flickenteppiche. Alles entsprach so genau ihrem Geschmack, daß sie sich immer wieder erstaunt anlächeln mußten.

Ein junges schönes Mädchen ging zwischen Herd und Tisch hin und her und betrachtete ihn und Elisabet unablässig, während sie das Abendessen für die beiden Gäste auftrug. Der sanfte, traurige Ausdruck ihres Gesichtes berührte sie stark, sie versuchten, sie anzulächeln, und da lächelte sie schwach zurück.

Die Butter war gelb, der Honig frisch geschleudert, das Roggenbrot frisch, und der Schinken mit seiner schwarzen Schwarte duftete nach Wacholder. Er bestrich kleine Brotstücke und steckte sie Elisabet in den Mund.

In einer kleinen Kammer mit schräger Decke und gelbgrauen Blattranken an den Wänden legten sie sich schlafen. (Elisabets Tapete, dachte Christian Dettow in seinem Bett, während er spürte, wie die Sonne seine Beine wärmte. Umschlungen schliefen sie ein, aber als er aufwachte, war er allein. Ein Vogel sang sehr leise, sehr still, nur zwei Töne. Der Morgen war noch nicht gekommen, aber der Vogel lockte ihn mit seinem gedämpften Zwei-Ton-Gesang heran, lockte ohne Unruhe, ohne Klage, voller Zuversicht.

Doch die Sorge um Elisabet jagte ihn aus dem Bett. Er öffnete die Tür zur Stube, um nach ihr zu fragen. Da war all das Schöne vom vorigen Tag verschwunden. Schockiert sah er sich um. Die Stube war voller Menschen, Geschrei und Lärm. Als er sich an die Wand stützen wollte, spürte er eine kalte, schmutzige Kachelwand unter der Hand, und als er sich umdrehte, um nach Elisabet zu fragen, sah er, daß die Holzwände von gestern abmontiert worden waren, und jetzt wie Theaterkulissen hinausgetragen wurden. Die Bodenbretter waren aufgebrochen, die Flickenteppiche zusammengerollt und das Mädchen mit dem traurigen Lächeln war verschwunden.

Er kehrte in die Kammer zurück, in der er und Elisabet geschlafen hatten. Da war diese ebenfalls voller Menschen. Entzürnt ging er auf sie zu, um sie zu fragen, mit welchem Recht sie sich hier hereingedrängt hätten. Da hoben sie vollkommen lautlos ab, wie ein Vogelschwarm.

Zitternd begann er sich anzuziehen, doch da war die Kammer plötzlich voller Kleider, die alle wie die seinen aussahen. Als er nach seinen Hausschuhen greifen wollte, war der Boden mit Hausschuhen bedeckt. Als er die Zähne putzen wollte, stand eine ganze Reihe Zahnputzgläser auf dem Regal, alle mit der gleichen weißen Zahnbürste im gleichen Winkel zum Spiegel.

Er schwitzte vor Entsetzen, seine Hände begannen zu zittern, und plötzlich spürte er, wie das Zimmer mit den vielen gleichen Gegenständen sich langsam um den Punkt zu drehen begann, auf dem er stand, und er fühlte, daß er verloren war. Für immer und ewig verloren. Er wollte schreien, brachte aber keinen Ton über die Lippen.

Da rief jemand aus dem Wald seinen Namen. Wie mit Tränen spülte die Rettung durch ihn hindurch: Irgend jemand rief seinen Namen, irgend jemand kannte ihn und wartete auf ihn. Er wußte, daß es Elisabet war, aber als er zu ihr hinauslaufen wollte, merkte er, daß die Schuhe viel zu klein für ihn waren, und als er sein eines Bein mit den Händen hochzuheben versuchte, spürte er, daß die Schuhe am Boden festgenagelt waren.

Erneut stellte sich das Entsetzen ein, aber Elisabet rief unbeirrt weiter. Und ihre Stimme klang so frisch, so voller Freude. Sie erinnerte an die des Vogels, der den Morgen herbeigesungen hatte. Er begann vor Sehnsucht zu weinen, während er die Stiefel unbeholfen aufzuschnüren versuchte. Die Stiefel veränderten sich fortwährend – jetzt waren es altmodische hohe Stiefel mit Haken, und seine Finger waren dick und steif, aber die Stimme wurde nicht müde, sie rief und rief, tief vor Zuversicht und hoch vor Freude. Er wußte, daß sie weiterrufen würde, bis er sie erreicht hätte . . .

Christian Dettow lag still auf dem Bett und fühlte die Tränen unter den geschlossenen Lidern hervorströmen. So wie sie in einer Nacht vor tausend Jahren bei Elisabet geströmt waren.

Da merkte er, daß sich jemand an der Tür bewegte. Er richtete sich heftig auf. Es war Sissi. Schwer und ergeben stand sie da und blinzelte ins Sonnenlicht, während ihre Fingerspitzen immer wieder die feinen Haare an den Schläfen glattstrichen.

«Das Lunch ist fertig.»

Seufzend drehte er ihr den Rücken zu, schwang die Beine auf den Boden und tastete mit den Füßen nach den Hausschuhen.

«Ich esse doch nie Lunch», sagte er nach hinten.

«Heute ist Sonntag», antwortete sie, «und Sie haben die ganze Nacht nicht geschlafen.»

«Du hast natürlich eine Menge Essen gekocht!»

Mit einer verzweifelten und zugleich triumphierenden Geste breitete sie die Hände aus: «Mein Gott, es war ja gar nichts da zum Kochen!»

Aber er wußte schon, daß es mehr sein würde, als er haben wollte, und daß er gezwungen sein würde, es zu essen, obwohl er es nicht wollte. Sie würde hinter seinem Stuhl stehen und ihm mit aufgewärmten Tellern und Topfuntersetzern aufwarten . . .

«Du weißt, daß ich keine Umstände mag», brummte er und ging an ihr vorbei, während sie sich schwer auf die Türklinke stützte.

«Ich weiß es ganz genau», sagte sie demütig und schloß die Tür hinter ihm.

neue frau

Eine Auswahl

Simone de Beauvoir
Marcelle, Chantal, Lisa . . .
Ein Roman in Erzählungen (4755)

Toni Bentley
Tanzen ist beinahe alles
Selbstporträt einer Tänzerin des New York City Ballet (5177)

Marie Cardinal
Schattenmund (4333)
Der Schlüssel liegt unter der Matte (4557)
Die Irlandreise
Roman einer Ehe (4806)
Selbstgespräch mit Klytämnestra
Roman (5322)

Phyllis Chesler
Mutter werden
Die Geschichte einer Verwandlung (4655)

Judy Chicago
Durch die Blume
Meine Kämpfe als Künstlerin. Mit einem Vorwort von Anaîs Nin (5310)

Kate Chopin
Das Erwachen
Roman (4507)

Laurie Colwin
Eine altmodische Liebesgeschichte und andere sentimentale Stories (5282)

Liza Dalby
Geisha
Eine Amerikanerin erlernt den ältesten japanischen Frauenberuf (5557)

ro
ro
ro

C 912/8